英国文学发展研究

朱琳 ◎ 著

国家图书馆出版社

图书在版编目（CIP）数据

英国文学发展研究 / 朱琳著 . -- 北京：国家图书馆出版社，2017.6

ISBN 978-7-5013-5993-6

Ⅰ . ①英…　Ⅱ . ①朱…　Ⅲ . ①英国文学－文学研究

Ⅳ . ① I561.06

中国版本图书馆 CIP 数据核字（2016）第 299559 号

书　　名	英国文学发展研究	
著　　者	朱　琳 著	
责任编辑	南江涛	
出　　版	国家图书馆出版社（100034 北京市西城区文津街 7 号）	
	（原书目文献出版社　北京图书馆出版社）	
发　　行	010-66114536　66126153　66151313　66175620	
	66121706（传真），66126156（门市部）	
E - mail	btsfxb@nlc.cn（邮购）	
Website	www.nlcpress.com →投稿中心	
经　　销	新华书店	
印　　刷	河北三河弘翰印务有限公司	
版　　次	2017 年 6 月第 1 版　2017 年 6 月第 1 次印刷	
开　　本	710×1000 毫米　1/16	
印　　张	15	
字　　数	200 千字	
书　　号	ISBN 978-7-5013-5993-6	
定　　价	45.00 元	

目　录

第一章　英国文学溯源

第一节　古英语时期文学 / 001

一、英国文学的开端 / 001

二、《贝奥武甫》：英国人的民族史诗 / 002

三、宗教的影响：僧侣之作 / 005

四、英国散文起源 / 007

第二节　中古时期英语文学 / 008

一、盎格鲁－诺曼时代 / 008

　1. 诺曼征服对历史和文学的影响 / 008

　2. 文坛新时尚的表现：骑士传奇 / 010

二、成熟文化时代的开始 / 013

　1. 民意的梦幻表现：《农夫彼尔斯之梦》/ 013

　2. 民族文学奠基作品：《坎特伯雷故事集》/ 015

三、全盛时代的前夕：15 世纪文学 / 020

　1. 民间文学代表：民谣 / 020

2. 近代戏剧的滥觞 / 022

3. 亚瑟传奇的总结 / 024

第二章　文艺复兴时期文学

第一节　文艺复兴、人文主义与文学 / 026

第二节　十四行诗与诗歌繁荣 / 029

第三节　散文的新发展 / 033

第四节　世界戏剧艺术的杰出成就：莎士比亚的戏剧创作 / 037

一、早期戏剧的多样化形态 / 037

二、"大学才子派"的先驱作用 / 039

三、莎士比亚的创作成就 / 042

四、戏剧盛世的落幕 / 057

第三章　17 世纪文学

第一节　清教革命时期 / 060

一、清教革命与文学 / 060

二、诗坛的两种走向 / 061

1. 诗歌传统的革新：玄学派 / 061

2. 弥尔顿史诗的创作成就 / 063

第二节　复辟时期文学 / 068

一、古典主义的最初倡导和实践 / 068

二、英国喜剧发展的新方向 / 071

三、寓言小说的讽喻性：《天路历程》/ 072

第四章　18 世纪文学

第一节　前期的文学 / 075

一、理性时代与文学 / 075

二、古典主义传统的光大 / 076

三、期刊文学对小说发展的影响 / 078

四、现实主义小说的开端：笛福和斯威夫特的小说 / 080

第二节　中期的文学 / 086

一、表现人物心理的新进展：理查生的小说 / 086

二、小说理论与实践的杰出代表：菲尔丁 / 088

三、历险记的结构方式：斯摩莱特的小说 / 092

第三节　后期的文学 / 094

一、约翰逊对古典主义的贡献 / 094

二、感伤主义和"哥特式"的小说史意义 / 095

三、喜剧的新发展：谢立丹的喜剧 / 101

四、浪漫主义文学的先声：感伤主义和前浪漫派诗歌 / 103

第五章　19 世纪文学

第一节　初期文学 / 112

一、浪漫主义运动与文学 / 112

二、浪漫主义诗人的创作成就 / 113

1. 华兹华斯对现代诗风的开启作用 / 113

2. 柯勒律治的想象力表现 / 117

3. 拜伦的讽刺才能 / 121

4. 雪莱的抒情特色 / 129

5. 济慈的唯美特征 / 135

三、诗的时代里的小说创作 / 138

　　1. 传奇与世态小说的结合：司各特的历史小说创作 / 138

　　2. 写实的喜剧精品：奥斯丁的小说创作 / 141

第二节　中期文学 / 144

一、维多利亚时代与现实主义文学 / 144

二、现实主义小说创作成就 / 146

　　1. 浪漫的现实主义：狄更斯的小说创作 / 146

　　2. 偏重冷静的写实态度：萨克雷的小说创作 / 156

　　3. 女性作家崛起的意义 / 160

　　4. 道德和心理的深入探究：艾略特的小说创作 / 167

三、维多利亚时代的诗歌创作 / 170

　　1. 英国诗歌传统的延续：丁尼生的诗歌 / 170

　　2. 寻求新的表现手法：布朗宁的诗歌 / 172

第三节　后期文学 / 175

一、维多利亚后期文学之变 / 175

二、富有现代意义的开拓：哈代的小说创作 / 177

三、追求艺术美的努力：唯美主义和新浪漫主义 / 183

第六章　20 世纪文学

第一节　第一次世界大战以前的文学 / 188

一、社会变动、信仰危机与文学 / 188

二、戏剧的振兴 / 189

　　1. 戏剧传统的继承和创新：萧伯纳的戏剧创作 / 189

　　2. 民族戏剧的发展：爱尔兰戏剧活动 / 192

三、诗歌的创新 / 193

　　1. 多样化的诗题和诗风 / 193

2. 从唯美主义到象征主义：叶芝的诗歌 / 195

四、传统小说的延续 / 198

1. 传统文学魅力的体现：高尔斯华绥的小说 / 198

2. 阐述思想：威尔斯的小说 / 200

3. 自然主义影响的体现：贝内特和毛姆的小说 / 202

五、现代主义小说的兴起 / 204

1. 开启现代主义序幕：詹姆斯的小说 / 204

2. 向现代主义发展：康拉德的小说 / 205

3. 传统与革新兼容并蓄：福斯特的小说 / 207

第二节　两次世界大战之间的文学 / 208

一、文学的多元化 / 208

二、现代主义诗歌 / 210

1. 现代主义诗歌成就的最高代表：艾略特的诗歌 / 210

2. 现代主义影响下的独特诗风："奥登派" / 213

三、现代主义小说 / 213

1. 开拓心理探索新领域：劳伦斯的小说 / 213

2. 现代主义小说的里程碑：乔伊斯的小说 / 216

3. 别具一格的意识流小说：伍尔夫的小说 / 220

第三节　第二次世界大战以后的文学 / 222

一、更新发展看未来 / 222

二、变化的诗风 / 223

1. 在传统与现代之间探寻："运动派"诗歌 / 223

2. 深刻主题和独特语言：休斯的诗歌 / 224

三、戏剧的再次振兴 / 225

1. 掀起戏剧创作新高潮："愤怒的青年" / 225

2. 反传统的新戏剧：荒诞派戏剧 / 227

四、当代小说的纷繁性 / 228

1. 传统风格的小说创作 / 228

2. "愤怒的青年"的小说创作 / 231

3. 革新派的小说创作 / 232

4. 女性作家的小说创作 / 234

第一章　英国文学溯源

第一节　古英语时期文学

一、英国文学的开端

与欧洲大陆隔海相望的不列颠岛上，很早就居住着克尔特人。他们当中的布里顿族，在大约公元前 5 世纪进入不列颠，"不列颠"一词便来源于克尔特人的"布里顿"一词，意为"布里顿人的国度"。克尔特人的口头文学历史悠久、丰富多彩，内容有多神教的神话故事和英雄传说，其中亚瑟王的故事不断流传、扩展，成为英国和西方文学创作素材的一大源泉。

公元前 55 年开始，罗马人由侵略到逐渐征服了不列颠，把不列颠划为罗马帝国的一个省，并带入了罗马文明。他们的许多军事要塞发展成为今天的重要城市，他们修建的大道有的到 18 世纪还是交通要道。在古英语文学中保存下来的一首短诗《废墟》中，一位生活在 7 世纪的诗人凭吊被撒克逊人摧毁的罗马人的城镇，寻觅当时当地大厅浴堂的盛况而不可得。罗马的势力维持到 5 世纪初期。北欧的日耳曼人在骚扰不列颠的同时也大举入侵罗马帝国，罗马人不得不从 401 年起撤回本土，专心御敌，9 年后罗马帝国皇帝宣布放弃对不列颠的主权，罗马人在统治不列颠的 350 年中，对不列颠古语言文学没有产生很大的影响。

5 世纪中期，日耳曼人中的盎格鲁 - 撒克逊、哥特等部落从欧陆渡海来到不列颠。他们遭到了当地居民猛烈的反抗，大约 150 年后才征服不列颠南部、中部的大部分地区。一些土著克尔特人沦为奴隶，又有一些克尔特人被驱赶到北部、西部的山区，威尔士，苏格兰，甚至渡海到爱尔兰、布列塔尼半岛。盎格鲁人把不列颠称为"盎格兰"，这便是"英格兰"一词的由来。克尔特的不列颠被盎格鲁－撒克逊的英格兰所替代。盎格鲁－撒克逊人在征服和国家形成过程中，氏族制度逐渐解体，封建制度渐形成，多神教也逐渐为基督教所代替。盎格鲁－撒克逊语便是古英语，英国文学史就是从 5 世纪盎格鲁－撒克逊族的征服开始的。

二、《贝奥武甫》: 英国人的民族史诗

如同许多民族，盎格鲁－撒克逊人的诗歌来源于人民的口头集体创作，反映了远古部落人们的生产劳动、对自然与社会现象的幻想性解释。在这些诗歌世代相传的过程中，逐渐出现了以诗歌创作、吟诵为职业的游吟诗人，自己创作并演唱的诗人被称为"斯可卜"，演奏他人作品的歌者则叫"格利门"，但后来这两个名称都指自作自唱的艺人。他们在王室贵族的宴会厅上吟唱助兴，曾受到相当优厚的待遇。在他们的演唱中，民间故事和传说得以保存、增删和润饰。渐渐地有些故事有了写本，有的写本又被保存下来。我们只能从现存的抄本中窥见盎格鲁－撒克逊时期英国文学概貌。第一首被完整保留下来的长诗《贝奥武甫》，是英国文学中第一部伟大的作品。

《贝奥武甫》的故事是由盎格鲁－撒克逊人带到英国的，所以有浓厚的北欧气息。这部口头流传于 6 世纪的长篇叙事诗大约写成于公元 8 世纪，当时正值中国的唐朝。现在的手抄本是在公元 10 世纪写成的。

长达三千行的《贝奥武甫》，讲述的是古代英雄与魔怪搏斗的传奇冒险故事。贝奥武甫是 6 世纪的一个历史人物，但在诗人们的笔下，他成了神话中的一位英雄人物。这位瑞典南部高特族的年轻贵族，闻知妖魔格兰代尔屡屡夜袭丹麦国王洛兹加的宴会厅，杀害并掳走醉卧酣睡的武士，便带十四勇士渡海相助。洛兹加国王在"鹿厅"中款待客人们。当晚，贝奥

武甫与同伴们留宿屡遭血劫的"鹿厅"，格兰代尔闯入攫食武士，贝奥武甫与格兰代尔一场恶斗，以超人的臂力战胜了妖魔，并扯断了他的一只胳膊，负了致命伤的格兰代尔逃走。贝奥武甫的功绩得到称颂，国王酬以厚礼。但是格兰代尔的母亲为儿子报仇，再次来袭，抓走了国王的亲信爱斯舍尔。贝奥武甫追踪到潭内洞穴，用洞中的魔剑斩杀了母怪，又取下格兰代尔的首级归来。贝奥武甫青年时期的功绩构成了长诗的第一部分。

诗的第二部分描写老年贝奥武甫的事迹。他从丹麦凯旋回国后被立为王储，在国王去世后成为高特人的统治者，清明治理国家五十年。当他年老时，有一条火龙因为看守的宝物被盗而发怒，喷火焚烧，祸害乡里。年迈的贝奥武甫为解救人民，披甲执盾，率臣下前去斩杀毒龙。他在年轻勇敢的侄儿威格拉夫的帮助下，杀死了凶猛的火龙，自己也身负重伤死去。人民在哀悼中为他举行了火葬。

《贝奥武甫》中出现或提起的许多人物来自历史上的真实人物，如丹麦的洛兹加王和哥特族的希格拉克王都实有其人。歌者吟诵的表现家族内部与家族之间世仇的"芬的故事"，贝奥武甫回忆中涉及的哥特人与瑞典人之间的部落战争，也有历史根据。而在对贝奥武甫的描写上，除了他是希格拉克王的外甥和继承人外，没有保留其他历史事实，把历史人物和神话英雄融合了。英国人的先祖来自北欧，在那里他们背靠森林，面临大海，时时会遇到来自自然的未曾意料和难以抵御的危险。他们在贝奥武甫杀妖斩龙的故事里，表现他们在孔武有力的首领的领导下与自然界敌对力量的搏斗，诉说这种搏斗的艰辛和对胜利的希冀。

长诗主要反映的是异教的氏族社会。在氏族社会里，个人与氏族或部落的关系非常密切，人们面临生存斗争的困难，需要集体的力量、氏族的庇护，这种强烈的集体感使他们把保护亲人和族人作为个人重要的责任。贝奥武甫把保护人民作为自己义不容辞的责任，不惜自我牺牲。他体恤民情，勇敢强壮，是人民理想的英雄。在他的葬礼上，"他们，高特人，哀悼他们的亲人，／哀悼他们的王上；／宣称他是世上所有国王中／最善良的人，最温柔的人，／对人民慈爱，最渴望得到一个好的名声"。盎格鲁－

撒克逊人信仰多神教，他们以泛灵论的认识方法和比拟类推的思维方法，通过想象去解释各种自然现象和社会现象。他们把战神瓦丹看作主神，认为雷神索尔支配天空，提乐掌管阴暗，厄斯特尔是春天女神，等等。而各神还要接受可怕的万能的命运女神菲尔特的命令。在《贝奥武甫》中经常提到命运，把她作为决定性因素。

但是，作为在向封建时代过渡时期的英国写成的诗篇，《贝奥武甫》也反映了七八世纪英国的风貌，有许多封建因素和基督教色彩。在诗中宫廷生活图景中，我们可以看到封建时代推崇的封建等级观念、道德规范已经建立。国王领导和保护领主，领主、臣属们则感念主恩，忠诚国王，勇敢无畏。贝奥武甫斗火龙时，卫士们的退缩受到指责，威格拉夫的舍命相救得到称颂。诗中对血族仇杀、僭夺尊位等行为进行了谴责。基督教影响也渗入了诗中。歌者有时在叙述中插话，指出上帝的万能力量，哀叹异教徒不能见上帝那种不可见力量的不幸。妖魔格兰代尔被称为受上帝惩罚的该隐的后裔。《贝奥武甫》反映了氏族社会到早期封建社会数百年中的生活风习，兼有氏族时期英雄主义和封建时期的理想，混合了异教和基督教精神。

《贝奥武甫》也代表着古英语诗的艺术特色和成就。古英语与现代英语相当不同，现代英文读起来非常困难。它有高度的屈折变化形式。像近代德文那样，它的意义不取决于词的位置而是词尾的变化。古英语中有很多同义词，常用"隐喻复合字"，如把海称为"鲸鱼之路""水街""海豹浴场"。长诗中便是如此，对"兵士"就用了"执盾者""战斗英雄""挥矛者"等说法。诗人常用一些不同的形容词来重复描写同一事物、现象，如国王洛兹加被称为：丹麦人的国王，贤明的统治者，善良的父亲，施予赏赐的恩主。

古英文诗的基本形式是头韵，即用来押韵的字都以同一辅音开始。每一行通常有四个重读音节，每行中间有一个停顿。通常头三个重读音节，更多的是头两个重读音节，都用头韵。《贝奥武甫》便是如此。我们读到这样的诗行：

Steap seanlitho-Stige nearwe

（陡峭的石级—狭窄的小路）

或是：

Flod under foldan-Nis thaet feor heonon

（地下的洪流—离此处不远）

在宴会厅里，歌者随着竖琴的拔弦声，朗诵着这短促而显单调的音节，歌颂英勇豪迈的祖先。

《贝奥武甫》反映了盎格鲁－撒克逊时代英国民族的历史和思想情感，具有史诗的广阔和庄严气概，被看作是英国人民的民族史诗。

三、宗教的影响：僧侣之作

英国民族史诗《贝奥武甫》是古英语文学的最高成就。此外还有一些较短的诗保存下来。有的讲述的也是日耳曼民族的故事，如残诗《芬兹堡之战》，记述的是《贝奥武甫》中讲到的丹麦人与弗利兰国王芬交恶的故事。《瓦地尔》只存有两个片断，叙述阿奎丹国王之子瓦地尔从匈奴王处出逃登陆，并与爱人结婚的故事。《威德西斯》则是行吟诗人自述游历各地不同的君主朝廷吟唱的经历，反映出这些对诗歌发展卓有贡献的流浪艺人的生活行状。在《埃克塞特稿集》中保存有 7 首抒情短诗，《戴欧》中，"斯可卜"诉说自己失宠的忧愤，在每节的尾行叹道："那场悲痛已过去，／这次悲哀也会消失。"《闺怨》中女子在独守空闺的凄苦中，还体贴远征的夫君的心："我的那人一定时常悬想／一个温暖的家。"《流浪人》发出人生无常的感慨，《航海人》则表现对大海既畏惧又向往的心情。

盎格鲁－撒克逊时期的大多数英国诗歌，或者源于北欧传来的故事，或者与基督教有关。

基督教在英国早有传播。公元 597 年圣·奥古斯丁（也是后来的第一任坎特伯雷大主教）奉罗马教皇之命带四十僧侣到英国传教，可看成是基督教势力正式侵入英国的标志。信仰上帝和他的独生子耶稣的基督教，在最初受压抑三百余年后，至公元 4 世纪被罗马帝国视为合法宗教。从此，它在欧洲历史上有着巨大的影响。在盎格鲁－撒克逊时期，基督教教义逐步排挤掉多神教神话，新兴封建国家接受并利用基督教这一具有普遍影响的精神统治工具。到公元 7 世纪，英国全国皈依罗马教会，实行了宗教上的统一。几个大寺院在 8 世纪成了文化中心，受过教育的僧侣往往便是诗人、学者。在基督教诗人中，有凯德蒙和琴涅武甫留名于世。

凯德蒙是我们知道姓名的第一位英国诗人，但人们对他的生平所知甚少，生卒岁月也不太清楚，只知道他名盛于 670 年前后。据说，他原是惠特比修道院的放牛人，不识字，不会写诗。在歌唱为乐的宴会上，当竖琴传到他的手边时，他因为不会吟唱而羞愧地躲进牛棚。在睡梦中有天使唤他唱赞美上帝造物创世的歌，他开口即唱，从此成了诗人。僧人们把《圣经》的内容讲给他听，他就把《圣经》故事编为出色的头韵体诗歌。这个传说包含着古人尝试解释"灵感""顿悟"等歌创作现象的意图。凯德蒙的作品只传下一个 9 行的片断，半数是形容上帝的复合语："天国的维护者""光荣天父""永恒的主""神圣的创造者"等。被编在他名下的一些诗篇，被称为"凯德蒙组诗歌"，实际上并非他所作，其中也有佳作。两篇根据《创世纪》改写的诗中的第二首——《创世纪 B》，详尽叙述了反叛天使撒旦的故事，这位不愿卑躬屈膝，要与上帝平起平坐的反叛者的形象，在 17 世纪大诗人弥尔顿的《失乐园》中获得更杰出的表现。350 行的片断《朱迪恩》讲了犹太寡妇朱迪恩英勇杀敌的故事。《但以理书》《出埃及记》等都取材于《圣经》故事。

对琴涅武甫（约 750—825）我们同样所知甚少。他在《基督》等 4 首诗中的诗行里嵌入了他的北欧字体的签名。有些没有签名的诗，也被归属到他的名下。他不像凯德蒙和其他诗人只改写《圣经》故事，他写圣徒行传，如《使徒的命运》，写了十二使徒的生平与死亡。在写圣安德鲁梦中受上帝嘱咐去营救身陷蛮族的圣马太的故事中，诗人生动描写了海景。著作权尚有争议的《十字架之梦》，是首梦幻作品，让十字架向梦中诗人讲述，富有丰富想象和抒情意味，常被看作古典文诗中的优秀作品。

四、英国散文起源

当诗人们用古英语写作时，盎格鲁－撒克逊时期的早期散文家则用拉丁文进行写作，因为拉丁文是当时学术上通行的唯一文字。留存到今天的盎格鲁－撒克逊人最初的散文著作从 8 世纪开始出现。被称为"英国历史之父"的比德（673—735）终身在雅洛修道院里研习，他用拉丁文著书 40 种，涉及修辞学、诗学、天文、历史、宗教等多个领域，其中最伟大的是五卷巨著《英国人民宗教史》。这部著作完成于 731 年，详尽叙述了从罗马人入侵到作者逝世前四年之间的历史事件。他搜集了大量的资料，尽可能编纂完整的英国民族和宗教历史。他在叙述中穿插了许多奇闻轶事，比如关于诗人凯德蒙的传说便源于此。颇有趣味的神话传说和质朴简捷的文笔，使这部著作具有一定的文学价值。

8 世纪后期，丹麦人开始入侵英国，一百多年间，他们不断劫掠不列颠东海岸，长期霸占不列颠东北部大片地区。丹麦人的入侵使寺院遭毁、学术凋零。9 世纪后期，传奇英雄式的威塞克斯国王阿尔弗莱德（849—901），率人民抗击外侵，逐渐将入侵者逐出，将小王国统一，成为第一个统治全部被解放了的英国人的君主。他改革军队、治理内政，并致力于复兴文化、振兴学术。学术繁盛的中心由北部移到了南部。他本着教育人民的目的，召集了一批学者，主持了许多拉丁文著作（包括比德的《英国人民宗教史》）的翻译工作，向不能读拉丁文的普通人民介绍了其他国家、不同历史时期的文化。这些盎格鲁－撒克逊语的译本，采用了自由译法，对原著进行了增删、变动，注意表达的明晰与连贯性，奠定了英国散文的基础。阿尔弗莱德王在撰写的一篇序中，为使用本地语辩护，论述了翻译的必要性，人们把他称为"英国散文之父"。

阿尔弗莱德主持编修的《盎格鲁－撒克逊编年史》是用英语写成的第一部散文巨著。他组织各修道院的僧侣们誊写威塞克斯和肯特王国的旧有记载和编年史，再进一步编纂。僧侣们基本上逐年记录了从凯撒入侵到

1154 年（也就是阿尔弗莱德逝世后 250 年）的英国史实，关于晚近历史的记载较为详实可靠。僧侣们以本族语言去记载事实，有对与人民生活紧密关联的自然现象、灾害的记录，有对压迫人民的外来和本国君主的指摘。由于《编年史》是在不同地方由不同时期许多人撰写，在材料取舍、文字风格上不同，现有七个抄本。但它简朴自然的文笔，对以后英国散文发展具有重大意义，可看作英国散文文学的开端。书中还有几首记述战争的诗，如记述阿尔弗莱德王的孙子率英军作战的《伯伦南堡之战》充满爱国热诚，19 世纪著名诗人丁尼生曾把它译为现代英文。

这以后艾尔弗里克（约 955—1020）和乌尔夫斯坦（死于 1023 年）对散文的发展都做出了贡献。艾尔弗里克除了用希腊文写的宗教著作之外，以对话形式写了《对话录》，由教师与代表当时各种职业的人的对话组成，他们中有骑士、商人、农夫、牧羊人等，包含许多有趣对话，对当时社会生活有所反映。这些拉丁文对话被人逐行附加了古英语译文。他在自己写作的布道辞里，运用了对仗、头韵，散文风格接近诗体。他曾翻译了《圣经》前七卷，以古英语介绍《圣经》内容。他的散文内容主要是宗教性的，但当时很流行，对人民教育起过指导作用，也提供了清晰、灵活的散文范本。约克郡大主教乌尔夫斯坦的布道辞因切合实际而显得很生动。他的《乌尔夫告英国人民书》，在要求人民进行忏悔的呼吁中混合着起来反抗北方海盗的号召。

第二节　中古时期英语文学

一、盎格鲁 – 诺曼时代

1. 诺曼征服对历史和文学的影响

八九世纪，居住在北欧斯堪的纳维亚半岛的北欧人在航海贸易的同时，常进行海盗式的掠夺、南侵骚扰。10 世纪初，一股诺曼人在法国西北部一片地方定居，诺曼人的首领作为法国国王的臣属，以公爵的身份领有此地，这块地方就名为诺曼底。他们吸收了被征服者的文化，在语言上逐渐与法语同化。1066 年，39 岁的诺曼底公爵威廉乘英国王位交替、形势不稳之机，率兵渡海侵入英国。哈斯丁斯附近一战，威廉击败了英王哈曼德的军队，进入伦敦，登上了英国王位，史称征服者威廉。

诺曼人的征服对英国历史和文学史都产生了很大的影响。征服者推行在欧洲大陆已十分盛行的封建剥削方式，加速了英国封建制度的发展。威廉掌握强大的王权，把从盎格鲁－撒克逊贵族那里没收的土地分封给封建领主，领主们又分封给自己的臣属，如金字塔般的封建等级制度形成，压在底层的便是实际耕种的佃农。在政治制度上，经过国王、封建主及教会间斗争，议会开始建立，等级代表制的君主封建政体在英国确立起来。

教会在封建时期英国的社会生活中占有重要的地位。教会本身就是大封建主，他们拥有全国三分之一的土地，实行教阶制，参与国家政治事务，在罗马教皇的支持下，行使宗教、政治权力。在英国国土上，矗立着众多圆拱石墙的罗马式和尖拱高塔的哥特式大教堂，教区内更是教堂遍布。教会通过它的各级组织和神职人员的活动，对人们维持精神统治。教会垄断了教育。僧侣们在修道院里闭居隐修，读经抄录，有些古代著作因此保留下来，但也有的古代文化著作由于不合教义内容而被删改、甚至销毁。在社会普遍的愚昧状况下，只有教会有权解释《圣经》。教职人员在讲经布道中，向人们灌输"原罪"说和救赎说、天堂地狱说，宣传虔诚、禁欲、恭顺、服从。哲学、法学、文学、艺术等意识形态都受到神学的控制，教会文学便是为宣传宗教教义服务的。在盎格鲁－撒克逊时期的宗教中，还交错着多神教的因素，而盎格鲁－诺曼时期的教会文字已清除了异教成分，竭力宣扬禁欲主义和来世思想。如宗教诗歌《道德颂》《论赎罪》《良心的责备》等，都劝诫人们忏悔，抛弃尘世幸福，以现世的忍耐、受苦、修行，来换取来世的极乐。

诺曼人带来了欧洲封建制，也带来了英国语言文字上的变化。诺曼征服以后两百年，有三种语言并存：即本地英语、诺曼法语和拉丁语。绝大多数英国人特别是农民和城镇商人、手艺人都讲英语，上层社会则用法语，教会使用的是拉丁语。到 14 世纪中叶，英语终于获得统治地位。这时的英语已与古英语完全不同。古英语为表示词与句中其他成分的关系而引起的繁复的词形变化开始消失，英语由综合性的语言渐渐变为分析性的语言，吸收了成千上万的法国词汇，增强了语言的表现力。古英语的时代结束了，真正的英国语文即中古英语在 14 世纪后半叶正式形成。

2. 文坛新时尚的表现：骑士传奇

诺曼人为英国文坛带来了新的时尚——骑士传奇的流行。骑士是封建等级制中最低一级的封建主。最早的骑士来自中小地主和富裕农民，他们在封建战争中为大封建主效力，获得土地和其他报酬。后来土地世袭，固定的骑士阶层形成了。11 世纪 90 年代开始的十字军东侵提高了骑士的社会地位。骑士阶层逐渐形成了以忠君、护教、行侠和爱情崇尚为中心的骑士精神，描写骑士爱情和冒险故事、宣传骑士精神的骑士文学应运而生，盛行于 12—13 世纪的法国以至西欧。骑士文学可分为骑士抒情诗和骑士传奇。在诺曼征服后的英国文学中，最流行的便是骑士传奇。在这种长约 1000 至 6000 行的叙事诗里，诗人描写了骑士为了荣誉或宗教信仰，尤其是为爱情而冒险游侠的故事。能取得冒险的胜利，能赢得贵妇人的欢心，就是骑士最大的荣誉。传奇中通行的诗体也是法国古诗体的常见形式：每行八个音节或四个重读音节的两个联韵体。盎格鲁－撒克逊诗歌的头韵体逐渐让位给韵律复杂的模式。

西欧主要国家的中世纪骑士传奇在题材上有三大系统，即古代系统、法兰西系统和不列颠系统。古代系统指以亚历山大的事迹和特洛伊战争为中心的一些韵文传奇。法兰西系统写的是查理大帝和他的骑士的事迹。不列颠系统是围绕古克尔特王亚瑟的传说发展起来的，其中主要写亚瑟王和他的圆桌骑士的故事，也是三大系统中最主要的一个。亚瑟是 6 世纪不列颠岛上威尔士和康沃尔一带克尔特人的领袖，在抵抗盎格鲁－撒克逊人入侵的战斗中功绩显著，逐渐地成了民间传说中的人物。被征服的克尔特人在追念中神化这位民族英雄，把民族解放的希望寄托在他身上，以亚瑟和他的匡世济民的武士的事迹来激励自己。诺曼人占领诺曼底后，吸收并发展了邻近的布列塔尼的克尔特人中亚瑟的传说，在征服英国后，又把这些传说带回英国。1137 年威尔士主教杰弗里在拉丁文的《不列颠君主史》里，奠定了亚瑟王故事的基础。不久以后教士瓦斯用诺曼法语意译杰弗里的《君主史》，为亚瑟王故事增添了骑士传奇的色彩，他还创造了"圆桌"的方式，解决了十二骑士座次排列、尊卑高下的问题。

到 13 世纪，亚瑟的故事首次在英语写的诗歌中出现，英国僧侣莱雅蒙在他的韵文编年史《布鲁特》的最后三分之一，记载亚瑟王的故事。这以后，亚瑟故事在法国盛行，在英国则直到 14 世纪才又出现，大部分是法语传奇的改写本。

传说亚瑟是威尔士王的儿子，15 岁继承王位。他靠魔术师梅林的帮助，拔出了压在大石缝里的宝剑，征服了苏格兰、爱尔兰和冰岛。他娶了罗马贵族的女儿、美丽的桂内维尔，在卡米洛的城堡里设下了可坐 150 名骑士的大圆桌，根据骑士们的冒险故事来决定他们入席的资格。圆桌上有一个席位空着，留等找到耶稣在最后晚餐上所用的圣杯的骑士。亚瑟在战场上屡建战功，远征罗马与罗马皇帝作战。当他得知代他理政的侄儿摩德瑞德企图篡夺王位和王后，立刻与骑士高文回国。他虽然战败了摩德瑞德，自己也受了致命伤，被仙女们送往仙界。王后桂内维尔出家为尼。

骑士中最主要的是朗斯洛，他与王后秘密相爱，但又爱上了阿斯特洛封主的女儿艾莲。艾莲为他痴情伤心而死后，他与王后和解。后来他与王后的爱情被发现，他与王后逃跑，受到亚瑟王和骑士们的追截。朗斯洛交出王后退到布列塔尼。亚瑟王因面临被篡位危险而回国后，朗斯洛也回英国去帮助亚瑟王，发现亚瑟已逝，王后出家，他便出家去看守亚瑟的陵墓。帕尔齐法尔是圆桌骑士中最有道德最圣洁的，他与另外两位骑士寻找到了作为神恩的象征的圣杯。

骑士传奇有大致的描写格式。内容上是由骑士历险的各种遭遇串联，恋爱事件占有特别重要的地位。英勇的骑士、绝色的佳人,自然必不可少,但缺少个性化的描写。虚构成分强,传奇中出没巨人、怪兽,古堡、森林中弥漫着魔法。骑士与贵妇们之间的"典雅的爱情"与中世纪的圣母崇拜有关,但也有对禁欲主义的反抗。人们享受爱情和现世幸福的权利得到了肯定。骑士传奇对以后文学发生相当的影响。传奇故事情节丰富多彩、引人入胜,以一两个骑士的冒险经历来组织故事,还开始注意人们的精神世界,描写了人的情感和内心活动,对生活细节也有细致的描写,这些艺术特点使骑士传奇成为近代长篇小说的滥觞。

现在的英国中古文学中最好的骑士传奇是《高文爵士和绿衣骑士》。

2530行的《高文爵士和绿衣骑士》记录了一位"圆桌骑士"高文的奇遇。亚瑟王和他的骑士们正在欢庆圣诞,一位高大魁梧的绿衣骑士闯入挑战,声言谁敢用斧头砍下他的头,明年此日就要到绿教堂接受他的同样回报。高文爵士挺身应战,砍下了绿衣骑士的头。绿衣骑士提头驰马而去。次年冬天,高文前去践约,他登山涉水,遇到蛇、狼、野人、熊等各种危险,于圣诞前夕投宿于绿教堂附近的古堡中。高文与热情的主人商定在他逗留期间每晚相互交换白日得到的物品。主人外出狩猎时,女主人便来诱惑高文。高文夜晚只能以吻与主人的猎物交换。第三天主妇赠给高文一条据说有刀枪不入魔力的绿腰带,夜晚交换时,高文隐匿了腰带。新年日高文冒着暴风雪去与绿衣骑士决斗。决斗后他才明白绿衣骑士就是古堡主人,整个计划是由亚瑟王的敌人女妖安排的,想使亚瑟及宫廷蒙羞。高文由于暗自接受了女主人的腰带,受到了脖颈被擦伤的惩罚。

这部传奇故事完整,有悬念,有跌宕,有叙事,有写景,具备了传奇的各种成分——宫廷生活、游历冒险、风流韵事、离奇想象。对狩猎场景和高文受诱惑的场景的描写,富有人情味。而高文游历途中季节变换与景色的描写,反映出诗人对自然的感受和深情:"他一早欢乐地骑马跨过山冈,/进入一片幽深、荒凉满目的森林;/两边全是高山,下临杂树林丘,/生长那巨大的古橡,上百株挤成一堆/榛木、山楂盘绕纠结的在那边垂挂,/蓬松粗皱的苔藓布满四周……"

在英国还有一些以本土为题材的传奇；如《浩恩王》《丹麦王子哈夫洛克》等，都写到王子的逃亡和还乡复位。

传奇故事的叙述形式甚至还影响到教会文字。无名氏作的《世界的测量者》，叙述从开天辟地到世界末日的圣经故事，其中大卫杀巨人的故事明显地受到了传奇的影响，广受读者欢迎。

二、成熟文化时代的开始

盎格鲁－撒克逊时代的文化主要是日耳曼的，盎格鲁－诺曼时代的文化主要是法国的，而 14 世纪后半叶是成熟的英国文化的开始。乔叟是这个时期最伟大的作家，所以英国文学史常把这个时期称为乔叟时代。

1. 民意的梦幻表现：《农夫彼尔斯之梦》

14 世纪下半叶的英国社会动荡不安。英法两国争夺领土、贸易地，互相敌对，终于引发了断续百年的英法战争（1337—1453）。英国凭借军事优势，取得了战争第一阶段的胜利。战争提高了英国人的民族自觉和爱国精神，但也给人民带来灾难。当战局变化时，英国议会决定征收人头税来填补军费开支。人祸之上又加天灾，1348 年起英国发生三次当时被称为黑死病的大规模的鼠疫，英国人口缩减了三分之一，伦敦人口减少了一半，国王和议会却颁布法令强迫劳动、限定工资，以保证廉价的劳动力。本来就不堪贵族、教会剥削重负的农民忍无可忍，揭竿而起。1381 年英国东南部各郡农民起义。他们在反教权的宗教改革家威克利夫及他的追随者"罗拉德派"的思想学说影响下，用宗教的论据来为自己的斗争辩护。农民起义领袖之一、穷牧师约翰·保尔在他的富有号召力的布道辞中大声发问："当初亚当耕耘，夏娃编织，谁又是老爷绅士？"这场起义尽管很快就失败，但对英国农奴制的消灭起了重要作用。

农民起义前后农村现实与时代情绪在头韵体的长诗《农夫彼尔斯之梦》中得到展现。这首诗有三种不同的稿本，称为甲、乙、丙本，其中写于

1377 年左右的乙本最为著名。一般都认为诗的作者是威廉·朗格兰。关于作者的生平材料很少，他大概生于 1332 年，卒于 1400 年。他的父亲可能是农夫，而他自己是受过教育但没有圣职的教堂助理人员，生活贫苦。

《农夫彼尔斯之梦》采用了中世纪文学通用的手法，以梦境开始。五月的一天早晨，诗人在马尔文山上入睡。他梦见一片平原，东边有真理城堡，西边尽头是灰暗的塔楼，里面居住着罪恶。平原上聚集着各种身份、阶层和职业的人：国王、骑士、僧侣、商人、手艺人、农夫、乞丐、小丑等等，他们是奔走于真理与罪恶之间的人类的代表。可爱的女士"圣徒夫人"劝诗人寻求真理以拯救灵魂。穿着华丽的"财富夫人"将与"欺骗"结婚，遭到了"神学"的反对。他们便与"谄媚""撒谎"和"狡猾"一起去伦敦国王法庭投诉。国王恐吓要抓"欺骗"等人，他们四处逃散。"狡猾"被商人占有，"撒谎"在卖免罪符的小贩那里躲藏，只有"财富夫人"来到法庭。"良心"拒绝了国王要他与"财富夫人"结婚的建议。国王听从"理智"的劝告，放逐了"财富夫人"，委任"良心"和"理智"为顾问。

诗人又开始做第二个梦。在人群聚集的平原上，"理智"在传道，七大罪恶（骄傲、奢侈、嫉妒、愤怒、贪婪、饕餮、懒惰）开始忏悔。成千的人想寻求真理但又找不到路，农夫彼尔斯出现了。他已为真理服务 50 年，来为人们指路，不过他先要耕完自己的土地。一些香客前来帮助，但许多人躲开，有人提议让彼尔斯劳动，他们来祷告。彼尔斯以饥饿来吓唬他们。乞丐和劳动者抱怨工资低，暗示当时国家的强制劳动立法。"真理"带信给彼尔斯，发放免罪符。在与牧师关于免罪符的争论中，彼尔斯声言要放弃劳作改作祈祷苦行生涯。在第二场梦中，诗人在彼尔斯的谈话里展示农村的贫困景象和劳动者的深重灾难，表现同情穷人的民主思想，认为大家都劳动才能找到真理和正义的道路。

诗人又梦到彼尔斯去找寻"良善""甚善"和"至善"，这部分出现了许多寓意形象。朗格兰的长诗利用了传统宗教故事形式，其中有很多道德说教、寓言手法，但充满了现实生活的真实图画。他显示了上层生活的腐败、贵族的懒惰、教会人士的贪婪堕落、商人的寄生恶习。作者满怀同情地描写了穷人的悲惨生活，也赞颂了劳动者的正直，认为彼尔斯这样的农夫最接近真理。

2. 民族文学奠基作品：《坎特伯雷故事集》

杰弗里·乔叟（1340—1400），是第一位伟大的英国诗人，常被称为"英国文学之父"。他对于近代英语、英诗韵律和英国现实主义文学都做出了卓越的贡献。

乔叟生于伦敦，父亲是生意兴隆的酒商。1357年，他在父亲的安排下做了宫廷侍僮。两年后从军到法国，被俘后不久获释，国王爱德华为他支付了240镑赎金中的16镑。1366年，乔叟与王后的侍女菲力帕结婚。1367年后的十年，他多次出使欧洲，去了文艺复兴运动的中心佛罗伦萨，接触到时代的新思想。有传说他与意大利著名诗人彼特拉克见过面。1373年起，乔叟成了政界要人。他于1374年被任命为伦敦羊毛、皮革和酒类的税务督察。1385年，他担任肯特郡治安法官，第二年成为该郡下议院议员。但由于他所依附的保护人兰开斯托公爵影响的衰落，他失去了督察的职务，经济上陷入困境。到1389年，兰开斯托公爵得宠，乔叟又得到任命，负责修缮王室建筑，整日奔忙不休，1391年他改任骚默塞特郡地方皇家猎场的副管理员。他生命的最后十年是在平静中度过的。在兰开斯特家族失势的几年内，他失去了年金。在1399年新王亨利四世的加冕日，他写了《致空囊》的短诗献给新君，诉说自己贫穷，结果除了恢复旧有年金，又获得新的年金。可惜第二年诗人就与世长辞。他被葬于威斯敏斯特寺一角，后来其他的有名诗人或者葬于此，或者立碑在这里，人们把这里称为"诗人角"。乔叟一生经历丰富，早年受到宫廷生活熏陶，担任过多种公职，屡次出使国外，对整个社会生活有相当深刻的了解。

乔叟的创作大致上分为三个时期；1373年前为第一时期，主要是在法国文学影响下写作；第二时期（1373—1385）的写作主要受意大利文学影响；1385年以后，也就是在他生命的最后15年，乔叟摆脱了外国文学作品的重要影响，写真正的英国题材的作品，创造了个人的风格。

　　乔叟最早的作品《玫瑰传奇》，是同名法文诗的英译。这首诗在中古时期的法国和欧洲都产生广泛的影响。洛利斯所写的前半部基本上继承了骑士文学传统，而由墨恩续写的后半部反映了新兴的市民的思想感情。诗中大量运用了寓意手法，讲诗人梦游天国，爱上了玫瑰，爱情帮助诗人发动文雅、慷慨、直率、怜悯等，克服嫉妒、危险、谣言等的阻拦，使诗人得到了玫瑰。这种梦幻文学体影响到以后《公爵夫人记》《荣誉之宫》等诗作。作于 1369 年的《公爵夫人记》是乔叟早期创作最著名的长诗，为悼念他的保护人兰开朗托公爵的原配夫人布朗施逝世而写。诗人梦见自己参加了皇家猎队，在森林中遇见了一位黑骑士，骑士哀悼他的德貌兼备的爱人之死。诗人在一个梦幻故事里，将布朗施写得栩栩如生，把梦幻诗用于私人悼亡，为乔叟首创。

　　第二时期的创作主要是写于《坎特伯雷故事集》之前的 3 部长诗：《荣誉之宫》《特洛伊勒斯和克丽西达》《好妇人的故事》。《荣誉之宫》未完成，作于 1380 年左右。这段时间乔叟多次出使法、意，在继续模仿法国作品的同时，汲取了来自意大利的影响。作品里诗人梦见巨鹰把他攫走，叫久为爱神效力的他到"荣誉之宫"听更多的爱情故事。荣誉女神被求恩惠的人所围绕，任意施舍。诗人又到"谣言之宫"，这里人们传播各种消息，有时真假混杂，而风神用喇叭把消息吹送出去。诗人在滑稽幽默故事里表现出讽刺意味：荣誉的获取往往取决于机会而不是功德；流言常是真假混杂，由此带来的名声也是不可靠的。诗人与鹰的对话里有许多典型的乔叟式幽默。

　　《特洛伊勒斯和克丽西达》约作于 1372—1387 年间，主要故事来源于意大利作家薄伽丘的长诗《菲洛斯特拉托》。特洛伊王子特洛伊勒斯作战英勇，他爱上了祭司卡尔克斯的女儿克丽西达，他的密友、克丽西达的叔父潘达鲁斯从中撮合。卡尔克斯预知特洛伊将沦陷，便投往希腊，并劝服希腊人以特洛伊战俘去交换他的女儿。克丽西达临行时许诺十天后归来，但到希腊营中以后，却接受了英俊的戴奥米德的爱。在战场上，特洛伊勒斯在戴奥米德身上发现了他送给克丽西达的扣针。悲愤的特洛伊勒斯从此觅机与情敌交战，却死于希腊主将阿喀琉斯手下。诗作带有中世纪骑士传奇色彩。但乔叟笔下去除了寓意人物、迷信因素，对封建社会后期一对恋人进行生动刻画，挖掘克丽西达的心理活动。《好妇人的故事》（1385—1386）是乔叟最后一篇爱情梦幻诗。诗人在观赏完五月里美丽的雏菊以后入梦，梦见爱神责怪他的创作污蔑了爱情，命他撰写忠于爱情的好妇人的故事。诗人用"英雄双韵体"写了9个为爱殉身的女人的悲剧，其中有源自薄伽丘的克里奥佩特拉，有罗马诗人维吉尔写过的狄多，主要的故事则来源于罗马诗人奥维德的创作。

乔叟的第三时期的主要作品也是他毕生的杰作是《坎特伯雷故事集》（1387—1400）。他直接取材于英国现实社会，风格写实。

《坎特伯雷故事集》是以朝圣进香的线索连贯的。3世纪起有虔诚教徒到圣地朝圣，英国最著名圣地是坎特伯雷。朝圣活动逐渐发展为社会大众娱乐活动，从伦敦到坎特伯雷65英里，在三四天旅程里，香客们交谈玩笑。

在开篇的"总序"里，诗人介绍了香客们结伴的经过和各位讲故事的人，成为全诗最精彩的部分。接下来的24个故事成为主体部分，此外，还有"分序"和一些故事的连缀部分。

4月的一天，诗人来到伦敦南郊的塔巴德族店，准备第二天到坎特伯雷朝圣。到晚上先后来了29个朝圣客，大家同意旅店老板哈利·贝雷的提议，在结伴朝圣的路上轮流讲故事解闷。每人来回共讲四个故事，由旅店老板评判，讲得最好的人由大家凑份请客。照原安排讲120个故事，但只完成24个，其中两个被书中其他人物打断，另外两个则是作者未写完。

朝圣客三教九流，代表了社会上各种地位、职业、性格的人。他们中有武士、骑士侍从、小地主等上层人士；有修道院院长、修道僧、游乞教士、教会法庭差役、牧师、女尼、赦罪教士等各级教会人员；有来自城市的商人、木匠、厨子、织工、染工；有来自农村的磨坊主、管家、农夫，还有医生、律师、牛津学者等。

对教会的腐败、堕落的揭露，是新兴的资产阶级文学常见的主题。在《坎特伯雷故事集》里，除了一个穷牧师是廉洁、助人的好人，其他的教会人员都是以讽刺的笔调描写的。教会法庭差役满脸吓人的疱疹，孩子们见了就怕，他专门送传票召人到宗教法庭应审。赦罪教士连诱带吓地敛取金钱，带了些宗教性货品到处招摇撞骗。修道士爱寻欢作乐，拈花惹草。监管寺院田产的僧人，爱打猎，讲穿着，好吃烤肥鸭。女修道院长举止斯文、多愁善感，身上的金扣针上刻着拉丁文："爱征服一切"，一副贵妇名媛气派。

其他阶层的人身上也不乏讽刺色彩。医生熟谙占星术，在疫疠中赚大钱；律师把法律文牍记得烂熟；磨坊主精于克扣粮食；管家中饱私囊；威风凛凛的商人实际上债务缠身；法学院的伙食采购员在账目上唬住了30位博学的法律学者。

在富裕起来的市民中增长着自尊意识。五个伦敦的手工艺人随身带着厨子，他们的收入资产颇丰，妻子们喜欢别人喊她们"夫人"。贩卖呢料的巴斯妇在教区活动中总要抢在前头。诗人以尊敬的态度描写了身经多次宗教战争、充满荣誉感和美德的骑士和家产丰厚、用钱慷慨的地主。在赞扬了善良的农村牧师后，又写了他的兄弟——一位虔敬、诚实、热爱劳动和邻人的农夫。

这群各有特色的香客讲出来的故事自然也是多姿多彩的。24个故事的价值并非是相等的，但都与叙述人的职业和性格相符。骑士讲的是表兄弟两人爱上同一个少女并为她比武决斗的故事，反映了骑士的理想精神。他的儿子、骑士侍从讲了关于阿拉伯和印度国王向成吉思汗献宝的东方传奇。女修道院长讲的是信仰基督的孩子的故事。牧师的故事是散文体的、冗长的布道，要人们忏悔修行以上天堂。磨坊主、管家、船长、商人都讲可笑的又相当粗俗的故事。修道院随从教士、伙食采购员讲动物故事也很自然，因此故事集里的体裁很丰富，几乎集中了中古文学的各种体裁：骑士传奇、教会圣徒传、劝善的布道文、动物寓言、寓言、传说、歌谣、故事诗，等等。

故事的内容大部分是有关爱情婚姻方面的，尤其是巴斯妇、牛津学者与地主的三个故事，构成了一个"婚姻组"。他们的故事讨论的中心便是婚姻中，丈夫是否应该处于支配地位。已经五次嫁人，还怀着第六次结婚念头的巴斯妇，认为只有妇人掌权的家中才有安宁幸福。她的故事讲到一个骑士被迫娶了丑妇为妻，因为他在洞房之夜表示一切听从妻言，丑妇立刻变成娇美的贤妻。学者的故事则强调妇女服从的美德。村女格利塞达嫁给侯爵后，一切唯命是从，被夺走女儿、儿子、甚至被休弃，都没有怨言，本想考验她的丈夫深为感动，从此夫妻幸福和美。地主的故事则强调夫妇相互信任、共渡难关。骑士阿维拉格的妻子道丽根在丈夫外出期间，忠实于丈夫，抵御了外来诱惑，却不意一句本不会应现的戏言授人以口实。丈夫归来后没有责怪妻子，却劝她兑现诺言。他们之间的信任感动了引诱者，自动放弃了非礼要求。在这组婚姻故事里，特别是能干、独立的巴斯妇形象塑造上，显示出乔叟对妇女地位的重视。磨坊主和商人的故事都讲到年轻的妻子背叛年老的丈夫，寻求婚外爱情。

在爱情、婚姻主题以外，有许多故事揭露了教会、僧侣的伪善和欺骗。游乞僧讲到宗教法庭差役勒索钱财，被恶魔拉下地狱。法庭差役立刻讲了个故事作为报复：游乞僧在求乞行骗过程中，受到一老人的捉弄，大为狼狈。两个讲故事人的彼此攻讦，也表现出教会内部不同分支之间的冲突。教堂执事的仆从讲了教堂执事如何以炼金术行骗的故事。赦罪僧讲了一个严肃的道德教训故事：三个浪子为争夺一堆金子彼此暗算，终于同归于尽。在作了贪婪乃万恶之源的说教后，赦罪僧立刻劝人们购买免罪符和圣徒遗骸（实际上是猪骨冒充的），进行公开讹诈，前面的说教故事不过是这个贪婪之徒的广告词。在女修道院院长关于信奉基督教的孩子被犹太人暗杀的故事里，诗人谴责了宗教迫害的行为。

故事集中的绝大多数故事借鉴其他材料，但都进行再造，表现出强烈的写实精神。乔叟一生接触广泛，对伦敦社会从宫廷贵族到资产阶级、普通百姓都有深入了解，观察人性的能力特别敏锐。他自己前期的作品都是梦幻文字或骑士文学，虚构性很强。而《坎特伯雷故事集》继承了城市文学描写现实的传统，始终立足于现实生活，进行冷静细腻的描绘，在写实性描写中常露出作者温和的讥刺。他的幽默主要体现在总序中，在故事中又得以加强。

乔叟在结构故事的技巧上也是超群的。他不仅让每个富有个性的叙述人讲有自己特色的故事，而且故事的串联也饶有趣味，有时若干故事构成一个系统，如"婚姻故事组"；有时故事构成一对对的关系，如磨坊主讲了老木匠的妻子与人私通的故事，木匠出身的管家立刻讲了个两个大学生诱惑磨坊主妻女的故事来反唇相讥，律师又讲了关于善良的康斯坦司的劝善故事来对抗上两个故事的粗俗性。在一种叙述文体以后可能又会有这种文体的戏拟形式。诗人讲了个典型的骑士传奇故事，托马斯爵士去寻找梦中的仙后，途中遇到三头巨怪，故事才讲到这儿，旅店老板就嫌它陈腐乏味，毫不客气地打断了。

乔叟在语言上的成就是他对英国文学的特殊贡献。《坎特伯雷故事集》中使用的语言是伦敦通用的东区中部的方言，稍微掺入了一点肯特方言成分，奠定了以后英国文字以伦敦方言为标准语言的基础。乔叟的诗富有音乐性，运用了多种诗体。他在英国文学史上第一次如此轻松、富有魅力地运用英雄双韵体，这种十音节双行体、抑扬格五音步的诗歌形式，成为英国诗歌中最常用的体裁。

15世纪出现了许多模仿乔叟的作家，在英国和苏格兰都形成了"乔叟派"。乔叟对于英国文学的现实主义发展方向、文学语言和诗体都产生了深远影响。

三、全盛时代的前夕：15世纪文学

1. 民间文学代表：民谣

与14世纪下半叶文学的成就相比，15世纪的文学创作相当贫瘠。但这个时期民间文学创作处于繁盛期，民谣和民间戏剧都相当发达。

民谣，即民间歌谣，是种短小的叙事诗，早的可追溯到13世纪，但在15世纪特别兴盛，收集和出版则更迟，早期出版的最著名的民谣集是18世纪下半叶波西主教的集子。

关于民谣的起源，争议很多，大致上有集体创作说和个人创作说。中古民谣不同于原始发泄情感的歌谣，是叙说故事的，需要一定的叙事技巧。一般意见认为可能是平民诗人根据现成材料整理编制，再经若干年的流传以后大致定型，因此民谣的具体创作年代难以确定。

民谣有歌咏的性质，有音乐的配和，有的还与民间舞蹈有关（民谣一词 ballad 即来自法文词 baller，意为"跳舞"）。民谣是一些简短的叙事诗，情节单纯，富戏剧性，通常由一串简单的场景或者长故事的片断组成，不作平铺直叙，很少细腻的描写和道德说教。在形式上采用"民谣体"，即四行诗节，二四行押韵，一三行各四音步，二四行各三音步，以叠句和重复来增强音乐效果。

在题材上民谣叫分为：1. 民间传说，多记的是鬼怪神异、林间神仙与人的交往，如《歌手托马斯》。《两只乌鸦》记述了鸟言兽语。《厄舍井的妇人》中，三个淹死了的儿子的鬼魂每晚来看望母亲，鸡叫就消逝，在一个看似迷信的传说里表现出纯朴的母亲深切的丧儿之痛。2. 家族悲剧，写的是家族成员间的悲剧，《两姊妹》中姊妹间嫉妒仇杀；《爱德华》中儿子在母亲指使下杀父。3. 爱情故事，多也是悲剧结局。《瓦特斯少年》中痴心的女子，怀着对爱人坚定的爱，接受了近乎残酷的考验，反映了封建时代妇女的不幸命运。《美丽的巴巴拉·阿兰》中的青年男女双双殉情。4. 历史故事和英雄业绩，如著名的《彻维山追猎》《俄忒本战役》，描写了英国与苏格兰之间的战争。5. 滑稽歌谣，充满了民间幽默、轻松的乐趣。怕老婆的丈夫常成为被取笑的对象，《一个农夫的妻》里的悍妇恶妻连魔鬼都逊色几分。《起来去闩门》中的懒夫妻宁可受冻不愿起来闩门，约定谁先说话谁去。后来两个绅士进门胡闹逼得丈夫开了口，妻子快活地唱起来："好人儿，你讲了第一句话，起来去闩门。"最受欢迎的民谣是有关罗宾汉的。罗宾汉聚集一批自耕农，结成林中兄弟，锄强扶弱，劫富济贫。他们仇恨州官，只抢劫骑士和僧侣。罗宾汉的伙伴们有绰号"小约翰"的大个子，有快活的僧人杜克、钟情于罗宾汉的玛利燕。15 世纪的《罗宾汉英雄事迹小唱》曾试图统一许多关于罗宾汉的歌谣。15 世纪，英国农民生活贫困，1450 年爆发了凯德领导下的农民大暴动，抗议重税、劳役政策，反对贵族压迫。罗宾汉的歌谣反映了被压迫者的反抗情绪和生活理想。

民谣内容丰富，风格自然，对后来的文学有很大影响，特别是在 18 世纪后半叶兴起了"歌谣复兴"，成为浪漫运动的先驱力量之一。

2. 近代戏剧的滥觞

戏剧也起源于民间，在原始初民庆祝节日的跳舞表演、对唱中，已经包含着戏剧的萌芽。

罗马人在英国时，建有庞大的圆形剧场，但随着他们的离去，戏剧活动也结束。英国基督教会最初是排斥古典戏剧的，因为它们是异教的、重现世的。但是几百年后，约在 9 世纪教会礼拜仪式中产生了"仪式剧"，这是近代戏剧的滥觞。在教堂礼拜中，有交互轮唱的弥撒歌唱，其中有人物——如守坟墓的天使和寻找耶稣的信徒——之间的对白，后来又加上动作。"仪式剧"逐渐发展，由拉丁文演变为英文，情节内容也渐渐地有了经外内容。演出场所除原来的圣坛也在教堂内搭起了舞台，这样就破坏了教堂的肃穆气氛。1200 年，教皇英诺森三世下令禁止在教堂内演出。戏剧表演移到了教堂门外，却更有利于演员的表演发挥和观众情绪的发泄，小贩等各色人物也出入于这种公众活动中。到 13 世纪末，教会把戏剧逐出教堂领地，戏剧与教堂活动分离了。

各地民众的宗教团体主持戏剧演出，后来又由手工业行会组织。在宗教节日游行以后，市镇广场上便开始演宗教主题的"奇迹剧"。法国往往把以圣经内容为主题的戏称为"神秘剧"，把根据使徒行传改编的剧称为"奇迹剧"，在英国则把所有宗教主题的戏剧都叫作"奇迹剧"。

"奇迹剧"是在马匹拖曳的流动剧台上演出的。剧台的上层四面敞开，用作舞台，下层遮以帷幔，作为后台使用。演出时没有布景，道具很少也很简陋。但各行业为演出服装颇费心思，还备有假发、面具。行会经常根据各行业特点来分配戏剧演出，比如"诺亚方舟"的表演由木匠或造船匠担任，"最后晚餐"由烤面包匠或酿酒匠表演。每一行会演一出戏，演完以后换一个广场再演，同时另一行会来演另一出戏，市民可以站在一个地方看很多出戏。待全市行会在酒店院里或其他场合演出时，观众可看全本大套的"套剧"，自开天辟地演到末日审判，演出会持续三四天。14—15世纪英国举行这种戏剧活动的城市有 125 个。

现存较完整的"套剧"有五组。用住在康威尔的克尔特人方言写作的康威尔组，有 50 个短剧，大约作于 14 世纪，从世界起源演到基督复活。其余几组用古英语写成，"约克组"约成于 1350—1440 年间，现存 48 出戏。"彻斯特组"（约 1475—1500 年间）的 25 出戏，有比约克组较多的幽默成分。"威克菲组" 32 出戏，滑稽成分颇多。其中的《牧人戏之二》，实质上是英国戏剧文学中的第一出趣剧。英国北部威克菲的牧人们在晋谒新生耶稣途中埋怨天气寒冷、赋税沉重、贵族地主的压迫，"四面八方全是愁苦"。狡猾的农民马可偷了他们的羊，牧人们找到马可家里，惩戒偷羊贼。这以后大家才唱起圣歌，礼瞻马槽中新生的耶稣。世俗的成分日益渗入宗教戏剧，在也是属于"威克菲组"的《诺亚和洪水》里，诺亚与他凶悍的老婆争吵的滑稽场面，可见民间创作的明显影响。"考文奇"组有 42 出戏，其中有象征性寓意人物出现，如"死亡"等，成为以后"道德剧"常用的手法。

道德剧也是宗教的产物，来自"布道"，起源于 14 世纪后半叶，盛行于 15 世纪。道德剧标志着世俗戏剧的开端，它把中古人民喜欢的寓言加以戏剧化，不再沿用圣经里的人物，而是将抽象概念拟人化，如仁慈、恶行、良心、知识、善行等，进行劝善。现有最早的道德剧是 15 世纪初的《人生的虚妄》。而《凡人》被认为是道德剧中最杰出的作品。上帝不满人类沉溺于七大罪恶，派"死亡"去捉拿"凡人"。"凡人"企求"友谊""知识""亲属"等与他同往，它们都拒绝了，"财富"回答凡人："如果你爱我稍为温和一点，/ 分我一部分给贫苦的民众，/ 你就不会弄得这样苦痛……"只有"善行"同行。神学家最后进行万物皆空、唯有善行与人同在的说教。

在 15 世纪末至 16 世纪初，还出现了插剧，即滑稽短剧。剧中人物是市民、农人、牧师，充满吵闹和戏谑。插剧比道德剧有更强的民间文学色彩，对风俗喜剧发展有明显影响。

3. 亚瑟传奇的总结

15 世纪英国散文作品成就最高的是托马斯·马罗礼爵士的《亚瑟王之死》。这部作品成了"天鹅之歌"，是亚瑟王传奇中最有影响的作品，也是亚瑟传奇的一个总结。

直到 19 世纪末学者才研究、证实了作者的身份。马罗礼是受过教育的瓦利克郡的贵族，曾参加过英法百年战争，1445 年任过国会议员。在封建主集团的内战中，他站在兰开斯特家族一边。1451 后的二十年，他屡屡下狱，可能在囚禁生活中写了《亚瑟王之死》。

《亚瑟王传奇》完成了 1469—1470 年间，1485 年刊行，是 12—15 世纪亚瑟传奇的总结性作品。作者对大量作品、传说进行梳爬处理，用 21 卷连贯起亚瑟王故事的不同线索。前五卷，主要写亚瑟王，他的父亲，魔术师梅林，他与桂内维尔的婚姻，圆桌骑士的形成，与罗马皇帝的战争及以后的战绩。六到八卷，每一卷都有关一位杰出的骑士及他的冒险。九到十卷，写了一些骑士的比武和冒险。第十一到十七卷，写骑士寻找圣杯的经历。十八到十九卷，集中写了朗斯洛与王后的爱情。最后两卷，讲述了摩德瑞德的背叛、亚瑟王与他的交战和死亡、王后与朗斯洛的最后结局。马罗礼舍去了传说中奇幻神秘的情节，完成了以亚瑟王为中心人物的、合情理又引人入胜的故事。人物描写生动，叙事简明又富有诗意。

16 世纪时的清教学者、作家阿斯堪指责此书的内容是公然的杀戮与不道德的爱情。战争与恋爱本是中古传奇的两大题材。以现代眼光去看骑士制，可以从骑士间无意义的残杀见出骑士制的野蛮和残酷。但是作者在封建社会危机的状况下以理想化的态度去描写骑士社会，为贵族的精英人物唱首挽歌。他谴责臣属对君主的不忠诚，而对婚外恋情却不予责备，甚至加以赞美，这是骑士传统的反映，也有反禁欲主义的精神。特利斯坦和绮瑟误服了爱情药，就再也不能抵挡爱情的力量，作者努力为他们的爱情辩解。

　　《亚瑟王传奇》是英国散文从中古英语后期发展到现代英语的重要里程碑。它所提供的亚瑟传奇的素材和清楚易懂、简洁流畅的散文风格，广泛、深远地影响了后来的英国文学。

第二章　文艺复兴时期文学

第一节　文艺复兴、人文主义与文学

文艺复兴运动是 14—17 世纪欧洲发生的古希腊、罗马古典文化学术的复兴运动，是欧洲从中世纪向近代资本主义社会转变时期的资产阶级思想文化运动，是人类文明发展史上一次伟大的变革。

"文艺复兴"（Renaissance）原意是"再生"，指的是希腊、罗马文化的再生。实际上"文艺复兴"运动包含着远为丰富的内容。资本主义生产发展最早的意大利，是文艺复兴运动的发源地。十三四世纪，意大利虽未统一，但工商业发达，工商业和银行业都居欧洲第一位。新兴资产阶级产生了新的人生观和世界观，他们需要建立不同于封建文化的新文化。古希腊、罗马文化的发现和研究为他们提供了思想上的影响。意大利是罗马古典文化的发源地，罗马文化就是意大利民族的文化。中世纪后期建立了世俗学校后，拉丁诗人的作品成为意大利人文化教养中的主要部分，而"拜占庭灭亡时抢救出来的手抄本，罗马废墟中发掘出来的古代雕像，在惊讶的西方面前展示了一个新世界——希腊的古代"（恩格斯语）。1453 年东罗马帝国陷落后，大批希腊古典学者携书逃到意大利，促进了意大利早已进行的希腊古典文化的研究。世俗学校在"神学学科"以外添设了"人文学科"，内容是希腊、罗马古典各科学术（包括文艺、哲学、历史乃至自然科学）。这些古典学术的研究者和倡导者，被称为"人文主义者"。

古典文化大体上是人道主义（即把人看成万物的中心）和现世主义，重视科学和哲学的探讨及对美好事物的创造和享受，要求人在身心各方面均衡发展。基督教则以神权中心和来世主义为基本内容，实行蒙昧主义和禁欲主义，两种文化形成了尖锐的对立。随着生产力的发展，自然科学的进展、15世纪末的地理发现、唯物主义哲学的发展，人开始感觉到自己的尊严与无限发展的潜力，理性代替了对权威的盲目崇拜，要重新评估阻碍人的发展的宗教信条及其他封建观念。新兴的资产阶级要发展、扩张自己，就要挣脱封建教会加诸他们的精神束缚。反封建、反教会神权的文艺复兴运动便是在如此文化背景下产生的。

以人为本、以人性反神性、以人权反神权、以个性自由、理性至上和人性全面发展为理想的"人文主义"是文艺复兴运动的指导思想，也是文艺复兴时期文学的思想核心。以倡导和研究古典学术开始的"人文主义者"成了文艺复兴运动的中坚。他们在哲学、自然科学、社会理论、艺术方面都有很大建树，有不少人"在思维能力、热情和性格方面，在多才多艺和知识渊博方面"堪称"巨人"（恩格斯语）。他们创造的以人文主义思想为内容并有巨大艺术创新的新文学，是欧洲近代资产阶级文学的开端。意大利的彼特拉克、薄伽丘，法国的拉伯雷、蒙田，西班牙的塞万提斯，便是新文学的杰出代表。

文艺复兴运动在15世纪末、16世纪初影响到英国。此时，英国封建领主内部的三十年（1455—1485）战争刚结束。以红玫瑰为纹章的兰开斯特家族终于战胜以白玫瑰为标记的约克家族，亨利七世加冕，开始了都铎王朝的统治。经过三十年的反复争夺，世袭贵族基本上被消灭了。都铎王朝一面建立专制统治，巩固王权，一面保护、奖励工商业和实行海外掠夺。亨利八世不愿屈服在罗马教会势力下，借罗马教会不批准他离婚之机，发动宗教改革，没收并出卖教会土地，由国家首脑兼而为教会首脑。

都铎王朝的政策符合资产阶级利益。新兴资产阶级在封建王权保护下发展自己的力量，资本主义工业迅速发展，其中毛织业成为英国的"民族工业"，刺激了养羊业发展，以篱笆圈耕地为牧场的"圈地运动"，将整村整村的农民驱离家园。政府的一系列血腥法令又将破产农民逼到工场廉价出卖劳动力，成为"工资奴隶"。

英国依仗繁荣发达的工业、经济力量，利用处于大西洋航路中心的优越地位，积极开展对外贸易和海上掠夺。在海外扩张中，英国击败了老牌殖民主义国家西班牙的"无敌舰队"，建立了海上霸权。英国国势在伊丽莎白女王在位期间（1558—1603）达到空前强盛。伊丽莎白时代，也是文艺复兴时期文学的繁荣时期。

英国文艺复兴时期文学经历了三个阶段。第一个阶段是 15 世纪末到16 世纪上半叶。早期的人文主义者托马斯·莫尔、科列特、格罗辛、林纳克等被称为"牛津改革派"，他们在牛津大学讲授希腊、拉丁文和"新学"，传播古典文化和来自意大利、法国的新知识、新思想，牛津大学在 16 世纪初成为英国古典文化的中心。荷兰人文主义者拉斯摩斯热情地称颂他们："叫科列特讲话，我觉得好像是亲闻柏拉图的声音。听格罗辛讲学，谁能不震惊于他的学问的渊博？有什么比林纳克的见解更精辟、深刻、细腻？世间可曾有过比托马斯·莫尔更温文尔雅、更动人、更成功的天才？"莫尔（1478—1535）是早期人文主义者的杰出代表。他当过律师、议员、下院议长，直至最高法官。作为虔诚的天主教徒，他反对国教与罗马教廷分离，因拒绝宣誓承认英王为英国教会至高权威，而被判斩首。他在文学方面的代表作是拉丁文写的对话形式的幻想小说《乌托邦》（1515）。第一部分里，作者在朋友彼得·吉尔斯处认识了航海家希兹洛德，三人在一起谈论英国和欧洲的社会问题：严酷的法律、封建战争使伤残士兵沦为盗贼，"圈地运动"带来的"羊吃人"的惨景，穷富悬殊的生活，他们把种种社会罪恶归为私有制。第二部分里，航海家描写了理想国乌托邦，这里与前面描写的种种社会腐败恰成对照。废除私有制是理想社会的基础，理想国里土地共有，没有私人财产，国民必须劳动，人人平等。政治上实行宗法家长式的民主制，法律简明，教育普及，宗教信仰自由，但不信神者不得任公职。生产劳动和产品分配有计划性，人人有足够的供应。金银不再受重视，成为小孩的玩具和犯人的锁链。莫尔对理想国的描画受到古希腊哲学家柏拉图"理想国"和希腊社会影响，混合了宗法社会、中古生产方式与古代城邦政体，这里允许奴隶的存在。但是作者对社会种种不平现象的揭露、批判，反对战争、金钱崇拜，鼓吹宗教宽容、人的全面发展，对理想的憧憬和向往，开了以后"乌托邦"著作的先河。这一阶段文学的成就还表现在魏阿特和萨雷的诗里。

第二阶段，即"伊丽莎白时代"，以英国文化的辉煌发达著称。从 16 世纪后半期到 17 世纪初叶，特别是最后 20 年，文学创作极为繁荣。诗歌上，从早期的魏阿特、萨雷，经由锡德尼、斯宾塞，发展到莎士比亚、本·琼生。戏剧上，经由早期戏剧、"大学才子派"创作，莎士比亚的剧作成为英国也是欧洲文艺复兴时期文学的高峰。在散文上也出现了李利、锡得尼与纳施、德隆尼分别代表的两种不同类型的小说。

第三时期是从莎士比亚逝世到 17 世纪 40 年代初，文艺复兴时期文学走向衰落。

第二节　十四行诗与诗歌繁荣

英国诗坛在乔叟后经历了萧条时期，到文艺复兴时期又开始复苏。15 世纪末年到 16 世纪最初十年，主要的英语诗人是魏阿特和霍华德·萨雷伯爵。1557 年由伦敦出版商陶特尔出版了一部诗集《陶特尔诗集》，有诗 271 首，除抒情诗外，还有箴言、墓铭、悼歌、讽刺诗、牧诗，颇受读者欢迎。诗集中主要诗人是写了 96 首诗的魏阿特和写了 40 首诗的萨雷。

魏阿特（1503—1542），曾就读于剑桥大学，数次出使法国、意大利、西班牙等国，深受意大利文学影响。他的主要贡献在于创作了爱情主题的优美抒情诗和介绍引进了"十四行诗"诗体，而这两方面都受益于意大利诗人彼特克。彼特拉克的《歌集》歌咏了对女友劳拉的爱情，避免了中古诗歌的抽象性和隐晦的寓意，表达了人文主义者新的爱情观念，从内容到形式都给欧洲文学以很大的影响。魏阿特的 30 首十四行诗有 10 首是彼特拉克诗的译作，他一面忠实于彼特拉克的传统，一面又显示了伊丽莎白时代自由创作的趋向，改变了严谨的格式。萨雷伯爵（1517—1547）出身贵族，才气横溢，29 岁时以叛逆罪被斩。他如同魏阿特，写出英国第一批彼特拉克风格的爱情抒情诗，但他比魏阿特更不守成规，建立了伊丽莎白时代的十四行诗型，即三个"四行诗"，加上一个押韵的"双行体"，韵脚为 abab，cdcd，efef，gg，替代了彼特拉克式，即前八行一段，后八行一段，韵脚为 abba，abba，cde，cde（或 cdc，dcd）。萨雷的新诗型为后来莎士比亚和其他许多诗人采用。萨雷在译维吉尔《伊尼德》时吸取拉丁诗不押韵特点，用英文写无韵诗，这种诗体也成为莎士比亚、弥尔顿等诗人最喜用的形式。

尽管文学史上常将魏阿特与萨雷并提，但他们并非合作的作家。就诗的成就而言两人也各有特色，魏阿特的诗想象丰富、情感热烈；萨雷的诗辞句流利、声调优美。

文艺复兴时期诗歌繁荣时期是从 1580 年到 17 世纪第一个十年末，锡德尼的诗作标志着繁荣的开始。菲力普·锡德尼（1554—1586）出身小贵族家庭，毕业于牛津大学。他在欧洲大陆旅行时与法、意、德的人文主义者相识，在国内也结识许多著名文人，建立起文学圈"阿理奥帕戈斯"（词义为雅典的最高法院）。1584 年锡德尼任尼德兰海弗拉兴总督。1584 年他在与西班牙战争中负伤，临终前他把水让给了另一伤员，传为佳话。他的十四行诗集《阿斯特洛菲与斯苔拉》、散文传奇《阿卡狄亚》和文艺批评《为诗一辩》分别奠定他作为诗人、传奇作家和批评家的声誉。

《阿斯特洛菲与斯苔拉》（1580—1583）有 108 首十四行诗，连缀起来成为"十四行诗集"，表达了诗人对爱塞克斯伯爵的女儿、已婚的德佛勒的爱情。"阿斯特洛菲"的希腊词指的是"爱星者"，诗人用以自比。"斯苔拉"是拉丁词，意为"星"，指德佛勒。诗人遵循了彼特拉克的传统，诗中有矫揉造作、雕饰的语言，但也表现出真实情感，表达了人文主义者世俗的、个人的感情，留下许多著名诗句。《阿卡狄亚》是锡德尼隐居在妹妹即潘伯娄克伯爵夫人家中时写来娱乐妹妹的，在他死后的 1590 年刊出。阿卡狄亚是希腊南部一城邦，重峦叠嶂，居民多牧羊，自给自足。锡德尼以此为背景，将骑士传奇与牧歌结合，以长而复杂的情节讲述了战争冒险、爱情纠葛，没有对人物性格鲜明的刻画，很少有写实的细节，句子长而缛丽，有很多直喻、隐喻。但作品在当时获得很大成功，赢得众多追随者。

《为诗一辩》是早期英国文学批评中的杰作。诗人反驳了清教徒高松指斥戏剧、诗歌等艺术形式为不道德的言论。他申述了诗人在古时的崇高地位，认为诗人用想象写作，兼有历史家与哲学家之长，艺术有指导和娱乐作用。锡德尼讲解了诗的各种类型：牧歌、喜剧、悲剧、抒情诗、史诗等。在对英国文学概括性的评述中，他对当时英国戏剧创作评价不高，认为它们的不成功并非由于高松所说的"不道德"，而是没有仿效古典戏剧创作规范，没有遵守时间、地点、行动一致的"三一律"，由此表露出锡德尼古典主义的美学思想。

文艺复兴时期最伟大的诗人是爱德蒙·斯宾塞（1552—1590），他是乔叟以后最重要的诗人，对尚在形成中的近代英诗贡献很大。斯宾塞出身伦敦布商家庭，1573 年以工读生身份毕业于剑桥大学，涉猎了拉丁文以及英、法、意文学作品。1578 年他成为罗彻斯特主教的秘书，第二年做了伊丽莎白女王的宠臣莱斯特伯爵的侍从，由此认识了不少当朝显贵，也认识了锡德尼，进入他的文学圈子。1580 年，斯宾塞渡海到柏林，受命为新任爱尔兰总督格雷爵士的秘书。从这时到 1598 年，除了两次到伦敦暂住，斯宾塞一直都在爱尔兰。他赞成格雷爵士在爱尔兰实行苛政。1582 年格雷奉召回国，斯宾塞在法院谋得职务，并廉价租用一些被没收的房地产。在吉尔科尔蒙城堡中，他断断续续地写作了《仙后》三卷。1589 年，对他的诗稿大为欣赏的劳雷爵士带斯宾塞到英国献诗给伊丽莎白女王。斯宾塞的晋身之门并未因这首颂歌而敞开，他只得到每年 50 镑的恩俸。1598 年，在爱尔兰人的反英起义中，斯宾塞的吉尔科尔蒙城堡毁于大火，他的一个孩子也葬身火中，他携妻儿逃往伦敦。1599 年 1 月，斯宾塞死于贫困中，葬于威斯敏斯特寺。

斯宾塞的第一部重要诗作是献给他的保护人和朋友锡得尼的《牧人日历》。诗作包括 12 首牧歌，每日一首，故谓日历。牧歌是有关牧羊人及他们生活的诗，源远流长。古希腊的忒俄克里托斯，首创田园诗，描写西西里优美的农村生活和自然风景。罗马诗人维吉尔在希腊田园诗的影响下写了《牧歌》，采用了牧羊人对歌或独歌形式，形成长久的传统。斯宾塞的牧歌又有了新的变化。《牧人日历》除了第一首和最后一首，都采用对话体，并无连贯性故事，但有贯穿人物，就是牧羊人考林·克劳特。全诗的主题是传统性的，写牧羊人对罗瑟琳的爱情和失恋之苦，诗篇涉及了广泛的题材；宗教、政治、道德和艺术。他赞颂女王；攻击天王教的陋习弊端和教士的放荡生活，讽刺了国教教士的世俗气；抱怨世人对诗歌的轻视，把劝善看作诗人的使命。他尝试英诗的各种诗体，用了英雄诗体、歌谣体、悼诗四行体、八行诗体等。他使用简单流利的散文语法，不避俗字俗语，吸收古字及外来词，继承了乔叟的传统，恢复了优美自然的英国文学的地位。

由 88 首十四行情诗组成的《情诗集》与《婚礼曲》合刊，纪念诗人与妻子伊丽莎白·包爱尔的爱与婚礼。十四行诗采用三个四行体、末后两行的英国形式，有真情实感，不过其中的柏拉图主义、宗教色彩，使不少诗作过于传统化而显得平淡。《婚礼曲》音韵优美，情调缠绵而不放恣，丝毫没有罗马时代婚曲的鄙俗，描写细腻而无枝蔓，是出色的婚礼曲。

斯宾塞最重要的作品是长诗《仙后》，这也是英国文学的杰作之一。诗人原计划写 12 卷，每卷 12 章，虽只完成六卷零两章，但已经是皇皇巨著。诗人在写给劳雷爵士的信中谈道："本书的目标是要塑造一个有道德和教养的高尚的人。"他选择了亚瑟传奇故事，描写仙后格劳利安娜（代表伊丽莎白女王）每年举行一次长达 12 日的宴会，每日派出一个骑士去执行任务，这 12 个骑士分别代表亚里士多德分析的 12 项道德品质。红十字骑士象征着神圣，居恩爵士是节制的象征，布律托玛爵士是贞洁的体现者，阿第盖尔爵士是正义的化身，卡里多爵士是礼貌的典范，坎贝尔与楚里亚蒙的故事则表现了友谊。他们的冒险经历构成了前六卷的内容。亚瑟王是最高的人类品性的代表，他和骑士们与巨人、妖怪交战，同巫师斗法。骑士传奇与道德、宗教、政治寓言交织在一起。

《仙后》每卷开始都有对仙后即女王的赞颂，具有强烈的资产阶级爱国情绪。在宗教上反对天主教，在政治上宣扬"正义"，而长诗的主要意义是在道德方面，它宣扬赞颂道德美德，号召人们克制各种情欲，包括政治野心，保持人与人之间的和谐。诗的内容表现出文艺复兴时代典型的特征：时代的冒险精神、对人的力量的赞美、对自然美的热爱等。

斯宾塞的诗想象丰富、语言精致、富有音乐性，人们把他称为"诗人中的诗人"。他所创造的"斯宾塞体"（九行诗行，前八行为抑扬格五音步，最后一行为抑扬格六音步，押韵形式为ababbcbcc）成为英国最重要的诗体，对后来的英国诗人，如18世纪前期的汤姆逊、格雷，19世纪的拜伦、雪莱、济慈、丁尼生等，都有很大影响。

第三节　散文的新发展

文艺复兴时期散文丰富多彩。伊丽莎白时代，古代、意大利和法国文化渗入英国文化的发展，翻译蓬勃发展，产生许多优秀译作。诺斯译的希腊作家普鲁塔克的《希腊罗马名人传》，从法译本转译，不够信达，但英文非常流畅，生动有力，为伊丽莎白时代戏剧家提供了素材宝库。莎士比亚的戏剧不仅汲取了这个译本的情节、人物，有时甚至近乎直接引用译文。法国作家蒙田是欧洲"散文"这一体裁的创造人，他的《散文集》以漫谈口吻写来，亲切自然，既怀疑好奇又坦诚宽容，弗洛里欧的译本也很生动，莎士比亚和培根都受过影响。在翻译作品中，廷德尔和科弗代尔译的《圣经》具有重要的意义。中古时代使用的《圣经》是拉丁文的，一般人民无法阅读，威克利夫最早将《圣经》译为英语。廷德尔从希腊文译了《新约》，科弗代尔出版了他翻译的《旧约》。他们的语言雅俗共赏，对今后的《圣经》英译影响很大。后来国王詹姆斯一世选派54名学者翻译《圣经》，于1611

年出了"国王詹姆斯本圣经",即"钦定本"。"钦定本"吸收了以往英文译本优点,用词纯朴而富形象性,庄严又不失诗意,为近代英国散文树立了良好的楷模。

16世纪后数十年,传奇和写实性小说流行。传奇是写给"高雅读者"看的,代表作家有李利、劳杰、格林等。约翰·李利(1554—1606)是伊丽莎白时代"大学才子派"的戏剧家,也是著名散文小说家,他在24岁时以《尤菲绮斯》扬名,1580年又出版了续集《尤菲绮斯和他的英格兰》。小说成功后他转向戏剧写作。《尤菲绮斯》的故事很简单,年轻富有的雅典人尤菲绮斯来到那不勒斯,不听年老的智者的劝告,放纵享受,爱上了朋友菲劳斯特的爱人露西亚。喜新厌旧的露西亚不久便另结新欢。尤菲绮斯重返雅典,埋首书本之中。作者借这个故事,谈论了爱情、教育、信仰、道德、习俗等问题。李利的传奇与中世纪幻想传奇有区别,他刻画了当代生活。他更多着力于语言风俗,创造了被称为"尤菲绮斯体"的特殊的文体,在用词上大量使用直喻、隐喻、拟人、对仗、双声等手段,追求绚烂绮丽的效果。在句法上,作者将从句或短语骈化,类似中国六朝的骈体文。传奇中大量引用来自神话、古希腊罗马名人轶事的典故、谚语,使用双关语、俏皮话,极力堆砌。这种文体在宫廷贵族间盛行,作家中也有不少人进行模仿。如锡德尼并不嘉许这种文体,但他的《阿卡狄亚》文笔也有些"尤菲绮斯"色彩。

与传奇相对的是另一类关于市民生活的写实性作品,代表作家有纳施和德隆尼等。纳施(1567—1601)是牧师的儿子,就读于剑桥大学,是"大学才子派"中最年轻的一员。他写的《不幸的旅客》是英国最早的"流浪汉小说"。流浪汉小说是16世纪中叶西班牙产生的新的小说类型,一般用自叙体形式,以主人公流浪生活为线索,从下层人物角度观察、讽刺一些社会现象,对社会弊端多有针砭。这种小说类型在16世纪的英国很流行,在十八、十九世纪的小说中得以继续发展。纳施在作品里描写亨利八世宫廷里的一名侍僮杰克·威尔逊的丰富经历。他参加过战争,随文人游历欧洲许多国家,冒充伯爵行骗,目睹过罗马瘟疫流行的种种社会罪恶。通过这个侍僮的一连串经历，勾勒出当时生活的真实画卷。

德隆尼（1543—1600）在当丝织工的同时，写歌谣和宗教论争性的小册子，因触犯当局被逐出伦敦。他的3部小说写了三个行业的普通人的故事。《纽伯来的杰克》写的是织工，《雷丁的托马斯》写的是布商，而《高尚的手艺》（1597）写的是制鞋匠。前二个故事是因循浪漫传统写的，而简单质朴的第三个故事讲的是"西蒙·埃尔是怎样从一个鞋匠起家，后来当上了伦敦市长"。他真实描写普通手艺人的生活，语言虽偶有"尤菲绮斯体"影响，但总的来说质朴、生活化。他与纳施的作品成为英国现实主义小说的先声。

文艺复兴时期最重要的散文作家是弗兰西斯·培根（1561—1626）。他生于贵族之家，父亲尼古拉斯·培根爵士在伊丽莎白王朝当过掌玺大臣。1573年，12岁的培根进了剑桥大学三一学院，如此年幼已表现出对中古经院哲学的批判态度。他离开剑桥后作为驻法大使的随员漫游欧洲大陆。父亲去世后，培根因为是幼子，没有继承权，为经济原因，进入格雷法学院学习法律。1584年，他当选为国会议员，在从政之余，研究哲学、文学。

1592年左右，女王的宠臣哀塞克斯伯爵尽力提携培根，多次向女王举荐他，为他政治上的腾达奠定重要基础。但当1600年哀塞克斯举兵叛变未遂之时，奉命调查案件的培根不但没有帮助伯爵，而且借不徇私情提高了自己的地位，这点引得前后世人对他品行大加非议。1603年女王逝世，詹姆斯一世继位，培根获封爵士。此时他作为律师、政客和文人都很著名，连连升迁至枢密顾问官、掌玺大臣、大法官，并晋封为维勒拉姆男爵，不久又为圣·阿本斯子爵，勋业登峰造极。1621年，培根的什运盛极而衰，他被指控受贿，失去官职，被判处罚金四万磅，从此隐居乡间，将余年用于文学、哲学著述。1626年，在赴宴途中，培根取路旁积雪作防腐试验，受寒得病而死，终年65岁。

培根主要的建树是在哲学方面，"英国唯物主义的真正始祖是培根。在他看来，自然哲学是唯一真正的哲学；而以感性经验为基础的物理学则是自然哲学的最主要的部分。……在他看来，感觉是可靠的，是全部知识的源泉。全部科学都是以经验为基础的，是在于以理性的研究方法去整理感官所提供的的材料"（恩格斯语）。作为近代科学的奠基人，他"以一切知识为我的研究范围"，努力在各个知识领域里寻求新的思想体系，企图"将全部科学、技术和人类的一切知识全面重建。"因此他写一套总名《伟大的复兴》的著作，虽只完成原计划六个部分中的一、二部分，已造成重大影响。

他的著作的中心思想就是从自然实际出发，重实验，运用归纳法。立新必得破旧，培根在第二部分《新工具》（1620）里，提出"四假象说"，揭露了中古经院哲学的主观、片面、语词混乱和盲目崇拜传统权威等弊病。他不仅在理论上了建立了观察、实验、归纳、分析的方法，还在《新大西岛》（1626）里表达了他实现新科学的实际设想。在这个岛上的科研机关"所罗门院"里，人们以实验的方法研究自然，提高人类征服自然的能力。培根还写了法律著作、历史著作《亨利第七王朝史》（1622）。他对文学的重要贡献则是他的由 58 篇短文组成的《随笔》。

《随笔》在 1597 年初版时只有 10 篇，经过了 1612 年和 1625 年两次增补扩充。英国文学中本无随笔这种类型，由于培根的示范，才开始在英国植根。后来出现许多以写随笔著称的名家，随笔成为英国文学中有特色的体裁之一。

58 篇短文主要谈的是处世立身之道，所以《随笔》的副题是"社会的与道德的劝言"。作为通晓人情世故的哲学家和政治活动家，培根具有冷静深刻的观察力和要言不烦的表现力。他的随笔的内容关涉哲学思想（《真理》《死亡》）、伦理探讨（《爱》《忌》）、处世之道（《友谊》《诡诈》）、治家准则（《父母与子女》《婚嫁与单身》），还有对生活中读书、旅行、娱乐等具体问题的建议，对艺术与自然美的态度、观点。培根总是阐发自己独到的见解，立论精辟客观，文笔干练，条理清晰，逻辑严密，对每件事物从正面、反面论述，反复衡量利弊得失，说理性强。戏剧家本·琼生评论培根的演说："若论说话干净、准确、有分量、最不空洞、最没有废话，谁也比不过他。"他的随笔亦如此，围绕题目展开，没有赘论，常有格言警句。他的《论读书》妙语连珠、脍炙人口："读书不可存心立异；亦不可轻信盲从；亦不可从中撷取谈助；而应加以权衡思考。有些书仅宜浅尝，有些书仅宜狼吞，有些书则宜咀嚼消化……读书使人渊博；谈论使人机智；写作使人准确。"在当时文体大抵冗长、句式复杂的情况下，培根的文笔干净利落，加上充满睿智，比喻得当，凝练有力，因而颇具魅力。

第四节　世界戏剧艺术的杰出成就：
莎士比亚的戏剧创作

一、早期戏剧的多样化形态

中古的道德剧流行到 16 世纪中叶。15 世纪末、16 世纪初兴起的插剧，在英国戏剧发展中向前进了一大步。插剧带闹剧性质，人物不多，对话俏皮粗俗，很少或没有寓言形象，使戏剧更趋近实际人生，脱离了宗教、道德羁绊，成为更纯粹的娱乐欣赏的对象。约翰·海武德（1497—1580）为这种新剧种的代表作家。他写了六部插剧，其中有两部很有名；《四个P》《约翰，他的妻子蒂卜和牧师翰爵士》（1533），前一个剧中，四个P指的是剧中四个人物：朝圣者、赦罪教士、小贩、药剂师，这四个词都是以字母P开头的，剧中大部分是"辩论"，争辩谁扯的谎最大。后一个剧来源于法国闹剧，写怯懦丈夫如何受与教士相好的妻子的气，富有娱乐性。在两个剧中对教士和赦罪僧等颇多不敬。插剧脱离了枯燥说教的宗教剧，引导了 16 世纪后期的世俗剧。

文艺复兴运动把古典戏剧带入了英国，古希腊、特别是古罗马的戏剧随着古典文化的复兴而复兴。先是大学里上演了罗马作家的拉丁文戏剧，接着又译成英语，再就是出现模仿性的英文创作，罗马喜剧家普劳图斯、泰伦斯和悲剧作家塞内加等为英国剧作家提供了古典的戏剧形式。剧作家们向古典作家学习关于悲喜剧分类、结构和风格的各种知识，借鉴他们创作中题材、角色、具体手法的运用。模仿拉丁戏剧的悲、喜剧在 16 世纪中叶大为流行。近代英国戏剧的成型可以说是中古戏剧与古典戏剧结合的结果。

英国第一部正规的喜剧是乌德尔的《粗汉拉尔夫》，上演于 1551 年。喜剧从主题、结构到人物塑造都模仿普劳图斯的《光荣的军人》，但具有鲜明的英国色彩。喜欢夸口的骑士拉尔夫追求一个有钱的寡妇，而寡妇中意的是商人，将他扫地出门。剧作虽然还有道德剧的痕迹，但主要是表现伦敦平民现实生活的喜剧。另一部早期喜剧是《葛顿老大娘的针》（1556），更为幽默写实。围绕一根丢失的针，小镇上闹了场轩然大波，直到法庭上打成一团时才发现针别在一个人物的裤子上。剧中充满了乡村生活的有趣场景。

1561 年上演的《高波德克》是英国第一部正规的悲剧，为诺顿与萨克维尔合写。高波德尔的故事最早见于蒙茅资的乔佛莱的《不列颠君王史》。高波德克将田土分给两个儿子凡瑞克斯和波瑞克斯，兄弟失和，国家陷于内乱。剧作家寄寓了政治劝谕，暗示女王未婚无子嗣可能会导致类似混乱。悲剧的创作深受塞内加的影响。戏剧题材是复仇和报应，充满仇杀、恐怖，常以鬼魂和巫术的场面渲染悲剧气氛。剧中有大量独白、长段演说与辩论等，词句夸张。诗体是无韵体，16 世纪后期英国伟大的戏剧几乎都用此种形式。

伊丽莎白时代早期戏剧呈现多样化形态，是奇迹剧、道德剧、插剧、古典剧及各种流行戏剧的混合物。戏剧的发展还与舞台的变化有密切的关系。奇迹剧和道德剧是在两层游行马车上演出的，自然剧情简单、人物有限。16 世纪初，演员们租用旅店天井作为表演场所。旅店通常为长方形建筑，三面楼房，一面是马厩，天井正面搭起戏台。观众可以站着从三面观剧，也可以从楼厢看戏。

随着演员对演出空间的需要和观众的增多，在 1576 年伦敦出现了第一家固定的剧院。因为独此一家，剧院名就叫"剧院"。两年之后，伦敦有了 8 个剧院，到 17 世纪初期有近 20 个剧院了。由于清教徒的反对，剧院设立在城外，建筑一般为圆形，没有屋顶。舞台伸入场内，围墙内四周是三层楼厢。一般观众站着看戏，富人贵族坐在楼座上、甚至舞台上看。剧院的情况影响到编剧的考虑，因为舞台没有前幕和布景，所以剧中要对时间、地点及风景气候等加以说明。由于观众大部分是在站立于露天，在下午二到二个半小时的演出中，剧情就得紧凑有趣，演员演技要纯熟，剧中充满打斗场面、戏中戏、音乐歌曲的穿插，常有丑角插科打诨。公共剧院里的观众大多数是没有什么文化教养的市民，而在有屋顶、座位和烛火照明的私人剧院里，观众多为王室贵族，剧本注重雅俗共赏，既有雅致的诗义，也有粗俗猥亵的笑话。由于观众与舞台相距很近，剧中常采用"独白""旁白"，演员向观众窃窃私语，很有效果。编剧们利用舞台的简单机构，舞台地板装有活门，下面是地下室，莎士比亚的《哈姆莱特》中，掘墓人借此表演从墓穴里掷出骷髅。舞台后部悬着帷幕，《威尼斯商人》里的金银铅盒便藏在后面。舞台上方的楼厢可以代为罗密欧和朱丽叶谈情说爱的阳台。剧情不受"三一律"的限制，时间可以跨越数十年，地点可能变换十几处，就事件而言，会发生主副线交错的数个故事，观众们对此相当习惯，可以从人物台词中明了。

二、"大学才子派"的先驱作用

15 世纪 80 年代后几年，一些毕业于牛津、剑桥大学的年轻人来到伦敦，驰骋文才，尤其是在戏剧方面颇多杰作，成为莎士比亚的先驱者。这些被通称为"大学才子派"的作家有约翰·李利（1553—1606）、乔治·皮尔（1556—1596）、托马斯·劳治（1558—1625）、罗伯特·格林（1558—1592）、托马斯·纳施（1567—1601）、托马斯·基德（1558—1594）和克里斯托夫·马洛（1564—1593）。李利是"大学才子派"中最年长的，他的影响主要在于他的散文小说《尤菲绮斯》，他的喜剧多半以古代神话和古代文学为题材，以田园大自然为背景，用典雅的散文写爱情故事。纳施主要是以流浪汉传奇著称，只有两部不出名的剧作。劳治的主要成就也不在戏剧上，他的浪漫传奇《罗萨琳》后来成为莎士比亚的《皆大欢喜》的重要来源。皮尔有剧作 6 部，以韵律见长。"大学才子派"中重要的剧作家有基德、格林和马洛。

基德是马洛的朋友，可能并没有上大学。他的无韵诗剧《西班牙的悲剧》轰动一时而且享誉很久，是伊丽莎白时代"复仇剧"也称"流血悲剧"的典型范例。《西班牙的悲剧》遵循古罗马悲剧家塞内加的悲剧传统，描写宫廷倾轧和流血复仇故事，但不再使用古典剧以"报信者"的口头报告叙述剧情的方法，而是把激烈行动在舞台上当场表演出来。剧中充满谋杀、自杀、疯狂，人物借戏中戏杀死敌手来复仇，在莎士比亚的《哈姆莱特》中可见出基德的影响。有研究者认为基德写过哈姆莱特的故事，将他的创作称为"原始的哈姆莱特"，可惜现在已失传。

格林身上体现了文艺复兴时期人物的冒险精神和多种才艺。他毕业于剑桥大学，曾游历意大利、西班牙等地，生活放荡不羁，在戏剧、抒情诗、散文故事、讽刺文学方面都有建树。他的作品大都是写浪漫爱情故事的散文作品，穿插轻松的抒情诗歌，莎士比亚的《冬天的故事》便取材于他的一篇散文传奇。他也以流浪汉小说的风格描写下层生活，还有自传性的回忆录和忏悔录。他在戏剧方面的重要作品有《修道士培根与修道士班格》（1589），两个修道士努力制造会言语的铜头的故事，表现出文艺复兴时期人们借助魔法探知自然的强烈愿望，剧中还穿插了一个浪漫的爱情故事。《詹姆士四世》（1591）作为历史剧虚构成分居多，但编剧技艺完美。王后朵劳西娅女扮男装的手法，被莎士比亚在《维洛那二绅士》《威尼斯商人》《第十二夜》等剧中反复使用。

马洛是"大学才子派"中最杰出的剧作家。他与莎士比亚同年出生，是坎特伯雷一个鞋匠的儿子，毕业于剑桥大学，29 岁时在小酒店的争执中被刺杀。他的死因有不少传言，现在一般认为涉及政治问题。他平时言语恣肆，树敌不少，有人向政府告发他宣传无神论。在他短暂的创作中，留下了诗和戏剧的杰作。用英雄双行体写的长篇叙事诗《希罗与李安德》写了古老的希腊爱情故事。色雷斯的女祭司希罗与鞑靼海峡对岸青年李安德相恋。每晚李安德游过海峡与希罗相会，天亮返回。一次风雨之夜，希罗为情人引路的火炬被吹熄，李安德溺死海中，希罗也投水殉情。马洛以文艺复兴时期对爱与美的理解把这个爱情故事写得绮美动人。莎士比亚在他的《皆大欢喜》中引用了诗中的句子："谁曾恋爱过而不是一见就倾心的呢？"马洛的一些抒情短诗，如《热情的牧羊人致他的爱人》，热情优美，是伊丽莎白时代最好的抒情诗之一。马洛的主要成就是在戏剧方面。他的7部戏中4部戏为重要作品:《帖木耳》(1587—1588)、《浮士德博士的悲剧》(1589？)、《马尔他的犹太人》(1590？)、《爱德华二世》(1592—1593)。

《帖木耳》共两部十幕戏，写了这个东方征服者的兴起和衰败。上篇写帖木耳从牧羊人渐渐成了波斯国王，征服了许多国家。下篇继续写他征服基督教和伊斯兰教国家。爱人之死给他很大的打击，他性情日益暴虐，最后病死。帖木耳是历史风云人物，贪求无厌，东征西战，他的野心、企求权势的欲望，正反映出文艺复兴时期的人要求扩张、发展的愿望。马洛的贡献在于他创造了巨人性格，帖木耳充溢着进取精神："构成我们的自然四要素，／渴望统治而在胸中斗争，／教导我们都须有凌云壮志:／我们的心灵能充分领悟／这个世界上奇妙的结构，／测量运行着的行星的轨迹，／永远攀登无穷无尽的知识的高峰，／随着永不静止的宇宙而运动。／我们的灵魂叫我们／自强不息，永不休止，／直到摘到那最成熟的果实……"。在征服大马士革后，他的气势欲与天帝争雄："帝王在我脚下匍匐喘气；／就是战争之神都要退位，／让我来做世界的统治者！"马洛的戏剧结构松散，情节有些单调，但他的无韵诗体气势雄浑，本·琼生称之为"马洛式的雄浑诗行"。

《浮士德博士的悲剧》在艺术上是马洛最好的作品。在源自德国古老传说的浮士德的故事里，马洛写出了时代的渴求和向往:追求无限的知识和这种知识、魔术带给人类巨大权力。浮士德不满足已有的知识，他唤来魔鬼的仆人靡菲斯特，以自己的灵魂作抵押，换取靡菲斯特帮助他穷究天地、体验万物。浮士德有力的个性、雄辩的语言、追求知识的无限热望,代表着文艺复兴时期另一股无限扩张的精神。

如果说《帖木耳》表现了对权力的欲望,《浮士德》表现了对知识的欲望,《马尔他的犹太人》则表现了对财富的无限欲望。高利贷者巴拉巴斯的贪欲压倒了他的正常情感,他贪婪、狭隘、报复心重。巴拉巴斯的形象预示了莎士比亚笔下的夏洛克,不过巴拉巴斯缺少夏洛克身上体现的复杂人性。

《爱德华二世》是伊丽莎白时代最早的历史剧。爱德华二世与前面三出剧的主人公的"巨人性格"相反,软弱无力,受宠臣控制。作者一方面反对君主的偏宠偏信,另一方面反对贵族叛乱。莎士比亚的《理查二世》在主题上与此剧极为相似。

马洛是莎士比亚以前最出色的戏剧家。他的剧作表现了文艺复兴时期的时代精神,赞美人的伟大力量,肯定个人主义的追求,也看到了在主人公无尽的追求中所蕴含的负面因素。他的悲剧的冲突不是建立在表面动作,而是建立在人物的内心冲突之上,具有一定的心理深度。在英国文学中,无韵体诗是在马洛手里成为英诗中最富有表现力和最雄伟的格律形式的。

三、莎士比亚的创作成就

威廉·莎士比亚(1564—1616)是英国、也是欧洲文艺复兴时期最有成就的作家,在世界文学史和戏剧史上享有不可动摇的崇高地位。

1564 年 4 月 23 日,莎士比亚出生于英国中部艾汶河畔沃里克郡的斯特拉福镇。这个离伦敦约一百英里的市镇有居民 2000 人,大部分居民务农或从事小型手工业。莎士比亚的父亲是杂货商人,经营各种农产品,羊毛和皮革制品,1565 年他被选为市镇议员,三年后被选为镇长,是镇上的头面人物。莎士比亚的母亲玛丽·亚顿是乡绅之女,有地产作陪嫁。莎士比亚年少时家道富裕,得以接受教育。他大约 7 岁时进了当地的文法学校,学习拉丁文课程,读了古典作家西塞罗、维吉尔、贺拉斯、泰伦斯等人的作品。16 岁时，莎士比亚家中经济状况不佳，他不得不离校帮助父亲经商。1582 年，18 岁的莎士比亚与比他大八岁的安妮·哈瑟维结婚。1587年他去了伦敦。他离家的原因有种种传说，有的说是随巡回剧团出走，有的说是由于夫妻反目，最流行的传说是他偷猎了乡绅路西爵士的鹿，为避免诉讼而逃走。无论他是缘何离家，伦敦之行成为莎士比亚人生道路上的重大转折。此时伦敦的戏剧事业正在急剧发展，公共剧院纷纷建立，"大学才子派"正在编写剧本。莎士比亚先在剧院外看守观众的马匹，当杂役，后来成了演员，演配角。在当时的剧团竞争中剧本是很重要的因素，莎士比亚开始为剧团修改旧戏，并试作新戏。他开始写作的时间大约是 1588—1590 年，但至少在 1592 年他已小有成就以至招致嫉恨。"大学才子派"的格林写过一本劝告戏剧家同行的小册子，谈到演员从编剧那里渔利，专门指出："有一只靠我们的羽毛装饰起来的自命不凡的乌鸦，在演员的表皮里面，包藏着虎狼之心。"这句话模仿莎士比亚《亨利八世》中的一行："啊，一个妇人的表皮里面，包藏着虎狼之心。"格林又攻击这个后来居上者"能写几句无韵诗，却要与你们中间最优秀的人媲美；他完完全全是个什么都干的打杂工，却自命不凡，把自己看作在国内唯一震撼舞台的人"。"震撼舞台"（shake-scene）影射了莎士比亚的姓氏（shake-speare）。由此可见莎士比亚在 1592 年已崭露头角。他最初加入的剧团是"海军大臣剧团"，1594 年他进入"内务大臣供奉"剧团，成为固定成员和股东。1598 年"剧院"重建，次年，莎士比亚所属的剧团以它为自己的剧院，名为"环球剧院"。1603 年，伊丽莎白女王去世，"内务大臣供奉"剧团接受新国王詹姆斯保护，改称"国王剧团"。这以后莎士比亚创作达到最高潮。1608 年，剧团开始在私人剧院"黑衣僧"剧院演出。这里观剧条件好，观众文化教育水平较高，戏风不同于公共剧院。此后莎士比亚写了后期的传奇剧。1610 年，46岁的莎士比亚退居家乡，住进自己十几年前买下的房子，但不时到伦敦访问。1616 年 4 月 23 日，52 岁的莎士比亚逝世于自己的家乡斯特拉福。

　　莎士比亚时代的剧作主要是供上演而非阅读的。莎士比亚生前出版的剧本，除了 1600 年剧团卖给出版商的 4 部戏外，多是未经莎士比亚同意出版的。莎士比亚死后七年，与他属于同一剧团的好友海明和康戴尔把他的36种戏（未收《波里克利斯》）印行，这就是著名的"第一对折本"，按喜剧、历史剧、悲剧三类编排。莎士比亚编剧生涯约20年，差不多每年两部戏。虽说剧作多是对现成题材的改造，但有"点石成金"的本领。19世纪中叶开始，有些学者认为莎士比亚的出身和所受教育都不能使他写出知识面如此之广、文字成就如此之高的剧作，由此引发了作者著作权的问题。对于作品的真实作者有多种假说、考证，在提出的数名与莎士比亚同时代的贵族、学者、名人中，培根和马洛名列其中，而牛津伯爵被认为是可能性最大的。但认可莎士比亚的著作权仍是主流观点。研究者根据剧作的内容和风格与当时的零星资料，从18世纪后期起，大致确定了剧作创作年代。一般把莎士比亚的创作分为三个时期。第一时期大约从1590至1600年，包括他的早期剧作：10部历史剧中的9部、3部早期悲剧，10部喜剧。第二时期是莎士比亚最重要的创作时期，大约是从1601—1608年，所有重要的悲剧作品都出现于这个时期。第三个时期从1609到1612年，是传奇剧创作时期。除了以往公认的37个剧本外，经专家近年来的研究考证又确认历史剧《爱德华三世》（1596）与悲喜剧《两个高贵的亲戚》（1634）为莎士比亚与弗莱彻合作编写。

有人将第一时期又分为诗歌创作和戏剧创作两期，因为在这时期，莎士比亚写了两部长诗和154首十四行诗。诗歌是莎士比亚创作中重要的组成部分，出版于他生前，主要是赞颂爱情友谊。长诗《维纳斯与阿都尼》（1593）根据罗马作家奥维德的《变形记》写成。爱神维纳斯爱上了英俊少年阿都尼斯，后者却在打猎时丧生。诗想象丰富、对爱与美描写细腻，出版后大受欢迎。《鲁克丽丝受辱记》（1594）根据奥维德的《岁时记》而作。美丽贞洁的罗马贵妇鲁克丽丝遭暴君塔昆儿子赛克斯图斯污辱，自杀雪耻。诗人呼吁同情、怜悯和人道，谴责暴虐和贪欲。这首诗的文字更繁缛纤巧。

十四行诗的创作时间不很确定，可能写于1592—1598年，但也有人认为一直写到1609出版的那年。十四行诗比戏剧作品更多地带个人性质，我们能从这些诗中见出诗人对生活和艺术的思想、情感。正如著名诗人华兹华斯所言："勿轻视十四行诗；批评家，你皱眉，／忘了它的光荣历史；用这把钥匙／莎士比亚打开了他的心。"154首十四行诗中1—126首致一美少年，127—152首致一位黑肤夫人，最后两首为希腊诗歌仿作。各首诗独立，但都围绕友谊和爱情主题进行发挥或抒情。诗人劝朋友美少年结婚生子使美留传世人、原谅朋友对友谊的背叛行为，努力保持他们的友谊。他热烈地爱着水性杨花的黑女郎。他把真、善、美看作生活的最高标准，把爱情、友谊看作人与人之间和谐关系的表征，强调忠诚、谅解等理想。在诗中也有诗人对身世、演员职业的辛酸感慨。第66首十四行诗集中地表现了诗人对现实不平的愤慨与绝望："厌了这一切，我向安息的死疾呼，／比方，眼见天才注定做叫化子，／无聊的草包打扮得衣冠楚楚，／纯洁的信义不幸被人背弃，／金冠可耻地戴在行尸的头上，／处女的贞操遭受暴徒的玷辱，／严肃的正义被人非法的诟污，／壮士被当权的跛子弄成残缺，／愚蠢摆起博士架子驾驭才能，／艺术被官府统治得结舌钳口，／淳朴的真诚被人瞎称为愚笨，／囚徒'善'不得不把统帅'恶'伺候……"这首诗可以说预示了莎士比亚以后悲剧的主题。《哈姆莱特》中的独白："谁愿意忍受人世的鞭挞和讥嘲，压迫者的凌辱……"与此诗也很相似。莎士比亚的十四行诗比彼特拉克的诗主题更为丰富，对爱情已没有宗教情绪或封建等级观念，还表现出对社会问题、人类尊严的关注。他出色地运用萨雷开始使用的四、四、四、二排列式，末两行往往是结论，更好地体现起承转合、思想和情感的层次，后人把这种十四行诗形式称为"莎士比亚式"。

莎士比亚的戏剧创作以历史剧开端。当时社会历史的外部条件促成历史剧的繁荣发展，战胜西班牙"无敌舰队"使得全国爱国情绪高涨，历史题材常被编成戏剧，莎士比亚的历史剧主要取材贺林希德的《英格兰、苏格兰和爱尔兰编年史》，表现百年战争和玫瑰战争时期发生的历史事件，表现人文主义者反对封建割据、拥护中央集权的政治历史观点。9部戏中，《约翰王》描写12世纪末13世纪初英法的冲突。其余8部可以分为两套四部曲，第一套四部曲是《理查二世》（1595）、《亨利四世》（上、下篇，1597）和《亨利五世》（1598），反映了14世纪末15世纪初英国君主与封建贵族间的斗争，亨利五世如何利用对外战争解决国内矛盾。第二个四部曲《亨利六世》（上、中、下篇，1590—1592）、《理查三世》（1592），在创作时间上早于前一套四部曲，但反映的历史顺序衔接于后，描写15世纪中叶英法百年战争后期、玫瑰战争前期政治和军事纠纷，抨击暴君和野心家，认为百年战争因贵族不和而失利，贵族纷争和平民起义导向内战。《亨利四世》是莎士比亚最著名的历史剧，一条线索写宫廷政治事件。亨利四世篡位后，各封建主不满纷纷作乱，国王与两个儿子率兵讨伐，平定潘西家族的叛乱，取得王权对封建割据势力的胜利。另一条线索写下层平民生活。以福斯塔夫和哈尔王子为首的一群人，在伦敦东市小酒店里寻欢作乐。王子与福斯塔夫始交终断，通过道德改善成为理想君主。哈尔王子的活动联系了两条线索，表现出历史剧和喜剧的巧妙融合。福斯塔夫是剧中最令人难忘的人物。这个又老又胖的骑士，是封建关系崩溃时期无衣无食的雇佣兵和冒险家的典型。他好酒贪杯，纵情声色，以偷盗和招摇撞骗为生，自私胆怯，打仗时装死，还冒领战功，大言不惭地吹牛，骑士的荣誉感、道义感已不复存在。但他幽默风趣、机智狡黠，作家在从道德上否定他的同时，又赋予他的性格以无穷的魅力。

到《亨利五世》，哈尔王子登基后娶了法国公主又获得法国王权继承权。他公正无私，执法严明，体察下情，成为理想君主。《理查三世》中的理查三世则是暴君的典型。他由于身体残疾和外貌丑陋而仇视美好事物，内心卑鄙龌龊、奸诈凶狠。他不择手段地实现个人野心，是受谴责的对象。他的多次独白，暴露了他内心的罪恶，这是莎士比亚剧中人物独自的初次运用。这部戏是莎士比亚第一部重要的历史剧，显示出马洛剧本的深刻影响。

莎士比亚的历史剧谴责昏君和暴君，塑造理想君主，把史诗的规模与生动情节，多样化的人物形象联系起来，比当时众多的将事件串编的"纪事剧"大有改进。

莎士比亚早期的喜剧《爱的徒劳》（1594）嘲笑中世纪禁欲主义，肯定爱情的威力和价值，创作受李利的"尤菲绮斯体"影响，宫廷气氛浓，一般认为这是莎士比亚喜剧中最弱的一部。《错误的喜剧》（1592）故事源自普劳图斯的喜剧《孪生兄弟》，把一对双生子变为两对，剧情复杂得多，但过于借助"误会""巧合"等手法。《驯悍记》改编自同名旧戏，带很多闹剧成分。《维洛那二绅士》（1594）属于意大利戏剧传统形式。从《仲夏夜之梦》（1595）开始，莎士比亚的喜剧创作进入成熟时期。这个戏把神话世界和现实世界交融在一起，是莎剧中最富浪漫色彩的。古希腊时代的两对青年男女来到精灵出没的森林，精灵迫克错滴花汁，使得恋人间的关系错综复杂，喜剧结局是大家各得其所。

　　人们常把《无事生非》《皆大欢喜》《第十二夜》《威尼斯商人》称为莎士比亚的"四大喜剧"。《无事生非》（1598）写了两对情人故事，其中生性活泼的贝特丽丝与培尼狄克饶有趣味。贝特丽丝是莎士比亚笔下最聪慧善言的女主角，与培尼狄克才智相当，舌枪唇剑，各不相让。朋友们设法让他们相信对方之爱而互生爱慕之心，但直到结婚他们还在拌嘴，宣称自己结婚是因为怜悯对方而行善。《皆大欢喜》（1599）里，公爵被他弟弟篡位并放逐到亚登森林，他的女儿罗萨琳同时被逐，她的堂妹西莉亚随行。森林里有绿荫、歌声、鸟鸣，有爱情、友谊、忠诚，最后善战胜了恶，作恶者在道德感化下天良发现。如同《无事生非》中希罗受冤情节已有明显的悲剧气氛，在这个剧中也表现了放逐情节，哲学家杰奎斯的忧虑渲染了悲剧气氛。《第十二夜》（1600）是莎士比亚这时期最后一部喜剧创作，因为是为庆祝圣诞节后第十二天"主显节"而作，故得此名。故事线索较多，公爵爱上了奥莉维亚，奥莉维亚爱上了受托前来说媒的女扮男装的薇奥拉，薇奥拉偏偏暗恋着公爵。薇奥拉失散了的孪生兄弟西巴斯辛的到来，使得多角恋爱更复杂，最终真相得以澄清，有情人终成眷属。戏中妙趣横生，最有趣的是沉溺物质享受的奥莉维亚的叔父托比爵士与侍女玛丽亚等人捉弄管家、清教徒马伏里奥的故事。清教徒是基督教新教中的一派，16世纪70年代形成于英国，清教主张从英国国教教会内清除罗马教会繁琐教仪、教阶制，主张教徒"勤俭生活"和道德纯洁完善，反对世俗娱乐性文化，特别是戏剧。戏中尽情嘲笑马伏里奥道德上的虚伪，肯定享受现世生活的权利。

《威尼斯商人》(1597)是莎士比亚成熟喜剧中最出色的。威尼斯商人安东尼奥为帮助好友巴萨尼奥去向富家女鲍西娅求婚，向高利贷者、犹太人夏洛克借钱。夏洛克受过安东尼奥等基督徒欺侮，立下逾期不还将以一磅肉相抵的契约。巴萨尼奥赢得了鲍西娅的爱，安东尼奥的商船却未按时归来，安东尼奥不得不履行残酷的契约。在任何变通办法都不奏效的情况下，鲍西娅扮成律师在法庭上以雄辩击败了夏洛克。全剧在谈情说爱、高唱喜歌中结束。诗人把一磅肉的故事主题深化为友谊、爱情、仁慈与贪婪、嫉恨、冷酷之间的冲突。夏洛克贪婪吝啬，复仇心重，而他为自己及犹太人现实遭遇所发出的悲告，引起了对剧本悲、喜剧性质的争议。总的说来夏洛克是被否定的对象，对金钱的贪欲是他所有行动的最后动因。莎士比亚对一切非人道行为都持反对态度，常借反面人物之口道出对社会弊端的揭露、批判。《威尼斯商人》是莎士比亚喜剧中最富社会讽刺色彩的剧作，但基本上仍属于抒情性喜剧。在贝尔蒙特的浪漫幻想世界里，洋溢着爱情和友谊的美好气氛。

《温莎的风流娘儿们》近乎闹剧，是莎剧中唯一直接描写英国小镇生活和小康家庭的剧作。《亨利四世》中的福斯塔夫形象大受欢迎，于是女王令剧作家写一部福斯塔夫谈恋爱的剧本。在这里福斯塔夫成了漫画式的滑稽人物，借求爱谋财却大吃苦头，缺少历史剧中的幽默和机灵劲。

喜剧在莎剧中占有最大分量，共13部。它们有的取材意大利故事，有的借用古代作品，有的汲取民间传说，基本主题是歌颂爱情和友谊，赞扬个性解放、婚姻自主，正面宣扬人文主义者的生活理想，反对禁欲主义和封建伦理的束缚。喜剧的情节结构往往是"一见钟情——好事多磨——终成眷属"，以恶人的悔悟和好人的宽恕解决矛盾。剧中歌颂青年男女，尤其是可爱女性形象，充满了抒情和浪漫主义色彩，主要是抒情性而不是讽刺性的喜剧。

莎士比亚最早的悲剧是《泰特斯·安德洛尼克斯》(1593)，取材于罗马史，主题思想和风格上都与这时期的喜剧接近。这部取材于古老的意大利民间传说的悲剧叙述了一对青年罗密欧和朱丽叶不顾两家世仇宿怨相爱、结合并殉情的故事，表现出历史剧指责封建纷争的主题和喜剧中常见的歌颂爱情、友谊的主题。两大家族在儿女的惨死和真情的感化下和解了，换来了全城的和平，这是剧作家的殷切期望。全剧贯穿着抒情笔调，19 世纪英国浪漫主义诗人柯勒律治说在此剧中"处处是青春与春天"。第二幕第二场的"阳台场景"，情人用美丽的词句表达热情，是最美丽的抒情诗篇。另一部悲剧《裘力斯·凯撒》（1599），取材普鲁塔克的《希腊罗马名人传》，有时甚至整句引用原作，但将原素材加以戏剧化，写有理想的人与丑恶现实的冲突，预示以后成熟期的悲剧。其中布鲁塔斯和安东尼的两次演说，是伟大的演讲作品。

1601—1607 年是沙士比业创作的成熟时期，他创作了 7 部悲剧和 3 部悲喜剧。这时期社会经历了从伊丽莎白时代的繁荣进入动乱的转折。1603 年，詹姆斯一世继位，恢复贵族和天主教会特权，专制王朝已成为资产阶级经济发展的障碍，暂时联盟开始破裂，资产阶级反王朝统治的斗争公开化。把戏剧看成人生的镜子的莎士比亚，自然要写出时代的变化。他感到严酷现实与人文主义理想之间的矛盾，剧作的情调和风格带上了悲观沉郁的色彩。在戏剧艺术上，他走向成熟，写出了他的悲剧杰作《哈姆莱特》《奥瑟罗》《李尔王》《麦克白》。

《哈姆莱特》写于 1601—1602 年。在这以前，有关哈姆莱特的故事已流传了四百多年，最初来源是丹麦历史学家沙克索·格兰马迪克斯大约写于 1200 年的《丹麦史》，里面第一次记载了有关的传说。1570 年有法国作家把这个故事改为剧本。16 世纪 80 年代起，伦敦舞台上多次上演由莎士比亚同时代作家改编的丹麦王子的戏。莎士比亚的《哈姆莱特》中出现的谋杀和复仇、鬼魂出现、戏中戏、真疯和佯疯等情节和手法，在基德的《西班牙悲剧》中都已出现。但是莎士比亚在一个人们熟知的故事里写出了特有的时代特色的心理深度，创造了世界文学中最著名的艺术典型之———哈姆莱特。

丹麦王子哈姆莱特从德国归国奔父丧，看到母后与叔父，也是新王克劳迪斯迅速结婚，倍感痛苦。父亲的鬼魂出现，告诉儿子自己被克劳迪斯所害的真相。哈姆莱特一面装疯卖傻，陷入紧张、痛苦、深刻的思考中，一面趁戏班进宫演戏机会，改编上演了杀兄的旧戏来试探叔父，从叔父的仓皇退场中证实了怀疑。在母亲卧室里，他误将偷听的大臣波洛涅斯当作奸王杀死。奸王趁机遣王子去英国，安排了借刀杀人计。警觉的王子发现后脱逃回国。他的情人、波洛涅斯的女儿奥菲莉娅发疯而死，失去父亲和妹妹的雷欧提斯在奸王的唆使下向哈姆莱特挑起决斗。哈姆莱特虽中了毒剑，仍刺死了奸王，与敌人同归于尽。

哈姆莱特是莎士比亚笔下的理想人物之一，是文艺复兴时期人文主义者的典型形象。他受到新思想、新文化的熏陶，讴歌"人"的力量："人类是一件多么了不起的杰作！多么高贵的理性！多么伟大的力量！多么优美的仪表！多么文雅的举动！在行为上多么像一个天使！在智慧上多么像一个天神！宇宙的精华！万物的灵长！"他以"互爱"来代替人与人之间尊卑贵贱的等级关系，品格高尚，多才多艺，本人就体现了人文主义者对人的理想，被视为"朝臣的眼睛、学者的辩舌、军人的利剑、国家所瞩望的一朵娇花、时流的明镜、人伦的雅范、举世注目的中心"。家中的一系列变故给予他精神上沉重的打击，他所崇拜热爱的父王猝死，反常乱伦的事突发，打破了他对世界的美好幻想，现实现出了丑恶。在剧中，他是以忧郁王子的形象出现的，处于理想与现实产生巨大反差和矛盾、理想破灭引起的精神危机状态中。在第一次独白中，他叹道："人世间的一切在我们看来是多么可厌、陈腐、乏味而无聊。哼！哼！那是一个荒芜不治的花园，长满了恶毒的莠草。"越多接触现实，他越多地发现罪恶。廷臣们对新王百般谄媚，好朋友成了密探、帮凶，情人听任父亲的摆布，人文主义者最珍惜的人与人之间和谐理想的关系已不存在。美好的自然成了"污浊瘴气的集合"，人成了"泥土塑造的生命"。哈姆莱特思考人生的存在意义："生存还是毁灭，这是一个值得考虑的问题。"一方面他怀着强烈的责任感，使命感，另一方面又感到孤立无援、梦醒后无路可走的痛苦。我们由此才能领悟哈姆莱特的沉重感："这是一个颠倒混乱的时代，唉，倒霉的我却要负起重整乾坤的责任。"他不只把杀奸王，报父仇看作自己的责任，而是把按人文主义理想改造现实看作自己义不容辞的使命。哈姆莱特的力量在于他是一位深刻的思想家，他从个人不幸中看出了社会的不幸，人文主义者承担的历史任务便是进行思想，文化上的改革。但是对于超越一切恩仇的改造社会的巨大任务，他感到力不从心。哈姆莱特的性格问题成为莎士比亚研究者的最大课题，从 1788 年出版集注本以来，平均每 12 天就出版一部关于哈姆莱特的著作。他的性格经三百多年分析，从一个单纯的复仇者而逐渐被赋予更复杂、丰富的特色。各种不同批评流派都努力去解释哈姆莱特的"延宕"、装疯、心理病态等问题，比如心理分析学派以潜意识中的"恋母情结"去解释哈姆莱特在复仇过程中的犹豫、延宕。不同的时代也给予不同的阐释，从 18 世纪的理性人、19 世纪的感伤主义者到 20 世纪的虚无主义者或革命家，真正是"说不尽的哈姆莱特。"

莎士比亚通过哈姆莱特这个复杂、多层次的人物形象塑造，超越了当时的复仇剧，人物不仅是剧情发展和动作的承担者，也是人性最充分的体现者，剧作在富有刺激性外，被赋予了深刻的思想哲理性。与主人公思考性格相适应，剧作家运用了大量的"独白"，有对生存意义的思索，有对世间不平的愤慨，有对自己内心的审视，都安排在人物思想发展的重要时刻，成为了解人物内心，思想发展脉络的重要途径。"独白"本身就是优秀诗篇，有许多隽语警句。

中世纪戏剧中的人物多是类型化的，莎士比亚高度重视人的个性化，在戏剧史上具有划时代意义。除哈姆莱特外，天真脆弱的少女奥菲莉娅，阴险毒辣的克劳狄斯，圆滑世故的波洛涅斯等，都形神俱备。

《奥瑟罗》（1604）取材于意大利短篇小说《一个威尔斯的摩尔人》，将一个丈夫听信谗言误杀妻子的平庸家庭故事，改造为有深刻社会道德内容的悲剧。战功显赫的摩尔人奥瑟罗赢得了威尼斯元老勃拉班修的女儿苔丝狄蒙娜的爱，两人秘密结婚。奥瑟罗受命去抵御土耳其人进攻，苔丝狄蒙娜随夫出征。旗官伊阿古不满奥瑟罗任命凯西奥为副将，设计让奥瑟罗相信妻子与凯西奥私通。奥瑟罗中计，掐死了无辜的妻子，在明白真相后自刎。这出戏表现了正直纯洁的品质与利己主义阴谋之间的冲突。奥瑟罗是文艺复兴时期富有资产阶级冒险精神的"巨人"形象，饱经风霜，具有杰出的军事才能，他的传奇经历、坦荡性格和勇敢精神深深吸引了苔丝狄蒙娜。这位贵族的女儿，具有对真正价值的理解能力，不顾种族偏见、年龄差异和社会身份的差别，将自己的命运与所爱的人紧紧联结，具有莎剧早期大胆追求幸福的女性形象特点。人与人之间的真诚关系是人文主义理想的体现，但这种理想有脆弱的一面。作为人文主义者，奥瑟罗把个人的"尊严""荣誉"视为生命。苔丝狄蒙娜对丈夫崇拜、同情，自愿处于顺从的地位。这样他们的和谐关系中便有不和谐的因素，被恶势力所利用。伊阿古是文艺复兴时期时代罪恶的象征。他极端自私，感情卑劣，以阴暗心理看待周围世界。他嫉恨别人地位比自己高，生活比自己美满，以卑劣的居心去揣度别人的动机，情感，处心积虑地破坏他人幸福，谋求个人利益。他利用奥瑟罗理想主义者的单纯性格、由于种族歧视造成的极度自尊心理，挑起他的嫉妒情绪，使他在幻灭的绝望和嫉妒的冲动驱使下，害死自己最爱的人。因为奥瑟罗有伟大的性格，一旦发现自己的错误，便毫不犹豫地以自刎来赎罪。莎士比亚在这个时期越来越注意社会邪恶力量的可怕与危害，通过伊阿古的形象引起人们对极端利己、阴险奸诈等恶德败行的憎恨。剧中对人物心理有出色描写，不仅写出奥瑟罗在伊阿古进谗过程中情感的微妙的曲折变化，就连伊阿古这种恶棍，也细致地写出他的动机、卑劣的心理。

《李尔王》（1605）的故事见于贺林希德的《编年史》和16世纪的其他著作，在16世纪90年代有同名剧本。莎士比亚将这个至少有50人写过的故事作了变动，以悲剧结局，穿插了葛罗斯特听信庶子谗言遭报应的遭遇，具有震撼人心的艺术力量。古代不列颠国王李尔刚愎自用，他分国土给三个女儿。长女高纳里尔和次女里根花言巧语换得父亲的欢心和国土，诚实的幼女考狄莉亚因不肯谄媚被父亲剥夺了继承权，远嫁法国。李尔王遭到两个女儿的虐待，被逼发疯，在荒野上流浪，与乞丐为伍。考狄莉亚率兵讨伐，兵败而死，李尔也伤心发狂死去。剧中呈现了令人心寒的场面；李尔王的两个女儿欺骗、虐待父亲，相互之间又争风吃醋，自相残杀，甚至谋害丈夫。伯爵的庶子爱德蒙不择手段地谋取财产、地位，为此不惜陷害兄弟，出卖父亲。"亲爱的人互相疏远，朋友变为陌路，兄弟化为仇雠；城市里有暴动，国家发生内乱，宫廷之内潜藏着逆谋；父不父，子不子，纲常伦纪完全破灭。"在痛苦的经历后，李尔王终于悔悟，恢复了天良。第三幕暴风雨场景是全剧的中心和转折点，自然界的风暴与李尔王内心的震荡相呼应。他认识到自己生活观念的谬误，对穷人不幸的亲身感受，激起了他的人道精神。他呼吁仁爱："衣不蔽体的不幸的人们，无论你们在什么地方，都得忍受着这样无情的暴风雨的袭击，你们的头上没有片瓦遮身，你们的腹中饥肠雷动，你们的衣服千疮百孔，怎么抵挡得了这样的气候呢？啊！我一向太没有想到这种事情了。安享荣华的人们啊，睁开你们的眼睛来到外面体味一下穷人所忍受的苦，分一些你们享用不了的福泽给他们，让上天知道你们不是全无心肝的人吧！"他从专横的暴君经过道德改善成为有仁爱之心的新人。尽管结局是悲剧性的，但以考狄莉亚、爱德加、肯特为代表的仁爱、真诚、信义等人文主义理想得到充分肯定。

与《李尔王》同年创作的《麦克白》是莎剧中气氛最阴暗的作品，取材于贺林西德的《编年史》。苏格兰大将麦克白平定叛乱，班师归来，路遇三个女巫，预言他将成为国王。在野心勃勃的夫人的怂恿下，麦克白趁国王邓肯在城堡作客之机，谋杀国王并嫁祸于侍从，从而成了国王。为巩固王位，他又犯下一系列谋杀：杀了女巫预言中提到对他有威胁的班柯及麦克德夫的妻儿。他的妻子受良心谴责，精神失常而死。麦克白以女巫的预言壮胆，但最终没有逃脱正义之手。莎士比亚在这部悲剧中揭露了野心的危害。在他的重要悲剧作品中，主人公大多具有正面性质，有伟大的性格，通过他们的痛苦折磨和毁灭去唤起悲剧的崇高美感。李尔王专横跋扈，但他在痛苦经历中恢复良知，通过"同情"回复正常"人"，也能引起读者的同情。麦克白则是个否定人物，他杀人并没有任何可宽恕的理由，双手沾满血腥，毁灭是罪有应得。但莎士比亚写出他性格中非恶的成分，写出他作恶前后内在冲突，内心痛苦，引起对这个"反转"人物的惋惜之情。

麦克白曾经忠于君主，武艺高强，内克叛军，外御强敌。但是在社会邪恶势力腐蚀下，他的权势欲恶性膨胀，正面素质消磨殆尽。在犯罪过程中，他内心的善恶成分激烈交战，引起极度的矛盾、痛苦。弑君后他不断内疚自责，但无力自拔，正如他自己所说："以不义开始的事情，必须用罪恶使它巩固"，逐渐丧失天良，众叛亲离。从英雄到罪人，不仅是个人的堕落，也给国家造成灾难。麦克白夫人也是著名的文学典型。她自称自己可以从亲生婴儿嘴里拔出乳头，把他脑袋砸碎，以自身的狠毒来刺激麦克白性格中的恶，但最终也没能承受良心的重负。这出戏着重犯罪心理的描写，运用女巫、鬼魂、幻想、梦游等手段制造阴森压抑气氛，表现悲剧思想，刻画人物心理。女巫的形象，代表着外界恶的引诱，也是人物内心潜在愿望的一种外化。鬼魂的出现则反映出犯罪者的恐惧心理。剧中作为刻画人物心理重要手段的独白相当精彩。如麦克白闻听夫人死讯的独白："生命是个行走的影子，也是个可怜的戏子——如痴人说梦，充满喧嚣和骚动，没有一点意义"，其中"喧嚣和骚动"后来成为美国当代作家福克纳代表作品的标题。

悲剧《安东尼与克莉奥佩特拉》（1607）取材古罗马历史。诗句出色，有相当的感染力和抒情气氛。《科利奥兰纳斯》（1607）写这位居功自傲的罗马将军为泄私愤竟帮助敌人攻打罗马。剧中在对这种因私忘公行为有所谴责的同时，表现出对作为"乌合之众"的市民的蔑视态度。

《雅典的泰门》（1606？）中莎士比亚由理想和现实矛盾带来的悲观情绪达到顶点。这部取材普鲁塔克《希腊罗马名人传》的悲剧可能有其他作家的手笔。雅典富豪泰门慷慨好客，将家产挥霍殆尽，曾经受他款待的朋友都翻脸而去。泰门佯装再富，设宴待客，在宴席上他用水泼宾客，咒骂他们。从此他隐居洞穴，把无意中挖到的黄金散尽。他留下的墓志铭表达了他对人世的仇恨。这是莎剧中情节最简单、情绪最阴沉的作品，以激烈的语言表达了对现实中拜金主义的愤慨，剧中诅咒黄金的一段台词颇为有名。

悲剧情绪也影响到这时期的喜剧创作中。三部喜剧《特洛伊罗斯与克瑞西达》（1602？）、《终成眷属》（1603）和《一报还一报》没有了早期喜剧乐观明朗的基调，爱情波折与社会上的罪恶及主要人物的背信弃义相联系，剧情发展几乎是悲剧性的，只是最后以大团圆结局，带有悲喜剧性质。根据乔叟长诗和荷马史诗改编的《特洛伊罗斯与克瑞西达》没有了原故事的理想化色彩，克瑞西达是莎士比亚笔下所有女子中最寡情少义的。《终成眷属》的故事取自《十日谈》译本，社会地位低下的医生的女儿海丽娜虽千方百计，含辱负重地得到了所爱的勃特拉姆伯爵的婚姻，但这桩婚姻缔结得极为勉强。《一报还一报》是他悲喜剧中最有意义的。大臣安哲鲁代维也纳公爵摄政时，将犯奸淫罪的少年绅士克劳狄奥判处死刑以整饬纲纪，却又对为弟弟说情的依莎贝拉产生邪念。微服私访的公爵洞察一切，设计使伪君子安哲鲁暴露真相。社会风气败坏，执行者徇私枉法，借法作恶，悲剧在所难免。在突然外力作用下，悲剧又转向喜剧方向，公爵娶了依莎贝拉，安哲鲁娶了被他抛弃的女子，因此得到赦免。喜剧性主要表现在喜剧形式和某些喜剧手法（化装、调包等）的沿用上。

　　莎士比亚创作的第三时期是1608—1612年。这时期他的创作风格发生较大变化，宽恕与和解成为他主要的思想特征。当他发现自己的理想——真理和正义、爱情和幸福——在现实世界中难以实现时，便把理想寄寓于未来和幻想中。1608—1609年伦敦发生瘟疫，剧院封闭了一段，公众剧院的全盛期已过去。1608年，莎士比亚所属的"国王供奉"剧团由"环球"剧院转到私人剧院"黑僧"演出，王室贵族们偏爱传奇故事与优雅的情调，这也从客观上促使莎士比亚转向传奇剧的创作。他这时期主要作品有《辛白林》（1609）、《冬天的故事》（1610）、《暴风雨》（1611）。这些作品多是娱乐性的浪漫的故事，以兄弟、父子、夫妇的和好团圆收场。情节往往是人物先遭遇不幸，后来因一些偶然性因素，转祸为福。家庭关系从合到分又到合，场景由宫廷到社会再回到宫廷。《辛白林》中国王辛白林的后妻为了使儿子合法地继承王位，鼓动国王让他前妻之女伊慕琴与自己的儿子结婚。伊慕琴已与波塞摩斯相爱，辛白林便放逐了波塞摩斯，把伊慕琴囚禁起来，伊慕琴被迫出走。经过一系列磨难和曲折，最终情人、父女团聚。

《冬天的故事》里的西西里亚国王利翁替斯无故怀疑王后与波希米亚王有私，失去了王后。在国王长期的悔悟与思念以后，佯装死去的王后复活。在 1664 年第三对折本再版时才收入的《泰尔亲王佩里克利斯》（1608）里，也写了主人公按神示找到妻子的神奇故事。《暴风雨》是莎士比亚这时期的代表作，表现出对人类未来的理想，被称为莎士比亚"诗的遗嘱"。在 15 世纪意大利北部，米兰公爵普洛斯彼罗被弟弟安东尼奥夺去爵位，他带着幼女米兰达和魔术书流落到荒岛。在 12 年中，他以魔法征服了女巫的儿子、丑妖凯列班，释放了被禁锢的精灵，使荒岛成为奇境。他兴风作浪把弟弟及那不勒斯国王、王子的船摄至岛上。恶人悔悟，弟弟还王位于公爵，王子菲迪南与米兰达相爱结合。剧作家把希望寄托于道德改善、恶人良心悔悟上，妥协和解的调子占了上风。在公爵的治理下，荒岛上建立起理想国。米兰达看见许多人时惊叹："真是奇迹！世界上有这么多美妙的生物！人类真美！美好的新世界啊！"莎士比亚相信通过人的道德改善，世界会有美好的未来。

《亨利八世》（1612）是莎士比亚最后一部剧作，由几个片断组成，很大一部分是剧作家弗莱彻的手笔。

莎士比亚的剧作在境界和才华上超越了文艺复兴时期的一般作家。他倾注了人文主义的理想，面对理想与现实的矛盾，表现出深刻的社会批判力量。他创造了各阶层、类型的人物近千人，法国作家大仲马说他创造人物之多"仅次于上帝"。他写出了人的精神世界的复杂性，人性的各种表现。戏剧场景广阔，戏剧情节生动，五光十色，美不胜收。他具有对语言的高超驾驭能力，用语极为丰富，具有个性化、诗化和哲理化的特点。他的无韵诗体运用纯熟，许多佳句已经成为英国语言的精华。莎士比亚戏剧的成就是不均衡的，存在着粗糙之处，不能免除时代的一些弱点。但是他不愧为文艺复兴时期最杰出的作家，在后世享有崇高的地位。他的作品译成语言之多，仅次于基督教经典《圣经》。围绕莎士比亚，形成了"莎学"，世界各地都上演莎剧。正如莎士比亚同时代戏剧家本·琼生所说，莎士比亚是"时代的灵魂"，他"不属于一个时代而属于所有的世纪"。

四、戏剧盛世的落幕

从莎士比亚生活末期到16世纪40年代伦敦所有剧院关闭这段时期，重要的剧作家有本·琼生、乔治·查普曼、托马斯·戴克、约翰·弗莱彻等。

本·琼生（1573？—1637）与莎士比亚同时创作并持续到莎士比亚死后，戏剧生涯三十余年。他一生经历坎坷，曾经随继父学习泥瓦手艺，后来从军参加对西班牙人的战争，因讥讽时政、争斗杀人曾多次入狱。他也是由演员转向戏剧创作的。在1616年莎士比亚逝世那年，他把自己的剧本结集出版。当时剧本都作演出本用，本·琼生把它们作为独立的文学作品出版，尽管当时有人讥评，但在文学史上是有意义的事件。他受过古希腊、罗马文化的影响，倾心拉丁诗篇，诗作有收敛、整饬的古典美。他的非戏剧的诗歌有许多佳作，像"用你的双眸给我祝酒吧"是抒情的名诗。他的散文作品中有关文艺批评的意见，对新古典主义的形成有很大影响。本·琼生在当时文坛上受到推崇，成为作家中的领袖人物，围绕着他活动的文学圈被称为"本·琼生派"。

本·琼生主要是位戏剧家。他写过大量假面剧，这是一种强调场景、服装、音乐的戏剧，以贵族为主要娱乐对象。他大力倡导古典戏剧理论，写了两部罗马题材悲剧《希杰那斯的覆亡》（1603）、《卡提兰的叛乱》（1611），以结构完整见长。喜剧是本·琼生成就最高的领域，在喜剧理论和创作上，均有建树。他在早期喜剧《个性互异》（1598）、《人各有癖》（1599）里表明了他的"气质论"。依当时概念，人体内含有一定的流质或活液，即"气质"，人的心理性格由此决定。本·琼生据此写作"特性的喜剧"，写具有主导情欲或"气质"的人。他一反浪漫喜剧的时尚，表现出对社会罪恶的讽刺才能。他的最成熟的喜剧《伏尔蓬涅》（1605）尖锐地讽刺了社会上的贪婪风气。威尼斯富翁伏尔蓬涅（意"狐狸"），以骗人钱财为乐。他在仆人莫斯卡（苍蝇）帮助下，假装病危，诱使同样贪婪的朋友们竞相送礼，甚至送上妻子来讨好，以期成为他的遗产继承人。他的《炼金术士》（1610）也是以喜剧形式揭露社会上的拜金主义。

托马斯·戴克尔（1572—1632）也是这时期有成就的剧作家。他的《鞋匠的节日》（1599）常被视为伊丽莎白时代代表作品之一。他把德隆尼《高尚的手艺》中鞋匠学徒西蒙·爱当市长的故事改编成戏剧，又穿插贵族青年扮成鞋匠追求西蒙·爱的女儿的故事。由于他对平民社会的关注和写实文风，有人把他称为"伊丽莎白时代的狄更斯"。托马斯·海武德（1570—1641）戏剧也取材伦敦中产阶级的生活。《被仁慈杀死的女人》（1603）写一个乡绅发现妻子与朋友的私情后，没有采取传统的暴力报复手段，而是让她在孤独的幽居生活中悔恨死去。剧作着力描写人物情感和心理状况。但今天看来，这种"仁慈"比肉体折磨更为伪善、可怕。

弗兰西斯·鲍芒（1584—1616）与约翰·弗莱彻（1579—1625）两人常合作编戏，所以经常被相提并论。他俩多数剧有明显的贵族倾向，宣扬君权神授理论，对国王、贵族的恶德并不谴责。他们合作的悲喜剧《菲拉斯特》（1611）写西西里王储菲拉斯特曲折的爱情故事。他的仁爱感动了僭主，剧情在一片妥协和和解中结束。

从基德《西班牙悲剧》经由莎士比亚一些悲剧开始的流血、恐怖的特点在"血的悲剧"（或称"血与雷悲剧"）中大大得以发展。代表性的作家是约翰·韦伯斯特（1580？—1638？），他的《白魔鬼》（1611）和《玛尔菲公爵夫人》（1613），写当代意大利的情杀故事，紧张恐怖，谋杀举动不绝。在另外一位代表作家约翰·福德（1586—1639？）悲剧中，除常见的疯狂、谋杀、复仇以外，涉及变态的畸恋如乱伦之类。

莎士比亚以后还有一些喜剧作家。托马斯·米德尔顿（1570—1627），菲力浦·马辛杰（1583—1640）基本上因循本·琼生的写实喜剧传统。詹姆斯·舍莱（1596—1666）是从马洛开始的伊丽莎白时代戏剧传统的最后一位作者，因为他是莎士比亚后继者中最年轻的，也因为他的戏剧，尤其是喜剧比其他剧作家有更鲜明的衰落色彩，转向了复辟时期的"风俗喜剧"。他的《享乐的女人》（1635）写丈夫仿效妻子寻欢作乐以规劝她，最后两人悔改，隐居乡间。对话机智，但缺少严肃道德感，开复辟时代喜剧先河。

戏剧中的不道德风气为清教徒反对戏剧提供了口实。1642 年，清教徒通过议会关闭了伦敦剧院，文艺复兴时期的英国戏剧结束，英国文艺复兴运动也随之告终。

第三章　17 世纪文学

第一节　清教革命时期

一、清教革命与文学

都铎王朝时期英国处在急剧变化中。随着新航路的发现、圈地运动的深入，工农业得以发展，商业繁荣。资产阶级力量不断增长，他们与新贵族结成同盟。当时宗教在人们的精神生活中占统治地位，资产阶级自然从宗教中去寻找思想武器来维护他们的利益，清教运动便如此产生了。

1603 年詹姆斯一世继位，开始斯图亚特王朝统治，继续推行封建专制统治，引起羽翼渐丰的资产阶级的强烈不满和反对。政治斗争和宗教斗争密切联系着进行。英国在宗教改革后实行政教合一，人民对专制制度的仇视也扩展到国教身上，以"不信从国教"的形式来表达他们对封建专制的反抗。16 世纪以来在"不信从国教者"中出现要求彻底清除国教中天主教残余的清教徒，他们在政治上反对"君权神授"，在道德上提倡勤俭努力。由于清教徒在未来的英国革命中掌有重要权力，16 世纪的资产阶级革命常被称为"清教徒革命"。

詹姆士一世和查理一世统治时期，英国议会中形成了与封建王权相对的反对派。他们之间的激烈斗争导致 11 年无议会统治。1640 年，查理一世迫于形势召开新议会，这届存在 13 年的"长期议会"，领导了英国资产阶级革命。1642 年国王与议会之间爆发了武装冲突，1649 年国王查理一世被人民送上了断头台，英国成立了共和国，英国资产阶级革命发展到顶点。1660年，查理·斯图亚特返回伦敦登基，开始英国历史上的复辟时期。1685年詹姆士二世继位，企图恢复天主教，导致1685年的"光荣革命"，威廉二世与玛丽二世共同即位，结束了复辟时期，确立了英国立宪君主制的政体。这场披着宗教外衣的革命，确立了议会高于王权的原则，为资本主义制度在欧洲的建立开辟了道路。激烈的政治、宗教斗争不可避免地对当时文学产生影响。戏剧在经历文艺复兴时期繁荣后走向衰落。散文中围绕政治、宗教问题的论争文章急剧增多。在诗歌方面，出现了玄学派诗和骑士派诗。而17世纪文学最有成就的作家是大诗人弥尔顿。

二、诗坛的两种走向

1.诗歌传统的革新：玄学派

从16世纪末开始，兴盛于17世纪头30年的两股诗歌主流是约翰·邓恩为首的"玄学派"和骑士派诗人，他们的创作对17世纪以及以后的诗歌创作有很大的影响。

玄学派指的是在诗歌风格上有共同点的一批诗人，除代表诗人邓恩外，还有乔治·赫伯特（1593—1633）、理查·克拉肖（1613—1649）、亨利·方恩（1622—1695）等，他们主要写作爱情诗、宗教诗、挽歌、诗简、讽刺诗、冥想诗等。他们的爱情诗对文艺复兴以来彼特拉克的抒情诗传统是一大革新，采用说理辩论的方式，从科学、哲学、神学中摄取意象。宗教诗和其他诗歌多写信仰上的苦闷、疑虑、探索与和解，反映出在动荡世态中怀疑与信念交替的复杂心情。他们的诗作是学人之诗，语言充满具匠心的暗喻、奇想，有诡异新奇的感觉。17世纪英国诗人、批评家德莱顿首先用"玄想"这个词去评论邓恩的诗。18世纪英国批评家约翰逊把邓恩等人称为"玄学派诗人"，进一步分析他们的特点，指出他们体现在诗中的"才趣"是"把截然不同的意象结合在一起，从外表绝不相似的事物中发现隐藏着的相似点"，"把最不伦不类的思想概念勉强地束缚在一起"，这就是所谓的"奇想"。约翰·邓恩（1572—1631）青年时期写了许多爱情诗、讽刺诗和一些应景诗。1615年他出任教职以后主要写宗教诗和布道词。他的爱情诗歌多是1614年以前的作品，主要收入《短歌集》，共有55首。大多数爱情诗有对女性水性杨花的冷嘲，又体现享乐主义思想，表现出对彼特拉克在柏拉图理想化影响下的爱情诗传统的背叛，如《去捕捉陨星一颗》《现在你已经爱了我一整天》。他的爱情诗构思特殊，采用科学、神学、哲学内容作比喻。"我脸蛋在你眼里，你脸蛋在我眼里出现，/两颗平凡的真心在脸蛋上安息；/哪儿我们能找到更好的两个半球，/没有严寒的北极，落日的西方？"（《早安》）这种"奇想"既新鲜又恰当。但多数怪譬产生机智又隐晦、古怪、矫揉造作的效果。《跳蚤》中跳蚤咬了一对情人而融合了他们的血液，成了"我们的婚床"，情人杀死跳蚤就像杀死三个人。这类奇想显得造作而缺乏意义。诗人的爱情诗大多以死亡和离别为主题，充满关于灵与肉的神秘思想。

邓恩模仿罗马诗歌写了《挽歌》20首，《讽刺诗》7首，《警句》若干则。《挽歌》内容仍是爱情诗，《讽刺诗》反映了当时社会风貌、政治动态和宫廷典型，但因为有太多的冷嘲和语言上的造作导向隐晦。

邓恩后期作品中，神秘的悲观的气氛加重。他写了一系列《圣十四行诗》和其他宗教诗篇，宗教信仰与内心的怀疑、恐惧、理智分析与情感迸发奇特地混合在一起。他的160篇布道文也表现出新旧信仰、现世来世之间的矛盾，散文风格受拉丁散文影响，比喻生动，想象丰富，在当时吸引各阶层听众。

骑士派诗人指一批在本·琼生古典诗风影响下喜欢写抒情诗的贵族青年诗人。他们因循16世纪下半叶宫廷诗歌传统，以爱情为题材，反映贵族阶级生活与情调，文字整洁流畅，音调优美。主要诗人有罗伯特·赫立克（1591—1674）、托马斯·步鲁（1595—1639）、约翰·萨克金（1609—1642）、理查德·勒甫雷斯（1618—1657）等。赫立克的《致少女》在17世纪脍炙人口："玫瑰堪折君须折，/时间是不住地飞；/今天露着笑靥的花朵，/明天也许会枯萎。……"表现了及时行乐的来世情调。

玄学派和骑士派诗作中都没有动荡的革命时代的直接反映，诗人们力图远离政治斗争，逃避现实。而 17 世纪最伟大的诗人弥尔顿的整个人生都是与革命时代联系在一起的。

2. 弥尔顿史诗的创作成就

弥尔顿（1608—1674）出生于伦敦富裕的资产者家庭。他的父亲是公证人，信仰清教，具有较高的文化修养。弥尔顿 16 岁从圣保罗学校毕业，进入剑桥大学。在剑桥七年，他广泛阅读，继续希腊、拉丁文学业，先后获得了学士、硕士学位。毕业后他不愿意如家庭希望的那样去任神职，因为他认为教会腐败，教职会限制个人的思想自由。在父亲的谅解和支持下他退隐到父亲在霍尔顿的别墅，研究古典文学和写作诗歌，1638—1639 年，他到国外旅行，在意大利逗留的一年半里，与伟大学者伽利略晤面，参加过许多座谈和辩论活动。国内政治形势的发展促使他中断旅行回国。他说："我正准备去西西里和希腊时，听到英国内战爆发的不幸消息，我不得不改变计划；因为我觉得国内同胞为自由而战的时候我旅游海外，那是卑鄙的。"

1625—1640 年是弥尔顿创作的早期，作品主要是中短篇诗作。以意大利文命名的姊妹诗篇《快乐的人》和《幽思的人》（1632）是他早年诗作的代表作品。《快乐的人》描写了生活中轻松的一面，无忧无虑的青年愉快的心情。他晨起听鸟鸣鸡啼、猎人号角，看到牧野美丽景色、牧人田园生活，也向往城中歌舞升平的景象。《幽思的人》里，青年受"神圣的忧郁"的支配，夜间读书思索，清晨漫步冥想。弥尔顿作为人文主义继承者的欢快精神与作为清教徒的严肃沉思态度，在他早期诗作中便显示出来。在为悼念溺死的同学爱德华·金写的挽诗《黎西达斯》里，诗人也表现出严肃生活与逍遥生活之间的矛盾。这首挽诗采用牧歌体的传统框架，倾注了个人感情和对人生的复杂感受。诗中也讽刺了教会的腐败。有人认为这首诗是英国最伟大的短诗。

弥尔顿在早期还创作了假面剧。《科摩斯》（1634）不同于 17 世纪头 35 年兴盛的假面剧，重点不在音乐和舞台背景，而在于故事，主题是典型的清教意味的，写一个迷路的少女拒绝妖魔的百般诱惑，终于得救，美德和纯洁的力量征服了邪恶的力量。其中也包含了反映清教徒与保守党人斗争的政治意味，相信清教徒最终会得神助，从暴政下被解救出来。

从欧洲旅行返回到 1660 年斯图亚特王朝复辟的 20 年，诗人投身政治事业，诗歌创作几乎停止，写了大量的小册子类型的论述性散文。《论教育》（1644）反对经院式教育，倡导人文主义教育。《阿瑞帕吉蒂卡》（1652）是诗人最著名散文著作之一，抗议议会对出版物的审查法，为出版自由辩护。他把议会比作古雅典最高法院，慷慨陈言，认为只有通过自由讨论，人类才能赢得真理的胜利。文章言辞激烈又论证有力，有很多警句。作者呼吁："在一切自由之上，给我认识、表达的自由，顺人良心、随意辩论的自由。"这两篇以外的散文著作可以分为宗教问题、离婚问题、政治问题三组。宗教小册子有 5 个写于 1641—1642 年，3 个写于 1659—1660 年，与当时国教与清教徒之间宗教论争有关。弥尔顿主张政教分离，反对宗教干政，大力提倡宗教容忍和自由。关于离婚问题的 4 个小册子（1643—1645）表示了对天主教禁止离婚的反对。弥尔顿 1643 年与出身保王党家庭的玛丽·鲍维尔结婚。尽管他们的婚姻维持到 1652 年玛丽去世，但两人的婚姻生活极不愉快。弥尔顿怀着切肤之痛，提出脾性不合可作为离婚理由，文中大量引用了《圣经》等宗教著作和古希腊、罗马哲学家的著作。弥尔顿的政治小册子在英国革命期间起了重要作用。《国王与官吏的职权》（1649）写于国王查理一世受审的时候，文中提出国王权力来自人民，人民有权罢黜和处死滥用权力的暴君，证明弑君的合理性，消除公众中的怀疑和惧怕心理。同年弥尔顿被任命为国务会议的拉丁文秘书，他撰写拉丁文小册子宣传国内政策，反击国内外的攻击。《偶像破坏者》（1694）驳斥了颂扬查理在世时虔诚、和蔼品德的《国王书》。他冒着失明的危险写作的《为英国人民辩护》（1650）驳斥了雇佣文人撒尔梅夏的《为国王查理一世辩护》，颂扬英国人民为自由而战的勇气，对撒尔梅夏品行方面的无情攻击，使这位著名文人名誉扫地。《再为英国人民辩护》（1654）再次证明了人民行动的合理正义性，表明弥尔顿为宗教、政治、个人自由而战的信念。他的最后一篇政论《建立共和国的简易办法》（1660）在复辟前夕表明他反对暴政的坚定信念。弥尔顿把二十年的大好年华献给了革命事业。他的散文的中心主题是拥护自由、反对暴政。他的散文论点鲜明，雄辩而富有文采，具有雄伟、宏大的气势。

　　弥尔顿写有 24 首十四行诗，其中 7 首写于早年，其余 17 首写于中年革命时期。他的十四行诗没有遵循传统，不是爱情诗，也不自成一组，而是表现了广泛的题材。有 5 首是写给朋友的，颂扬友谊，主要是应酬之作。有 2 首回击对他所写的离婚问题小册子的批评。还有 2 首与他的宗教小册子有关，反对宗教迫害，提倡宗教自由。有 6 首关涉政治问题。他作诗献给克伦威尔并对当时主要将领进行规劝，希望在和平时期坚持革命信念。著名的浪漫派诗人华兹华斯说："……在他手里／这东西（指十四行诗）变成了号角；他吹奏出／激动人心的调子——可惜为数太少了。"有 2 首十四行诗揭示了个人情感。在担任政府拉丁文秘书期间，弥尔顿鞠躬尽瘁，患了眼疾。但他不顾医生劝阻继续写作，45 岁便失明。在《咏失明》里诗人倾吐了失明带来的痛苦，在宗教信仰中寻求安慰。还有 1 首是悼亡诗，诗人悼念他逝去的第二位妻子卡特琳·伍德科克，感情十分真挚，情调悲怆。

　　1660 年王朝复辟，弥尔顿先在友人家藏匿，但不久被捕，在著作被焚、财产充公后获释。结束了政治生涯的弥尔顿，专心写诗，进入了伟大的创作时期。他双目失明，疾病缠身，生活贫困，但口述写作，在女儿和一些青年的帮助下，完成了长诗《失乐园》《复乐园》和诗体悲剧《力士参孙》三大杰作。

　　在剑桥读书期间，弥尔顿就有志于写一部荷马式史诗。他说："我要创作一首伟大的诗篇，那不应是一般粗鄙的恋爱诗人或江湖上舞文弄墨之辈，在酒酣耳热之余所写的狂言乱语。"他一度想写亚瑟王及骑士的故事，后又拟了若干个可能采用的史诗题材。他对人类堕落的故事感兴趣，多次拟写纲要。在从政 20 年后，他全力去实现青年时代的抱负。完成于 1665 年的《失乐园》，长达 10556 行，是弥尔顿最重要的诗作。

　　《失乐园》的中心故事取自《圣经》。世界上第一对男女亚当、夏娃，被魔鬼撒旦诱惑，违背上帝旨意吃了知识树上的禁果，受到上帝惩罚，被逐出乐园，期待圣子耶稣为人类赎罪。弥尔顿对这个在西方家喻户晓的故事进行了独特的处理。

长诗因循维吉尔《伊尼德》和斯宾塞《仙后》的传统，由 12 卷组成。造反失败的撒旦与堕落天使残部被上帝打入地狱，想侵扰上帝新创的世界和人类作为报复。撒旦穿过混沌，奔尘世而去（卷一、卷二）。天堂中上帝预见撒旦会成功地引诱亚当和夏娃，圣子自愿为人类赎罪。撒旦来到了美丽的伊甸园，亚当、夏娃在这里幸福地生活（卷三、卷四）。上帝派天使拉斐尔前来告诫亚当，向他讲述骄矜自满的撒旦反叛上帝的故事和上帝创世的经过（卷五至卷八）。但是意志不坚的亚当、夏娃终于受了撒旦的引诱，吃了禁果。上帝决定惩罚他们，失去乐园的人类从此将含辛茹苦（卷九、卷十）。来驱逐亚当、夏娃的天使迈克尔向他们展示了人类未来遭遇（卷十一、十二）。

弥尔顿曾在卷一说："我要拥护上天并证明上帝对人类态度是公正的。"这样从故事内容到诗人创作意图，长诗仿佛纯然是宗教诗，实际上诗作包含了许多革命的内容。亚当夫妇失乐园与撒旦反叛两条情节线索都表现了诗人对革命的反思、革命失败后的悲愤和不变的信念。

对反叛者撒旦的处理，表明了弥尔顿作为清教徒与革命者之间的矛盾。在思想上他批判撒旦的骄矜和妄图争得最高权力的野心，但在感情上他同情撒旦的遭遇，常借撒旦之口表达自己反抗暴政的反叛性言论。他不同情魔鬼反叛上帝的行为，以阴暗色彩描写撒旦及随从，但同情、赞同他们表达的敢向权威抗争、为自由而战的思想。被抛下深渊的撒旦喊道："战场上虽然失利，怕什么？/这不可征服的意志，报复的决心/切齿的仇恨，和一种永不屈膝，/永不投降的意志——却都未丧失；/除此以外，还有什么不能克服的？/这种荣誉是他的愤怒或威力/所永远不能夺取的。要低头认罪/或屈膝求和……/那要比这次失败更下流，更无耻！"这实际上是弥尔顿在复辟时期不妥协、不屈服的心声。弥尔顿在亚当、夏娃失乐园故事里探讨人类不幸的根源，认为人类由于理性不强，意志薄弱，经不起外界的影响和引诱而走错了道路。未来的景象充满悲惨和罪恶。革命的失败、政治理想的破灭，在弥尔顿心上投下浓重的阴影。在亚当、夏娃形象中，也体现了弥尔顿人文主义思想和清教观念上的矛盾。夏娃的堕落是由于盲目求知，但知识遭禁又何尝合理？"为什么他们的上帝／嫉妒他们这个，难道知识就是犯罪？／难道这就是犯罪？／难道他们只能永远无知无识下去？难道这就是他们的幸福，／从而证明他们的服从和他们的信仰？"

《失乐园》艺术风格雄浑宏伟，结构宏大场景壮观。天上的战争双方拔山相掷，漫天刀光剑影，气势磅礴。无韵体诗歌充满"连行句"甚至一气几十行的"诗段"奔腾雄壮，与内容十分相称，被称为"弥尔顿式"。《失乐园》在欧洲诗歌史上，常与荷马史诗、《神曲》等一起被看作史诗的范例。

《复乐园》（1671）在标题和故事上都是《失乐园》的续篇，情节来自《新约·路加福音》，但比《失乐园》要单纯，篇幅只有四卷。弥尔顿在《科摩斯》和《失乐园》中都写到了"诱惑"，《复乐园》继续了这个主题，写基督如何在旷野上抵御撒旦的诱惑。

基督耶稣受圣徒约翰洗礼后，准备公开宣道，圣灵引他到荒郊，让他接受撒旦引诱的考验。撒旦先以丰盛的宴席去诱惑饥饿的基督，遭到拒绝后又以财富、君临海内的荣耀、古希腊罗马的艺术去引诱，同样遭失败。到第三天，恼羞成怒的撒旦将基督带到耶路撒冷的庙宇的顶上，结果自己栽了下来。天使们把胜利地经受了考验的基督接了下来。基督开始布道，替人类恢复乐园。

战胜诱惑的主题，体现了诗人的清教主义思想，也具有丰富的政治意义。基督在某种意义上是清教革命家的象征。他不忘"解救以色列人于罗马轮下"，表露出诗人坚持革命的态度。对以色列人顺从忍受的描写，也表露出诗人在复辟时期深切的悲伤心情。这首诗里的撒旦与《失乐园》中的形象大为不同，作为恶魔的化身出现，没有《失乐园》中的反抗精神。这首诗表现了弥尔顿，虔诚的信仰、坚定的意志，具有弥尔顿特有的雄伟风格但相对缺少激情。

《力士参孙》（1671）是弥尔顿最后一部重要著作，是以希腊悲剧为典范的伟大诗剧，剧情发生在一天之内，场景在一个地方，采用使者报告悲壮结局的方式，还有合唱队对剧情加以评论与补充。这出悲剧取材于《旧约·士师记》。参孙是以色列民族英雄，他力可搏狮，努力使以色列人摆脱非利士人的压迫，但不幸地被妻子大利拉出卖给敌人，被剃发剜目，沦为奴隶，每日推磨服苦役。剧情开始，参孙的父亲来劝他和解，他的妻子来求他宽恕，他的敌人哈拉发来恫吓威胁。参孙在痛苦中磨砺意志。当他被敌人召去为他们祭神仪式作表演时，他撼倒庙宇的支柱，与敌人同归于尽。

诗剧具有明显的自传性质。失明、与妻子失和、失败和沮丧，都是弥尔顿身世和心境的真实写照。清教徒们如同被征服的以色列人，屈服于复辟的逆流之下。在参孙身上，弥尔顿写出了他失去光明和失去自由的双重痛苦。参孙在屈辱和苦痛的经历中，深自忏悔，克服骄矜，恢复信心，终于壮烈地"对敌人彻底报了切齿仇恨"。参孙的道路是人类复兴的希望，"因为逝者的遗烈会激励他们，／去进行无限英勇而崇高的斗争。"

这部取法古希腊悲剧的诗剧，很少外部的动作，但有丰富的内心动作，所有的对话反映了参孙心理经历的整个过程。无韵诗体雄浑有力。

弥尔顿是杰出的诗人。他擅长不同诗体，从十四行诗、抒情短诗、牧歌挽诗到史诗、诗体悲剧，都有所建树。在英国，他被看作是仅次于莎士比亚的伟大诗人。

第二节　复辟时期文学

一、古典主义的最初倡导和实践

在 17 世纪的法国文学中形成的古典主义艺术流派，向古代寻找文学创作典范和理论根据，理论和创作方面影响欧洲文学 200 年之久。英国古典主义流派随复辟王朝从法国归来形成。它的创始者约翰·德莱顿（1631—

1700），是复辟时期文坛上的权威人物，对文学作出多方面的杰出贡献，以至文学史家把他创作的时代称为"德莱顿时代"。

德莱顿出身清教徒家庭，在威斯敏斯特学校接受了良好的古典文学的教育，1654 年毕业于剑桥大学，第二年定居伦敦，开始写诗。1659 年，他为克伦威尔写了悼诗，但一年后，政局陡变，他加入保王党，写诗向新政府表示忠心。1667 年他写了为斯图亚特王朝歌功颂德的长诗《奇迹之年》，第二年被授予"桂冠诗人"称号，两年后又在宫廷任职。光荣革命后，德莱顿由于皈依了天主教，被剥夺官职、桂冠和丰厚的薪酬。他逝世于 1700 年，正好是 17 世纪结束的那年。

德莱顿对文学有多方面杰出的贡献，他是诗人、戏剧家、文学批评家、翻译家，是英国古典主义最早的倡导者和实践者。

作为诗人，德莱顿主要以写作讽刺诗、应景诗和抒情诗著称。他的讽刺诗反映党派与个人之间争斗，影射时政。政治讽刺诗《押沙龙和阿琦托斐》（1861）叙述了一段圣经故事：大卫王儿子押沙龙听从侍臣阿琦托斐煽动与诱惑，反叛父王，战败而死，以此来影射新党领袖夏夫茨伯里想拥立信基督教的蒙茅资公爵为王储的企图。《奖章》（1682）一诗也是讽刺辉格党人的。他的宗教诗与时政也有紧密关联。在《俗人的宗教》（1682）里，德莱顿歌颂英国国教，反对不信国教的人，尽管他当时还是个清教徒。《牡鹿与豹》（1687）是德莱顿皈依天主教后为天主教会唱的赞歌，他以洁白的鹿和肮脏凶残的豹分别代表天主教会与英国国教。

德莱顿最著名两首抒情诗是为庆祝圣西西莉亚日写作的颂诗《圣西西莉亚之歌》（1687）和《亚历山大的宴会》（1697）。传说圣西西莉亚是音乐的保护神，风琴也是她发明的。前一首诗写到不同乐器的不同效果，后一首诗写亚历山大征服波斯后，如何受到宴会音乐的影响，两首诗都把音乐颂扬为美妙无比的艺术，在诗歌形式上也追求音乐性的效果。德莱顿的颂诗和讽刺诗的标志着英国诗歌中古典主义的确立。

复辟时期，英国的戏剧活动开始恢复。1663 年，德莱顿开始他的戏剧生涯。他写了 27 部不同类型的戏剧：喜剧、悲喜剧、歌剧及悲剧。他引入了新的戏剧类型——仿效法国古典主义诗人的"英雄剧"。这些戏采用古典主义戏剧常见主题：爱情和荣誉间的矛盾，代表作品有《格拉纳达的征服》（1672）和《奥伦—蔡比》等。《格拉纳达的征服》以西班牙人与摩尔人的战争为背景，写阿曼泽的英勇和他对阿玛海蒂的强烈的爱，以夸张的语言写主要人物外部的冲突和人物内心爱与荣誉之间的冲突，戏中充满刺激性场面，但人物刻画和语言都不免造作。他的悲剧《一切为了爱》（1678）以古典主义原则改写了莎士比亚的《安东尼和克拉奥佩特拉》，写安东尼对克拉奥佩特拉的爱与世俗野心之间的冲突，有更多的心理分析和精致的细节。莎士比亚剧中的安东尼是怀着强烈激情的文艺复兴时期的人物，德莱顿剧中的安东尼则分明是沉溺爱情的复辟时期世故贵族的形象。悲剧严格遵守古典主义的三一律规则，地点限于亚历山大城，时间限于亚历山古城被围以后，剧情集中在爱情。德莱顿并不看重喜剧，但也创作不少喜剧，如《时髦婚姻》写一对青年夫妇的婚姻周折，反映了时髦男女打情骂俏的空虚生活。

德莱顿是英国文学史上最早的重要的文学批评家。他在《论戏剧诗》（1668）及在他的各种作品的序言里，阐述了自己的文学观点。《论戏剧诗》采用对话形式，讨论英国与法国、古代与现代诗剧各自的功过，表现出他古典主义戏剧原则的倾向。但他对英国戏剧具有偏爱，首先对莎士比亚、斯宾塞、本·琼生、鲍芒和弗莱彻做出了正确评价，努力将古典主义创作规则与17世纪早期英国戏剧实践调和。他的许多重要论文以"序"的形式置于作品卷首，《格拉纳达的征服》的序，追溯了"英雄剧"的发展；《悲剧批评的依据》解释了古典主义悲剧观，强调布局的紧凑；《论讽刺》追溯了古希腊以来讽刺文学的发展；《古今故事集序》赞扬了乔叟的作品，文字优美。德莱顿还是近代散文大家，散文风格明朗、简要、平易，与他之前结构繁杂的散文传统形成对照。

德莱顿对于18世纪的蒲伯、约翰逊产生了很大的影响。他的文艺批评成就使他获得"英国文学批评的创始人"的称号。

二、英国喜剧发展的新方向

从 1642 年清教徒关闭剧院到复辟后三个月剧院开演，英国剧坛沉寂了 18 年。这期间只有 1656 年上演了威廉·达文南爵士的《罗兹之围》一部歌剧性质的戏剧。

复辟时期的悲剧作家除德莱顿以外，著名的还有纳撒尼·李（1653—1692）、托马斯·奥特维（1652—1685），他们受法国古典主义戏剧很大的影响。李的《争宠的王后》和奥特维的《保全了的威尼斯》，都写了爱情与荣誉、责任之间的冲突，后一部戏常被推为英国古典主义悲剧的代表作。

复辟时期的喜剧相当出色。它们不同于伊丽莎白时代的浪漫喜剧，而是讽刺性的风俗喜剧，讽刺对象是当时的英国上流社会。但是它们的讽刺并不深刻，以轻松的心情和愉快的反讽来表现生活，俏皮幽默的对话为突出特点。喜剧最常见的主题是上流社会男女之间爱的纠纷，反映出宫廷环境中轻浮放荡的时尚。

威廉·康格雷夫（1670—1729）是这时期喜剧的代表作家。他的作品一方面模仿法国喜剧家莫里哀，一方面继承并发展了本·琼生、玛斯顿等人的社会讽刺喜剧传统。1695 年，他的名剧《以爱还爱》上演，轰动伦敦舞台。剧中在描写男女间关系的同时，接触了财产继承问题，可见本·琼生喜剧的影响。《如此世道》（1700）是康格雷夫及复辟时期喜剧的代表作，写了虚伪的婚姻和爱情的纠纷。他作品的语言锋利、精确、雅致、备受推崇。

早期的喜剧家中威彻利（1640？—1716）也很有成就。他的《乡下妻子》《直率的人》写贵族男女之间不正当、不正常的关系，讽刺味较浓。

针对当时舞台上的不道德成分，科利尔写了《简论英国戏剧的不道德和亵渎神明》（1698），其中把人生与艺术混为一谈，把反映、批判不道德现象的作品也一律视为海淫。但是这篇言论对喜剧中过分暴露色情的现象有匡正作用。

约翰·凡伯鲁（1664—1726）和乔治·法克尔是在"光荣革命"以后写作的，他们因循的是威彻利等人开创、在康格雷夫那里达到高峰的风俗喜剧的传统。凡伯鲁自称他的喜剧是"给城里的绅士们提供娱乐"的，他的《故态复萌》《被激怒的妻子》成为科利尔写反对这时期喜剧的文章的诱因。18世纪初他的创作有改变，原先戏中的不道德倾向有所收敛，为18世纪哥尔德斯密和谢立丹的创作铺平了道路。法克尔的最后两部喜剧指出了英国喜剧发展的新方向，《募兵官》和《花花公子的策略》，描写乡村生活，人物多来自中下层，这些善良简朴、生动鲜活的人物代替了冷嘲、世故、机智、放荡的宫廷男女，带来了写实主义色彩，人物间的关系更自然、充满幽默感。他们两人的创作显示复辟时期风俗喜剧的传统已过去。

三、寓言小说的讽喻性：《天路历程》

在复辟时期坚持写作的清教徒作家除了弥尔顿外，还有约翰·班扬（1628—1688），他是英国17世纪后半叶最伟大的散文作家。

班扬出身贫寒家庭，祖父、父亲都是补锅匠。他未受过正规学校教育，很早就继承了父业。内战期间，他参加了议会军队，这对他以后的宗教信仰和文学创作产生了影响。他的妻子也是清教徒的女儿。他加入了浸礼会，开始讲道。复辟以后，政府禁止不信奉国教的人自由传教，违反禁令的班扬于1660年被捕。由于他坚持传教，先后被监禁12年，1672年获释后于1676年再次入狱半年。在监禁生活中，班扬写了他第一部重要作品《罪人受恩记》（1666），叙述了他信教的过程、传教早期的生活，是他精神生活的一部自传，文字浅显，情感真挚。

班扬的代表作《天路历程》（1678）也写于狱中。出版不到一年便卖了三版，在当时的英国大受欢迎。这是一部寓言形式的讽喻小说，如同中古讽喻文学，以梦境开始。作者叙述他在梦中看见一个人"衣衫褴褛，站在一个地方，背对着他的家，手里拿着本书，背上捆着个大包袱"，这个人便是基督徒，他手捧《圣经》，肩背世俗利益的重负。他得知居住的城市将毁，在劝说妻儿、邻居出走无效后，独自出走，朝着"天国的城市"
行进，开始了他的天路历程。班扬生动地描写了路途中的重重艰险，基督
徒从"绝望的泥潭"挣扎脱身，被"世故先生"误导至"道德之林"，在
传福音者帮助下皈依正道。他爬过"困难之山"，在"屈辱之谷"与巨人
亚坡伦搏斗，穿过"死亡阴影之谷"，与赶上结伴的邻居"忠诚"来到"名
利场"。"在这座名利场，出售一切货物：房屋、土地、买卖、荣誉、升迁、
头衔、国家、王国、色欲；各种欢乐及享受如：娼妓、鸨母、妻子、丈夫、
子女、老板、仆役、生命、血液、身体、灵魂、白银、黄金、珍珠等等，
一切应有尽有的东西……这儿还可以不花钱看到：盗窃、杀害、奸淫、伪
誓，而这一切都是带着血色的。"他们受到审判，法官"嫉善"招来"嫉
妒""迷信""谗言"为证人，"忠诚"被折磨而死后升天，基督徒劫后余生，
与新朋友"希望"继续前行，又误入"僻径荒原"，被巨人"绝望"捕获，
投入"怀疑之堡"。他终于越过"死亡河"，来到"天国的城市"，享受永生。
从这些地名便可见出这部宗教文学作品的讽喻意义。我们从中也可见出作
品的社会讽刺意义，对复辟时期社会风尚的批评，对人生各种弊病的揭露
与批判。其中对名利场的描写尤为出色，这是复辟时期伦敦社会的象征性
画面。基督徒和"忠诚"因为蔑视名利而受迫害，暗示着班扬自己因为传
教而多次入狱。后来萨克雷以"名利场"作为他的小说名著的题目。

　　《天路历程》是宗教寓言类型的散文作品，但是我们可以把它当作写
实小说来读。英国乡村路上的"愚昧无知""世故先生""马屁先生""爱
钱先生"和"话匣子"既代表抽象的概念，又是有血有肉的活生生的人，
作者把这些人物的举止言谈描写得生动传神。作品在故事情节、细节描写
和人物性格塑造等方面，对后来英国小说的发展产生了重大影响。班扬的
散文风格朴素活泼，语言来自生活，简明易懂，行文生动有力。

　　班扬重要的作品还有对话体小说《恶人先生的生平和死亡》(1680)，
描写典型的市侩形象，提出"贫穷而能诚实"的正面理想，宣传清教主义。
散文寓言《圣战》(1682)更多抽象的概念，主题似《失乐园》，写魔鬼与
上帝的交战，人的堕落和人的最终得救，《天路历程》第二部写于1684年，

叙述基督徒的妻子和四个儿子前往"天国的城市"的冒险经历，比第一部逊色，社会讽刺成分减弱。

　　班扬是坚定的宗教自由的战士。他来自人民，他的著作反映了人民之声。

第四章　18 世纪文学

第一节　前期的文学

一、理性时代与文学

在确立了君主立宪统治以后，英国资本主义经济出现空前繁荣的局面。18 世纪中叶发生了工业革命，手工工场向使用机器的工厂阶段过渡，经济迅速增长。在国内发展工商业的同时，资产阶级在国外大规模进行殖民扩张，这时期的英国成为世界上头号资本主义强国。

18 世纪的欧洲被称为理性时代或启蒙时代。这个时期产生了全欧性的思想运动——启蒙运动。启蒙思想家们把启蒙教化民众看作改造社会的基本途径，他们推崇人的理性万能和至高无上，以理性检验旧的制度、传统观念，依赖科学、经验和理智，"不承认任何外界的权威，不管这种权威是什么样的。宗教、自然观，社会、国家制度，一切都受到了最无情的批判；一切都必须在理性的法庭面前为自己的存在作辩护或者放弃存在的权利。思维着的悟性成了衡量一切的尺度。"（恩格斯语）

在崇尚理性的文化环境中，英国文学中自德莱顿开始的古典主义蔚然成风，在 18 世纪上、下半叶分别以蒲伯和约翰逊为代表人物。在前期出现的新的散文文学——期刊文学和现实主义小说，也具有启蒙的性质。在中期，特别是 40 到 50 年代，现实主义小说取得辉煌成就。到 18 世纪后期，英国文学中出现了引人瞩目的新的文学潮流：感伤主义和前浪漫主义，表现出对理性主义的不满，预示着英国文学中新的时代——浪漫主义时期的到来。

二、古典主义传统的光大

亚历山大·蒲伯（1688—1744）出身伦敦布商家庭，家中都是天主教徒，遭受到政治上的歧视。蒲伯从小体弱多病，终生为病痛、残疾所苦。但是他自幼聪颖，16 岁时模仿古罗马诗人维吉尔作《牧歌》，赞颂乡间朴素宁静的环境，诗才引起注意。1711 年，蒲伯出版著名的《批评论》，建立了诗人的声誉。他进入文学圈，结交著名作家斯威夫特、艾迪生等人，组成了"马丁纳斯·史克利白列瑞斯俱乐部"。他以写诗和翻译为生，是当时文学界中心人物之一。

《批评论》以双行押韵体写作，深受古罗马诗人贺拉斯《诗艺》、法国古典主义理论家布瓦洛的《诗的艺术》的影响，宣扬古典主义诗论。蒲伯感慨文学批评缺少真正的趣味，推崇荷马、维吉尔等古典作家的诗艺，认为"模仿自然就是模仿他们"。他文中的主要论点来自贺拉斯和布瓦洛，新意不多，但表达得机智、精辟，《批评论》成为英国古典主义文学理论的宣言性著作。蒲伯并非古代作家和批评原则的盲从者，在开始于法国、持续到 18 世纪早期的英国的古今之争中，他以理智的态度进行评判，对不守"三一律"的天才作家莎士比亚非常尊敬。

《卷发遭劫记》（1712）是"模拟史诗"，故意以伟大的风格处理琐细的题材，产生谐谑、反讽的效果。伦敦上流社会两个贵族家族由于彼德爵士偷剪了菲摩尔小姐一绺头发而失和，蒲伯为缓和他们之间的敌意而作了这首诗，自称是游戏之作，"仅供几位年轻女士消遣"。他使用古典史诗的所有技巧，诗中神祇介入，精灵出没，对战争作详尽描写，运用繁复的荷马式比喻，而叙述的全部故事只是美女子贝林达如何被一位男爵偷剪了一绺秀发，极尽小题大做之能事，表现出贵族社会男女懒散、无聊的生活的讽刺性图景，尽管这讽刺是温和、幽默的。浪漫派诗人拜伦的《唐璜》描写贵族空虚生活的片断明显地受到蒲伯的影响。

《悼一位不幸的女士》（1717）和《爱洛绮丝致阿贝拉德》是蒲伯早期著名的短诗。前一首诗感叹一位自杀的女子的早逝，联想到人生命运的无常；后一首诗讲述发生在中世纪的一个著名的爱情故事，表现出古典主义文学常见的道德与热情冲突的主题，两首诗都悱恻动人，抒发了浪漫主义情感。

蒲伯擅长讽刺诗，他把《群愚史诗》（1728—1743）看作自己主要作品。诗人尖刻地讽刺了他在文学上的敌手，在愚笨女神发起的娱乐活动中，批评家叫作家朗诵作品，没有一个听众能免于酣睡。诗中牵涉当时文坛上派别间纠纷和个人恩怨，但也以启蒙精神写出18世纪早期文学生活的讽刺性场景，反对愚笨、空虚和无知。与这部作品大约同时写作的《拟贺拉斯的讽刺诗与书简》（1738），模仿贺拉斯笔调，其中包含许多对当时文学创作的批评性评判。诗人反对盲目崇古，既称赞法国古典主义诗人拉辛、高乃依，也赞扬英国作家莎士比亚、本·琼生、斯宾塞、弥尔顿、德莱顿及同时代的艾迪生、斯威夫特等。

蒲伯后期的重要著作是《人论》（1733—34）、《道德论》（1731—35）和《致阿勃斯诺特医生书》（1735）。书翰体诗《人论》是首哲理诗，反映了诗人的哲学、伦理观点。蒲伯接受自然神论影响，认为世界是井然有序的，"凡是存在的都是合理的"，反映了当时流行在上层人士中的保守的哲学信念。他在诗中对人性进行探讨，认为人"既是万物之主，又受万物奴役；/他是真理的唯一裁判，又不断错误迷离，/他是世上的荣耀、世上的笑柄、世上的谜"。诗作内容上虽多属老生常谈，但有很多警句，作者自称他的伦理学系统"中庸而不矛盾、简明而不残缺"。另一部书翰体的《道德论》也表明了实用的道德观，显示了诗人的讽刺才能。《致阿勃斯诺特医生书》是蒲伯的自传和自我辩护词，针对有人对他著作乃至人身、品德的攻击而作，风格的口语化，讽刺犀利。

从1715年到1726年，蒲伯还致力于翻译和编辑工作，按照古典主义文学趣味自由译述了荷马史诗《伊利昂记》和《奥德修记》，编辑出版了《莎士比亚全集》。

蒲伯在 18 世纪享有崇高声誉，对其他诗人有很大的影响。他将由法国而来的古典主义传统光大，善于以议论和哲理入诗，表现出理性精神和杰出的讽刺才能。而他运用英雄双韵体的娴熟和完善，很少有人能与之匹敌。

三、期刊文学对小说发展的影响

英国资产阶级革命时期出现了最早的报纸、杂志、新闻小报，但在复辟后出版受到了限制。1695 年议院废除了出版物审查法，加上政治斗争的需要、城市的发展、读者的增多、物质条件的便利，促进了期刊前所未有的繁荣。当时几乎所有的名作家都办过期刊，比如笛福办《评论报》（1704—1713）、约翰逊办《漫游者》、菲尔丁办《修道院花园杂志》，而其中最有影响、文学价值最高的是艾迪生和斯蒂尔办的《闲谈者》（1709—1711）和《旁观者》。

约瑟夫·艾迪生（1672—1719）是教师的儿子，在卡脱豪斯公立学校与斯蒂尔结成好友，在牛津大学接受了古典教育。1699 年起他在欧陆游历，准备在外交界服务。1704 年出版的《远征》一诗，歌颂英军在布伦宁附近的胜利，为他带来声誉和升迁。1706 年他被任命为国务大臣助理，第二年任国会议员，1709 年任爱尔兰总督秘书。他虽然随着辉格党的失势失去过职位，但 1714 年又随辉格党的得势得到新的任命。他的文学活动还包括古典主义悲剧《凯图》，上演获得了成功。

理查德·斯蒂尔（1672—1729）生于都柏林，在公学与牛津大学时代与艾迪生同学。他大学未毕业便参加军队，生活放浪不羁，在教诲性小册子《基督教英雄》中作了忏悔。他写过几部喜剧：《葬礼》（1701）、《撒谎的情人》（1703）、《温柔的丈夫》（1705）及《互相谅解的情人们》（1722），这些伤感喜剧不同于复辟时期喜剧的轻佻，在对婚姻、爱情的描写中表现出中产阶级的道德观，符合作者自己"使文学净化，使舞台道德化"的意图。他出版政府报纸，当过国会议员，但因为拥护汉诺威王室继位被逐出议院。1714年随着乔治一世登基，他奉派为朱瑞街戏院经理，第二年被封为爵士，再任国会议员。1718年，他与艾迪生因为政治问题的意见发生分歧而反目。

尽管艾迪生的悲剧和诗歌、斯蒂尔的感伤喜剧都有成就，但他们的主要贡献在于期刊文学，尤其是《闲话报》和《旁观者》。《闲话报》每周出版三期，主要为斯蒂尔所编辑。斯蒂尔借用斯威夫特用过的笔名"以撒·毕克斯塔夫"作为报刊编辑人，这位"说闲话的人"，向读者讲述社会上的种种趣闻，"暴露不合宜的生活艺术，去除狡诈、虚荣和矫揉造作的伪装，举荐服装、言谈、举止的朴素性"，指导与娱乐兼有。作者在特写中讽刺社会上种种恶习与缺陷，如赌博、决斗等，嘲笑讽刺寄生与空虚无聊的生活。作者常探讨合宜的举止、趣味，为新兴的中产阶级指供思想、修养、礼仪的规范，往往以有趣的故事、插曲来说明这些教导。这些满足新兴阶级对新的社会生活准则的迫切要求的特写大受欢迎。

《旁观者》有蒲伯等文人撰稿，但主要是斯蒂尔和艾迪生两人合作。编撰人自称为"旁观者"，喜欢观察人事和思考，但保持政治上的中立。《旁观者》从1711年3月到1712年12月刊行，在1714年艾迪生又复刊，出版了几十期。刊物继承罗马诗人贺拉斯"寓教于乐"传统，努力使读者"受教训而不觉其苦，使他们享乐而不失其为有用"（艾迪生语）。

《旁观者》相当广泛地讨论了社会上各种问题，谴责迷信，嘲讽矫揉造作、伪善、酗酒及各种行为不检，规劝人们节制、慈善、加强精神修养、注意举止得当。无论谴责、讽刺还是规劝都是温和的，还提出了许多实用的提议，诸如如何少关注服装等外在形式，更注意内心修养，如何调适婚姻关系，如何不在健康问题上自扰等。其中最有趣的部分便是以虚构人物罗吉·德·柯夫雷爵士等俱乐部成员为中心的文章，它们虽无连贯的叙述线索，但人物反复出现。罗吉爵士是位靠地产生活的乡下绅士，守旧，天性纯朴，为人正直。特写中写到他去教堂做礼拜，到巡回审判庭，去伦敦看戏，向寡妇求婚，最后病故。这位爱发表意见的乡绅来到伦敦，对都市里的风俗人情颇多指摘。斯蒂尔与艾迪生共同创造的这个人物，成为英国虚构文学中最著名形象之一。特写中还描述了崇尚勤俭的商人安德鲁·弗利波爵士、军官塞特雷上尉、时髦青年威尔·亨尼康各自独特的性格和语言风格。这些特写介于散文和小说之间，对英国近代小说发展起了重要作用。

艾迪生还写了很多文艺评论片断。他是介于古典主义与浪漫运动之间的批评家，受到古典主义理论影响又称赞并不守规矩的莎士比亚，依古典主义品味系列评点了弥尔顿的《失乐园》。他注意民歌，对中古民谣《彻维山追猎》的分析论文又引导了浪漫派重视民间文学的趋向。

《闲话报》和《旁观者》在英国期刊文学发展中占据重要地位，斯蒂尔与艾迪生对人物性格塑造、对社会风俗幽默而略带讽刺的评点等，都有内在价值。斯蒂尔喜欢诉诸感情，艾迪生善于说理，他们的风格，特别是艾迪生的风格，被认为是简练、自然、口语化的散文典范。

四、现实主义小说的开端：笛福和斯威夫特的小说

小说是18世纪英国文学最主要的贡献。在古典主义盛行时期，史诗和悲剧才是正统文学作品的形式。小说是随着中产阶级的兴起而兴起的新的文体。西班牙的"流浪汉小说"、骑士传奇、意大利的以《十日谈》为代表的短篇故事、英国的描写下层人物冒险经历的故事和人物特写，都是形成近代小说的重要因素。18世纪的英国，报纸刊物纷纷出现，能识字、有闲暇的读者大量增加，提供了近代小说发达的环境。现实主义小说由笛福、斯威夫特开其端，在四十、五十年代理查生、菲尔丁、斯摩菲特的创作中达到兴盛，在六七十年又有感伤主义小说家斯泰恩和哥尔德斯密的创作，稍后，在世纪末，还出现了"哥特式"小说和风俗小说。

丹尼尔·笛福（1660—1731）是英国文学史上第一个重要的小说家。他一生的经历与冒险，比起小说中主人公毫不逊色。他出身小商人家庭，在为不信国教者设立的学院中学习。他没有遵从父愿当牧师，而是当了内衣经销商，还经营烟酒和羊毛批发，因商务到过西班牙、法国、荷兰、意

大利。在商务成功的同时，他对政治也很感兴趣。1685年，他参加了试图
将蒙茅茨公爵推上王位的活动。1688年，他加入了威廉三世的军队。3年后，
他经商破产，数年内六度涉讼。但不久他又东山再起，经营砖瓦生意，并
涉足政治。他的小册子《略谈各种计划》（1698），提出社会生活各部门的
改革意见，诸如倡导养老金、所得税、保险和救济、设立妇女学院等，在
小册子里赞成辉格党的重商政治。他的政治讽刺诗《土生英国人》（1701）
反驳对威廉王是外国人的非议，攻击英国贵族氏族世系，大获成功，使他
成为政府商业等事务的非正式顾问。

　　1702年，针对当时开始的对不信国教者的歧视，笛福写了《处理不信
国教者的捷径》，假托国教教士之口主张绞死所有不信国教者，被捕入狱，
被判处罚金和枷示三天。笛福写了《枷刑颂》交与朋友散发，为他诗中表
露的勇气和幽默而打动的群众向带枷示众的笛福献花。获释后笛福出版了
《法兰西与全欧政事评论》（1704—1713），假托专门讨论国外政治事件来
评说英国时事，发表对生活、风俗、艺术、科学、宗教、经济等问题的评
论。他的政治态度摇摆于两党之间，为政府担任过间谍，为不同期刊写稿，
同时支持辉格党和托利党。他认为所有的政党都由利益主宰，"都不过是
伪装、装模作样和丑恶的虚伪而已"。

　　1719年，将近60岁的笛福创作了他的第一本小说《鲁滨孙漂流记》，
获得极大成功。生活中的真实故事启发了笛福。1740年，苏格兰水手亚历
山大·塞尔克与船长争吵后自愿要求留居智利之西一个荒岛上，四年半后
才被过往船只救走。斯梯尔在他的报刊《英国人》上刊载了这个故事。笛
福以这个故事为基础，参考当时众多旅行书，运用丰富的想象力，以入情
入理的情节、细致的细节描写进行创作，仿佛是亲历者叙述真实的事件，
没有虚构感，赋予这个冒险故事丰富的意义和无穷的魅力。

　　小说由三个部分组成。第一部分写鲁滨孙不安于平庸的小康生活，离
家出走去海外经商。他被摩尔人的海盗船俘获，在几年奴隶生活后逃脱到
巴西，当上了小种植园主。为增加劳力，他去非洲贩运黑奴，途中航船遇
难，鲁滨孙独自飘流到南美附近无人的荒岛。小说的第二部分写鲁滨孙在

荒岛上的经历，这是小说中被人们广泛阅读的部分，也是最有意义的部分。鲁滨孙很快战胜了悲观失望的情绪，从破船上搬来枪械、工具和残余食物等，开始为自己的生存努力。他建造住所，猎取食物，种植谷类，驯养山羊，努力接近文明生活。在第二十三个年头，他从来岛上举行人肉宴的土人手中救出一个土人俘虏，为他取名星期五，得到一个忠实的奴仆和朋友，最后终于搭乘一艘英国商船离开荒岛。小说的第三部分记述鲁滨孙以后的一系列冒险。他成为巨富，仍不停地航行经商，他住过的荒岛人口大大增加，渐渐成了一个小小的自由之邦。

鲁滨孙是上升时期的资产阶级英雄，有信心在世界上任何地方、任何情况下开创自己的事业。他不安现状，总在行动、在追求。他有勇气和意志去面对苦难，表现出不知疲倦、百折不挠的毅力。他用了将近半年的时间做成一只独木舟，却无法下水，他又开始重建。他努力求生存，更努力地求发展，渴望新生活，他行动的动力是资产阶级个人奋斗精神、利己主义，资产阶级发财致富的渴望。他是自然的征服者、劳动者的创造者，也是野心勃勃的资产者、殖民者。

在小说艺术上，《鲁滨孙漂流记》最大的特色是真实感和生动性。笛福对鲁滨孙岛上活动的精细描写，使读者身临其境。作者又写了关于鲁滨孙故事的第二卷、第三卷，都大为逊色，特别是第三卷，充满议论，不像一部小说了。

笛福的小说属于流浪汉小说类型，叙述人物通过冒险达到顺境的经历。《摩尔·弗兰德斯》（1722）是笛福另一部重要小说，也是以第一人称叙述的。摩尔是女贼的女儿，生在狱中，由一个好心人收养。长大后她受人欺骗，经历多次婚姻，在生活无靠情况下，沦为娼妓、成为窃贼，被流放到美洲，但最终获得幸福婚姻。一个处在邪恶冷酷社会中的弱女子，不得不用原始的手段来寻求活路。通篇以摩尔率真、坦白的口吻叙说，让人感到应该受谴责的是社会。《辛格顿船长》（1720）、《杰克上校》（1722）和《罗克萨娜》（1724）都写人物命运的起伏。他们为生存斗争并力图致富，但社会环境逼迫他们采用犯罪或冒险行为去实现愿望。清教徒的道德感促使他们进行道德反省、产生悔恨，真诚地决心向善，但现实不久又改变他们。笛福真实地描绘出处于急剧社会变化中人们道德价值观上的困惑。

笛福反映生活的写实、逼真性在他的《疫年杂记》（1722）、《骑士的回忆录》（1724）中都表现出来。在《疫年杂记》里，他鲜明地描写了1665 年伦敦瘟疫造成的恐慌，笛福在瘟疫蔓延那年只有 5 岁，他主要是根据材料和想象而并非记忆来创作的，但描写真实，仿佛是目击者的现身说法。笛福从新闻写作与时事评论转向小说创作，有丰富的人生经验为基础。他以写实的态度，浅显通俗的文风，写出了反映现实、为大众喜闻乐见的小说作品，被看作"英国小说之父"。

约拿生·斯威夫特（1667—1745）生于爱尔兰都柏林，家境贫穷，依靠亲戚帮助，进入三一学院学习，毕业后他成为退休外交官威廉·谭普尔爵士的秘书。1695 年，他加入教会，在北爱尔兰吉尔鲁特教区当牧师。1697 年，他写了《书的战争》，参与文坛上激烈的"古今之争"。斯威夫特接受了古典主义文学理论，倾向于古代作家，在他假托伊索之口的寓言中，把古代作家比作蜜蜂，向自然采撷酿蜜。《桶的故事》（1696）讽刺了基督教内部的纷争。作品主要部分是一个寓言，代表基督教的父亲遗给三个儿子每人一件外衣，分别代表天主教、国教和清教的三个儿子锁起父亲的遗嘱（指《圣经》），更改了外衣（代替基督信仰）。两个弟弟感到后悔，想恢复外衣原来的式样（暗示 16 世纪宗教改革），二弟马丁（国教代表）想取下外在饰品，保留服装完整，而三弟杰克（清教代表）在清除过程中损害了外衣本身。斯威夫特讽刺了各种教会派别，在他早期作品中，已表现出幽默、讽刺才能。1710—1714 年，他为托利党服务，编《考察者报》，写政论。他与当时著名文人艾迪生、斯蒂尔、蒲伯等人交往，加入"马丁纳斯·史克利的列瑞斯俱乐部"。1713 年，斯威夫特在托利党失势后从伦敦回到爱尔兰定居，终生担任都柏林圣派特立克大教堂教长。

爱尔兰是英国殖民活动的重要对象之一，是英国"最古老的殖民地"。从 1720 年开始，斯威夫特写了一系列文章和讽刺诗，攻击英国的殖民政策，成为受爱尔兰人民拥戴的爱国志士。在《关于普遍使用爱尔兰纺织品、用具、制品的建议》（1720）里，他号召抵制英货。《德莱比尔的信》（1724）假托布商之口，抗议英国国王特许一个英国商人伍特在爱尔兰铸造贬值铜币，呼吁全国一致拒用，指出爱尔兰人民应享有与英国人同等的自由权利。《一个温和的建议》（1729）是斯威夫特这时期小册子中最辛辣也最著名的作品。面对爱尔兰普遍的贫困，有人建议准许法国来募兵，有人建议移民到澳大利亚为仆。愤怒的斯威夫特则以"反语"建议把儿童养肥，作为富贵人家的美味佳肴，人皮可加工为手套、皮鞋，发、骨也有销路，唯有此法才能解救贫穷的爱尔兰。作者始终以一本正经的态度提议，正是这种表面的平静让读者倍感现实的冷酷残忍，激起心中的愤慨。斯威夫特一生写了不少诗，在《悼斯威夫特博士之死》（1739）诗中，他表现出为爱尔兰自由而努力的自豪心情。

《格列佛游记》是斯威夫特唯一的小说，创作大约开始1720年，出版于1726年，包括四个部分，每一部分都是英国医生格列佛的航海漂流旅行记录。"羚羊号"商船上的外科医生格列佛因船触礁，漂流到利利浦特岛岸边，被成千的六寸高的小人俘获。岛上的万物只是现代世界的缩小，显出了荒诞、讽刺意味。国王只比臣民高一指甲盖，却以宇宙统治者自居。大臣显贵们以他们在离地12寸的绳子上跳跃表演的本领来获取职位。小人国里党争十分激烈，因鞋跟高低而分为势不两立的高跟党和低跟党。宗教纷争同样激烈，因吃鸡蛋时先打破大端还是小端分成了彼此对立的两个教派，不仅引起长期内战，还引起与邻国不来夫斯古的长期战争。作者对英国国内辉格党与托利党的竞争、天主教与新教宗教纷争的影射是显而易见的，从另一个巨人世界看人世间的纷争是如何琐细无聊、荒唐可笑。

格利佛离开"小人国"后的第二次旅行到了布罗丁奈，这里的居民的身高是他的12倍。格列佛被作为玩物送进了宫廷，他向国王夸耀英国政治、法律、经济、军事等方面的情况，国王则加以质问和抨击，认为英国的历史是"一大堆的阴谋、混乱、谋害、屠杀、摧残、革命和欺骗"，作者借此对英国政治的腐败和战争的残忍加以谴责。大人国里的政治社会情况体现了作者一些正面理想，国王贤明而正直，法律利于民，改良民生的实学受到重视。

格列佛的第三次游历来到飞岛、巴尔尼巴比、巫人岛等地。飞岛拉皮他上的国王和贵族整日沉思默想。巴尔尼巴比岛上的"拉格多科学院"里的研究更是荒唐，科学家们研究从黄瓜提炼阳光，自上而下地造房屋，把大理石软化为枕头等项目。巫人岛的总督精通魔法，召来鬼魂，格列佛得以与古代圣贤交谈，发现史书上对事实诸多歪曲。这部分内容比较驳杂，讽刺了脱离实际的科学研究、英国的各种制度。斯威夫特把英国国会对照于古罗马之老院，称国会"是一群小贩、扒手、强盗和莽汉的集会"；认为达官显贵们是靠"变节、压迫、贿赂、欺诈、诱奸以及其他类似的肮脏行为"获取高官厚禄的，哀叹数百年来人的堕落。

格列佛在最后一次航海中来到"慧骃国"。慧骃是马形的有理性的动物，他们友爱、节制、勤劳、生活在宗法制社会里，成员享有平等的权利。他们豢养的畜生人形的"耶胡"，贪婪、凶恶、嫉妒、淫逸、好战，有着人类的一切劣根性。格列佛想终老于慧骃国，但被逐出。

《格列佛游记》以幻想性的情节，对英国18世纪初期的整个社会，从政治、宗教、法律、军事到科学、哲学状况，都进行了讽刺、批判。在批判中，特别是在最后一卷，作者透露出悲观恨世情调，格列佛回到英国看到他的亲人、同伴，因联想到"耶胡"而感到难以忍受。但斯威夫特并不是一个厌恶人类的人，他描绘人的恶习、弱点，悲天悯人，明确表示"我想尽我的绵力来使英国的耶胡们的社会变得好些……"。

如果说笛福的小说力求形神的逼真，那么斯威夫特的小说则把深刻的内容和丰富的幻想结合在一起，大人国和小人国的故事尤有童话色彩。他充分发挥想象，虚构出现实中不存在的人物与场景、情节，却始终与深刻的现实性相结合。我们在格列佛的奇异旅行中，看到的总是英国社会的反映。小说对讽刺手法的运用非常杰出，有善意的幽默，有辛辣的讽刺，有刻薄的嘲弄，象征、影射、反语、夸俗、对比等，比比皆是。斯威夫特作为古典主义者，具有语言上的高度修养，他的文学简洁清晰，准确有力。

第二节　中期的文学

一、表现人物心理的新进展：理查生的小说

到 18 世纪中期，长篇小说作为主导的文学体裁确立起来，从生活的反映面到艺术技巧都达到新的阶段。

塞缪尔·理查生（1689—1761）出身细木匠家庭，十五六岁就开始在印刷店作学徒，利用闲暇自学。经努力他终于成了生意兴隆的出版商，开设印刷厂，当过书业公会的理事长、王室印刷人。他应书商之约，写《模范尺牍》，"用通俗的文笔，为自己不善写信的乡间读者们做参考之用"，不仅提供人们可参考模拟的尺牍范本，也进行训世说教。尺牍内容复杂，其中有些书信谈到某家的女儿在外雇工，雇主企图诱惑她，父亲致书女儿，女儿接受父亲的劝告，准备辞工。理查生把这个情节发挥为一系列信件，发展成他的第一部书信体小说《帕米拉》（1740—1741），副题是"美德有报"。小说的故事很简单，年轻女仆帕米拉·安德鲁写信给父母和两个朋友讲述在东家的经历。少主人 B 屡次欲诱惑她，她坚决地拒绝并离去，B 仍纠缠不休。帕米拉的美德终于使 B 产生了真爱，决心娶她为妻。小说出版后大受欢迎。理查生把帕米拉作为美德和正义的化身。她对 B 的抗拒，出于一种"女德"，也是出于对自己尊严的维护。她在给父亲信中写道："……可以看出穷人是如何受骄傲的阔人的轻视！但是我们是平等的，许多绅士们夸耀他们的门第，其实未见得像我们的身世清白。——这些骄傲的人一定是从未想到人生如何短促，尽管荣华富贵，总有一天他们须和我们立于平等地位。哲学家说得好，国王的骷髅与穷人的骷髅并无两致。再说，他们不知道，到末日，最富有的王侯与最贫穷的乞丐都要站在同一个伟大的裁判者面前……"这种掺杂宗教色彩的平等观念是 18 世纪资产阶级典型

的心态，他们要求与上层社会的人士平起平坐，而政治要求又与清教观念糅合在一起。在帕米拉的故事里，包含了基督徒摈弃私欲、经受考验而后得救的清教道德观念，即常见的抵御诱惑的主题。资产阶级清教观念中既有进步、真诚的一面，也有虚伪、功利的一面。帕米拉的美德获得了可观的收入和较高的社会地位为报偿，似乎也成了商品，当时便招致菲尔丁的嘲讽、戏拟。《帕米拉》是第一部以人物刻画为中心的小说，由"流浪汉小说"传统的写事转为写人，对人物心理进行细致的刻画，帕米拉一封封天真纯朴、多愁善感的书信，引起了读者感情上的共鸣。

理查生最成功的小说《克拉丽莎·哈娄》（1747—1748）也是书信体的，长达100万字。克拉丽莎是乡间中产阶级的女儿，美丽聪慧、富有美德，她不愿嫁给家庭许配的富有但可厌的青年，在多才多艺的青年罗伯特·勒甫雷斯的帮助下出奔。勒甫雷斯对克拉丽莎百般诱惑，最后以卑劣手段侮辱了她。克拉丽莎羞愤痛苦，她拒绝了勒甫雷斯的求婚，悲伤含恨死去。理查生打算对于"父母与子女双方在婚姻上的错误行为所能产生的灾害"加以警告。克拉丽莎是个在精神上追求理想的女性，反抗家庭的包办婚姻，追求新的生活，虽然她不幸落入坏人之手，但她始终抗争，这不仅是捍卫自己的贞操，也是维护人格的尊严。她的美德虽然没能得报，但恶行终于受到惩罚。这部小说情感细腻，感伤气氛浓厚，如著名评论家约翰逊所说"故事只当作是发挥情感的场合"，书中充满了女主人公心灵感受的描写和各种道德问题的议论。这部小说比《帕米拉》更受欢迎，影响到欧陆，如法国作家卢梭的《新爱洛绮斯》便受到了明显的影响。

在创造了具有美德的女性和行为不检的男性以后，理查生在《恰尔斯·格兰迪孙爵士》（1753）里塑造了一位完美的男性，与社会罪恶对抗。格兰迪孙具有英俊的外表和崇高的品性，尽管他受到无数次的诱惑，仍然保持清白，自然也是"美德得报"。小说出版当时受到赞誉，但近代读者多以为这是理查生小说中最弱的一部。它的劝善性和人物的过于完美性，使得普希金写出如此幽默的诗句："完美的格兰迪孙，读着他时，教我们发困。"

理查生在英国和欧洲小说发展史上占有重要的地位。在他以前，英国小说一般都是因循"流浪汉小说"传统，以人物见闻经历贯穿情节，描写冒险过程。理查生则取材日常生活，描写人物的行为尤其是心理，他在对女性人物心理的细致刻画和感伤情绪表达上，引导了感伤主义文学潮流。但是他的小说冗长繁赘，说教气息浓厚，并非总能给人愉悦之感。

二、小说理论与实践的杰出代表：菲尔丁

亨利·菲尔丁（1707—1754）是18世纪最杰出的小说家。他出身破落贵族，13岁进入贵族伊顿公学，受古典教育，于1728年进入荷兰的莱顿大学学习。一年半后，他由于父亲无力提供经济资助而退学，回到伦敦独自谋生。去荷兰前他在伦敦上演过他的第一部戏《歌舞会中的恋爱》，模仿康格雷夫的风俗喜剧。回伦敦后的戏剧创作持续到1737年。1734年，他结了婚，为维持生计，租下"小剧院"自任经理自编剧本。他写作、改编了不下25部不同类型的戏剧，多数是小歌剧形式的闹剧或风俗、阴谋喜剧，最重要的是讽刺剧《巴斯昆》（1736）和《历史记事》（1737）。《巴斯昆》上演历久不衰，前半部讽刺选举中的贿赂舞弊，后半部讽刺牧师、律师、医师等行当的腐败情形。《历史记事》借用当时记述国内外大事的年鉴的名称，写发生在1736年社会、政治、戏剧方面的情况。在政治场景中5个政治家商议征税的事，他们决定向无知征税，因为大多数有钱人是无知的。剧中有场戏影射当政首相华尔浦尔用搜刮来的钱财贿赂反对派。这部政治讽刺剧大大激怒了华尔浦尔，1737年5月，政府通过"剧院检查法案"，封闭大批剧院，菲尔丁不得不结束戏剧创作。

菲尔丁为生活改学法律，3年时间修完7年课程，1740年获得律师资格。同时他进行写作，先后主编《斗士报》等4个刊物并开始创作小说。1748年他奉派为伦敦威斯敏斯特区司法行政官，接触到社会生活的形形色色，为他的小说创作积累了丰富的素材。他在小册子《为穷人采取有效措施的提议》（1753）里，表示了对穷人的同情。1754年，他由于痛风病加

剧而退休，遵医嘱到西班牙的里斯本疗养，不久后便去世。

菲尔丁是杰出的戏剧家，但他对文学史贡献最大的是他的小说创作。1741年出现了戏拟理查生《帕米拉》的小说《沙米拉》，据说是菲尔丁的作品。嘲讽《帕米拉》而又确定是菲尔丁作品的是《约瑟夫·安德鲁传》（1742）。这部小说抛弃了惯常的书信体，以作者的口吻直叙。帕米拉的兄弟约瑟夫在《帕米拉》中B先生的亲戚布比的家里当男仆，遭到布比夫人引诱。约瑟夫像姐姐一样有美德，但远不如姐姐幸运，因为拒绝布比夫人而被逐出。约瑟夫从伦敦去乡村找他的情人、女仆芳妮，路上遇见本村牧师亚当斯，两人同行，又与来寻约瑟夫的芳妮相遇。小说从卷一第十章以后不再戏拟，而是写三人在路上的经历，这也构成作品的主要部分。他们在路上遇到各色人物：客店老板、断路强盗、善良和邪恶的牧师、仁慈和自私的旅客、糊涂的治安法官、企图凌辱芳妮的乡绅、地主、管家、隐士、穷人等等，对路上场景、画面的描写，反映了当时英国乡村社会情况。作者还塑造出生动的癖性人物——亚当斯牧师，他是个堂吉诃德式的人物，心地善良，爱打抱不平，但性情古怪，对人情世态缺少了解，相信好心会有好报，作者以这个不切实际的理想主义者来和社会恶习作对照。

《约瑟夫·安德鲁传》是菲尔丁出版的第一部小说，而他写作的第一本小说是《大伟人江奈生·魏尔德传》（1743）。魏尔德是18世纪声名狼藉的罪犯首领，有"伟人"的称号，最后被处以绞刑。18世纪早期便出现关于他的谣曲、虚构性对话、小传和小册子，其中就有笛福写的小传。反对派作家将魏尔德与首相华尔浦尔相比，认为他们都是强盗。菲尔丁也是以魏尔德的事迹为根据来讽刺华尔浦尔型的政客，但他的讽刺最尖刻、最有艺术性。小说以魏尔德的传说为叙述框架。魏尔德从小便偷盗，成人后他组织盗贼集团，实行严格纪律，赃物大部分归他所得，对不服者便向政府告发。在狱中他还和另一强盗争夺控制和勒索其他犯人的权利。故事中心是政治讽刺。在讽刺性定义里，"伟大"是与善良相反的，事业的成功往往与德行不相干，"伟大"便是压迫、剥削、欺骗普通民众，因此"征服者、绝对君主、首相"与盗贼并无区别。菲尔丁攻击了谋私的政客们，狱中两派囚犯争夺"帽子"的一章，影射了两党间争夺的可笑和他们在掠夺本质上的一致。

小说中塑造了正面形象珠宝商人哈特夫利夫妇，他们遭受魏尔德的无情迫害，最终苦尽甘来。但他们形象刻画得并不成功，哈特夫利善良、富有感情，但了无生气，哈特夫利太太从魏尔德手中的逃脱也是令人难以置信的。

《汤姆·琼斯》，全名《弃儿汤姆·琼斯的历史》（1749），是菲尔丁的代表作，也常被看作英国 18 世纪小说的最杰出巨著。故事首先叙述主人公在乡村的经历。富有、善良的乡绅奥尔华绥收养了弃婴汤姆·琼斯，与妹妹伯里琪的儿子布立非一起抚养。两个孩子逐渐长大成人，汤姆真诚、善良、侠义又轻率任性，布立非则虚伪、工于心计。汤姆得到了乡绅魏斯顿的女儿索菲亚的爱，但魏斯顿强迫女儿嫁给能继承大笔遗产的布立非，布立非也出于自私打算想娶索菲亚，他竭力中伤汤姆，终使得奥尔华绥一怒之下赶走汤姆。索菲亚闻讯带着侍女前往伦敦投亲，以便找寻汤姆。

小说第二部分是汤姆和索菲亚在路上的活动。本想出海的汤姆迷路去了伦敦，他与索菲亚多次近在咫尺，但始终没有遇上。他在客店遇见一伙军人，因与人争吵受伤，又遇见以前的塾师巴特里奇，二人同行。路上他们遇见隐士、乞丐、艺人、律师、吉卜赛人、劫盗、税官等人。这部分占了小说三分之一的篇幅，是小说中最有趣也是最有意义的部分，描写了社会各阶层人物，表露了对不幸者的同情。

主人公在伦敦的经历构成了小说的第三部分。寻找索菲亚的汤姆遇见索菲亚的表姐贝拉斯顿夫人，受到她的诱惑。贝拉斯顿夫人还唆使费拉摩爵士占有索菲亚，幸而魏斯顿及时赶到救了女儿。汤姆因自卫伤人入了狱。最终真相得以大自，汤姆实际上是伯里琪的私生子，布立非的同母异父兄弟。布立非的种种诡计被揭穿，被无罪释放的汤姆成为奥尔华绥先生的继承人，一对历尽苦难的情侣终成眷属。

菲尔丁塑造了出色的人物形象。汤姆不是个理想化的青年，更不是道德的化身。他性情急躁、冲动鲁莽，特别不能遏制自己的情欲，经不起女性诱惑。但是他天性善良，光明磊落，富有同情心，乐于助人，体现了健康、自然的人性。正如浪漫派诗人柯勒律治说："读完理查孙后捧读菲尔丁的书，如从火炉烘烤的病房出来走入五月惠风和畅的露天草地上。"布立非与汤姆仿佛处于两极，他外表看来笃信上帝，遵守一切规定了的行为准则，看似不忘责任和道德，实际上内心诡诈，自私贪婪，虔诚和美德只是他谋取私利的面具。布立非与汤姆的对立体现了虚伪的清教道德和"自然道德"之间的对立。菲尔丁谴责文明世界的伪善和庸俗，赞扬纯朴的人的善良，与启蒙时期"返回自然"的思想相似。他借山中隐士之口叙述城市文明条件下经历的不幸，但他不赞成隐士解决问题的办法，希冀通过人们的道德改善去达到社会和谐。

《汤姆·琼斯》因为它出色的结构备受称赞。小说篇幅宏大，有乡村、路上、伦敦三部分，描绘乡村、城市生活的全景、各色男女肖像，但线索清晰，故事连贯，引人入胜。汤姆的身世之谜成为强烈的悬念，直到结尾才解开。结尾是出人意料的又是令人信服的。小说的语言也清晰、灵活、机智。

《阿米莉亚》（1751）是菲尔丁的第四部也是最后一部小说，是他最心爱的作品。出身富家的阿米莉亚不顾母亲反对与穷军官布斯上尉结婚，他们仿佛便是婚后的汤姆和索菲亚。布斯心地善良但意志薄弱，他嗜赌，因群殴而入狱。在狱中，他遇到旧相识马修小姐，两人相好。阿米莉亚一直对丈夫宽容，她忍受着生活的贫困，坚决抵御有权势人物的诱惑，坚守操行，终于换来幸福的报偿：布斯认识了自己过去的错误，他们得到了阿米莉亚母亲的遗产，全家生活和美。这部小说比其他小说要沉郁，描写的是社会黑暗面，很少前两部小说的滑稽幽默成分，女主人公的不幸遭遇带有感伤主义因素。小说中批判了社会的不平等，特权人物为所欲为，美德被任意践踏，法律也偏袒富人，穷人处处受压迫和凌辱。阿米莉亚悲愤地说："老天哪！我们的大人物是些什么东西做成的啊？难道他们确实属于另一类型而跟别人不同吗？难道他们生来就没有心肝的吗？"小说在情节结构上组织欠佳，有两个明显分开的部分，即布斯对早年生活的叙述及阿米莉亚的遭遇和不幸。故事的叙述冗长，长篇对话也相当乏味。但对主要人物的心理、感情的刻画与描写细致。菲尔丁对小说理论也有很大的贡献，他首先确定了小说在文学形式中的地位，在《约瑟夫·安德鲁传》序言里，他把自己的小说称为"散文滑稽史诗"，在《汤姆·琼斯》各章绪论中，他阐述了自己的小说理论。他认为小说最接近史诗，除了没有韵律，有史诗的一切特征："故事、情节、人物、感想和文体。"他的小说具有滑稽可笑的特点，但也不同于喜剧，"它的情节所涉及的更宽，包罗的更大，内容包含着的事件范围更广，它所介绍的人物更是多种多样。"在人物塑造上，他强调"典型"。在情节方面，他强调必然性与或然性的结合。他特别注意小说的结构，认为要详略得当。故事引人入胜，要具有内部的统一性。他在小说中确立起全知全能的叙述形式，将叙述语言与人物语言区别开来，使英国小说不再是简单地叙述而成为一种有意趣的文体。

从小说理论到实践，菲尔丁为英国小说的发展做出了杰出贡献。

三、历险记的结构方式：斯摩莱特的小说

多比亚斯·乔治·斯摩莱特（1721—1771）是苏格兰人，出身贵族家庭，读完都巴顿文法学校，又进格拉斯哥大学学医。他热爱文艺，18岁时带着悲剧作品《弑君记》到伦敦，但剧本没有被剧院采纳。他便来到战舰"坎伯兰"号上当外科医生助手，参加了英国与西班牙争夺美洲殖民地的战争。1744年回到伦敦后，他作为外科医生开业，但对文学的兴趣始终未减。他写诗、剧本、小册子，也从事翻译和出版活动，而最主要的成就是小说。他的第一部小说《洛德瑞克·蓝登历险记》发表于1748年，与理查生的《克拉丽莎》同年，比菲尔丁的《汤姆·琼斯》早一年。

《蓝登传》带有自传部分。蓝登出身苏格兰富绅家，从小丧母，祖父因反对儿子的婚事而剥夺了孙子的财产继承权，蓝登靠舅父包金上尉抚养。因舅父避难出走，他不得不中断大学学业，去当外科医生的学徒，不久与同学斯特拉普来伦敦谋生，作了军舰上医生的助手，参加战争。离开军队

后，他伪装贵族，以欺骗和赌博为生，因债务入狱。最后他到舅父的船上做外科医生，在阿根廷遇见发了财的父亲，一起回到英国，并与自己喜欢的女子结婚。

小说主要由三部分组成：主人公早年在苏格兰的不幸经历；蓝登在海上的冒险，这部分揭露了海军的黑暗、船上水手受到的非人的待遇；蓝登在英国特别是伦敦的生活和最后一次航海。从苏格兰到英格兰，从乡村到城市，从军队到市井，到处充满不人道和不公现象。主人公生活在一个自私、堕落、金钱至上的环境里，受到腐蚀，不择手段地以求脱离贫困处境。斯摩莱特曾把法国小说家勒萨日的《吉尔·布拉斯》译成英语，他承认自己的《蓝登传》深受《吉尔·布拉斯》的影响，以人物的历险故事来描述、讽刺生活的各方面。他的下一部小说仍采用这种结构方法。

《皮克尔历险记》（1751）也是人物奇遇历险记，也由三部分组成：主人公的童年、青年生活；在法国、佛兰德斯、荷兰等地旅行；在英国主要是伦敦贵族社会、政客界的冒险。皮克尔出身富豪，自幼顽皮，完成学业后去欧陆旅行，寻欢作乐，不断地闹风流韵事。他又尝试进入政界，最终失败。皮克尔不像蓝登，他无须为生计奔波，更多地出入上流社会，他的活动反映了贵族社会道德的堕落、议会选举的腐败。小说中塑造了出色的怪诞人物，如退休的舰队司令官霍塞·特恩尼恩，他性急，嘴里念念不忘以前的航海生涯，在粗暴的外表下有一颗善良的心。

斯摩莱特的书信体小说《亨弗利·克林克》（1771）用意不在叙述一个故事的发展，而是努力表现人物的风趣与性格。来自威尔士的老乡绅伯拉布性情急躁但心地善良，他遵医嘱游历英格兰和苏格兰，随行的有他的妹妹老处女塔比萨、女仆杰金斯、外甥女丽狄亚和外甥杰里米，还有仆人、弃儿克林克。虽然小说以克林克为书名，书中信件却是除他以外的人们写的。作者通过他们的书信反映了英国广阔的现实，公路上盗贼横行，穷人贫困，游览地巴斯的富人们则极其奢华。不过小说的笔调是轻松幽默的，旅行中充满喜剧性事件，四处觅婿的老处女塔比萨，总爱用错词的女仆杰金斯，尤有喜剧色彩，小说在三对有情人的婚礼中结束。这部小说因其对人物鲜明的刻画和微妙的幽默受到较高评价。作者把书信作为反映社会现实和体现人物个性的重要手段，对同一场景、事件、人物常常从不同的写信人、不同的观点去反映，妙趣横生。小说语言亲切、活泼。斯摩莱特写于二十余年前的《蓝登传》和《皮克尔传》属于菲尔丁时代，注重社会讽刺，而《亨弗利·克林克》出版于感伤主义小说流行的年代，具有了感伤主义色彩。他的叙事幽默、描写细腻的小说，对 19 世纪的著名小说家狄更斯的影响很大。

第三节　后期的文学

一、约翰逊对古典主义的贡献

18 世纪后半期产生许多新的文学流派，古典主义已成尾声，但影响犹在。古典主义的代表人物约翰逊对当时文坛影响之大，以至于文学史家把 18 世纪中间的三四十年称为"约翰逊时代"。他著述不多，但靠自己的思想主张、学识见解成为一代文人的领袖。

撒缪尔·约翰逊（1709—1784）生于书商家庭，自幼健康不佳，但聪颖好学，有坚实的拉丁文基础。他 19 岁入牛津大学，1731 年因贫辍学，来到伦敦，以写作为生。他的文学活动广泛，写诗、戏剧、散文、传记、批评，编辑字典，主持文学聚会。他的讽刺诗《伦敦》（1738）、《人类愿望的虚妄》（1749）模仿古罗马诗人朱文纳尔的讽刺诗，采用英雄双韵体。双韵体悲剧《爱琳》写土耳其皇帝默哈梅对希腊俘虏爱琳的迷恋，严格按古典主义风格写作。1750 年，他创办因循《闲谈报》和《旁观者》传统的《漫谈报》，在报上写了两百多篇谈道德、风俗、文学等问题的文章，里面有人物性格素描、寓言、故事等，还有似蒙田、培根的格言警句，风格受拉丁散文影响。他的《诗人列传》（1781）写了英国十七、十八世纪 50 余位文人的生平、创作，作者最表同情的是属于古典主义传统的德莱顿、蒲伯、艾迪生、斯威夫特等人，对于没有明显道德、哲学意旨的作品表现出不欣赏的态度。他注意生活细节的叙述，夹杂对作品的评介。他不赞同弥尔顿的政治、宗教观，却对他《失乐园》所表现出的想象力加以称赞。

从 1747 年始，约翰逊用了 8 年时间编纂英语辞典，于 1755 年出版。这虽然不是第一部英文字典，但收词丰富，定义精当，在促进英文规范化方面做出了一定贡献。约翰逊曾经写信给贵族吉斯特菲尔伯爵求助，未得到理睬。待他大功告成，伯爵又撰文揄扬，约翰逊在著名的《致吉斯特菲尔伯爵的信》（1755）中谢绝了伯爵在他成功后给他的支持。这封信成为文人脱离贵族提携保护的宣言书。

在文学批评方面，约翰逊在他编的《莎士比亚集》的序中表明了他的文学观点。他从古典主义原则出发。指出莎士比亚戏剧的许多缺点，如没有道德意图，情节结构松散，充满放肆的俏皮话和粗鄙的语言等，但他赞扬莎士比亚是"自然诗人"，忠实地模仿现实，为莎士比亚悲喜剧混合和不守"三一律"辩护。

1764 年，约翰逊成立了"文学俱乐部"，成员有哥尔斯密、勃尔克、加立克、鲍斯韦尔、谢立丹等。他在其中谈论文学，对当时文学创作和趣味起了一定的指导作用。他的声誉既来自于他的创作、编纂与批评，很大部分上也建立在俱乐部成员鲍斯韦尔写作的《约翰逊传》上。

鲍斯韦尔（1740—1795）在 23 岁时认识了年逾五旬的约翰逊，在俱乐部中他认真观察和研究约翰逊，搜集大量有关资料，在 1791 年出版了两卷本的《约翰逊传》。他的传记刻意追求真实与逼真，写约翰逊粗笨的外貌和惊人的胃口，写他争论的癖好和强烈的偏见，写出丰满的人物形象，标志着现代传记的开端。

二、感伤主义和"哥特式"的小说史意义

18 世纪中期，英国产生了感伤主义文学流派。理性时代理性至上，文

学总的说来理性有余而感情色彩不足。随着启蒙思想家描绘的理性王国理想的破灭，理性的权威动摇了，感伤主义作家越来越注意人的情感世界，以情感去替代理性。他们细致地描写人物的心情，努力唤起读者对人物命运的同情和共鸣，作品具有感伤的情调。感伤主义在小说、戏剧、诗歌中都有表现，而以感伤主义小说最有代表性。

感伤主义小说的代表作家是劳伦斯·斯泰恩（1713—1768）。斯泰恩出身教会世家，但他的父亲是军官。他随父亲迁徙，毕业于剑桥大学。1737年他任牧师，在约克城及附近住了二十多年，马马虎虎地执行牧师职务。1741—1742年，他短期参加了辉格党人的活动。他与妻子都患有肺病，两人的婚姻生活并不美满，在他的生活中发生多次情感事件。他从46岁开始写《商第传》，书的成功使他成了社会名流。1765年他到法国和意大利旅行，回英国后去了伦敦，1768年病逝于伦敦旅舍。

《特利斯川·商第的生平和意见》即《商第传》是斯泰恩的代表作，小说共九卷，发表于1759—1767年间。小说的写法很奇特。标题标示的主人公几卷以后才出生，到从作品中消失时也不过是个孩子，既谈不上什么生平，也没发表过任何重要意见。小说故事从商第母亲受孕开始，大家期待孩子的出生，父亲瓦尔特·商第和叔父托比（一直称"我的叔叔托比"）派人请医生接产，但作品中更多写的是这兄弟俩对学问的讨论。庸医的产钳夹扁子婴儿的鼻子，引起瓦尔特广引博征的议论。到卷五、卷六，商第几乎被忘记了。他的哥哥博比死于威斯敏斯特学校，引起家人不同的反应。卷七是斯泰恩旅法后写的，都是旅途经历，模糊地表示商第与家人可能是旅行者。卷八是托比与寡妇瓦德曼的不成功的恋爱。在小说的末尾商第的母亲问："天呀，这个故事究竟讲的是什么啊？"约立克牧师回答说："无稽之谈"，"而且是我所听到的最好的一个"。这部小说出现比《克拉丽莎》不过迟八年，比《汤姆·琼斯》晚十年，却大大异于传统小说。由于拒绝唯理主义，作者以情感性而并非逻辑性的原则结构小说。小说打乱了传统格式，打乱了时空间次第，不关注围绕人发生的事或事件中表现的人，只关注人的内心、情感和个性。人身上表现出来的敏感善感和独特癖性，是对工业文明之下社会普通的麻木、冷漠的抗拒。

小说的主要人物是瓦尔特与托比兄弟俩。瓦尔特·商第在退休后，好不容易摆脱了商人精细而乏味的事务，沉溺于哲学冥想与讨论，喜好卖弄学问，与资产阶级实干家鲁滨孙形成鲜明的对照。托比叔叔纯朴天真，温柔善良，与菲尔丁笔下的亚当斯牧师和哥尔德斯密所写的普瑞姆罗斯博士相似。他与哥哥相反，对以前的军队生活充满眷恋，与忠心的跟班特廉伍长一起摆弄玩具军队消遣。他是英国文学中最优秀的幽默形象之一，也是十足的感伤主义者，同情一切不幸者。小说的形式非常奇特。各章有的很长，有的很短，一句话可能成一章，偶尔全页空白，让读者想象去填充。故事半途开始，突然又介入另一插曲，序插在小说的中间，常没有标点符号，有时出现奇怪的画来替代字，插话比比皆是。从内容到形式，小说都显得奇异、怪诞，显示作者以感伤代替理智的态度，对幽默情趣和新奇手法的追求。

作为旅行直接产物的《感伤旅行》（1768）不是普通的游记，写约立克（或者说是作者自己）在法国和意大利旅行的经历，侧重写人的情感反应。对斯泰恩来说，人生是感情的生活，书中没有统一的结构，主要是约立克情感的奔流。他同情为死驴而哭的老人，同情乞丐和法国南部的贫苦农民，同情一切穷人、纯朴的人、受压迫的人，同情一切的生物，为被囚禁的八哥悲伤。他不同于理查生，后者的感伤主义总是和道德伦理联系在一起的，而斯泰恩的感伤主义则肯定一切情感，并不考虑道德标准，所以旅法的约立克会既同情革命前夕法国人民的不幸，又同情受到人民审判的国王。

斯泰恩的创作具有特别的意义，他代表着文学创作中一种新的倾向——注重个性和内心情感，英国18世纪小说的发展以他的创作而告一段落。

另一位重要的感伤主义作家是奥利弗·哥尔斯密（1730—1774）。他生于爱尔兰，父亲是乡村牧师。2岁时他随父亲迁到立桑，在以后的《荒村》里把这里加以理想化。1744年，他进入都柏林三一学院学习，1752年到爱丁堡学医，第二年又到荷兰莱顿大学继续学医。从 1754 至 1756 年，他主要靠徒步旅行法国、瑞士、意大利等国，因为囊中羞涩，传说他曾替人吹笛来筹旅资。1756 年，哥尔斯密回到伦敦谋生，当过校对、药剂师助手，主要是靠写作为生。他为杂志大量写稿，其中最主要的是特写集《世界的公民》（1760—1761），也就是刊物《公共记录》上发表的 125 篇文章的结集。假托东方人在西方的见闻书信这种体裁在法国早已流行，最为突出的是孟德斯鸠的《波斯人信札》（1721）。哥尔斯密则假托中国人连·其·阿当吉在伦敦的游历，对英国社会作了讽刺性评论，其中也有出色的人物描写，如第 54、55 封描写的花花公子提布斯。这种幽默、机智的小品文丰富了英国散文传统。

《旅行者》（1764）是哥尔斯密建立诗人声誉的第一首诗。他遵从古典主义原则，用英雄双韵体写作。这首诗是他在旅游欧陆时开始写的，诗人坐在阿尔卑斯山上，评论意大利、瑞士、法国、荷兰、英国各国的功过，感慨英国政党跋扈，君权旁落，有势者自私自肥，而农村人口凋零。《荒村》（1770）是哥尔斯密、也是感伤主义的代表诗作，在思想上继续了《旅行者》。诗人回忆起理想家园"甜蜜的奥本"，在这个与他童年的村镇相似的地方，人们勤劳耕作，闲暇时分嬉游欢乐，怡然自得。但如今美丽田园成了荒村，在圈地运动后，小农或涌向城市沦为赤贫，或漂泊海外历尽艰辛。诗人在怀旧中哀伤，留恋乡村纯朴乐趣，鄙视工业发展给乡村带来的变化。

哥尔斯密只写了两部喜剧，但都被看作是 18 世纪英国戏剧的杰作。《好心人》（1768）写一位善良的年轻人由于慷慨轻信给自己带来的麻烦，充满有趣的对话和戏剧性场景，既没有复辟时代风俗喜剧的轻佻，又不像 18 世纪初期"伤感喜剧"拘泥道德，使喜剧回归本·琼生的传统。《屈身求爱》（1773）更为成功。小马洛因为迷路，错把未见过面的未婚妻家当成旅舍。哈德卡斯尔小姐将错就错，以侍女身份争取到她的腼腆的未婚夫的欢心，剧中充满滑稽可笑的场面和恶作剧，充分运用了伪装、错认等喜剧手法。喜剧也有着田园牧歌般的妩媚，里面穿插了迷人的歌曲。

哥尔斯密的声誉主要来自他唯一的小说作品《威克菲牧师传》（1768）。

小说是以威克菲牧师普列姆罗斯博士第一人称叙述的。普列姆罗斯和妻子、六个孩子过着牧歌式的日子，但是突然的变故使得家道中落，长子的未婚妻家毁了婚约，地主桑希尔诱拐了牧师家的大女儿奥利维亚，牧师遭迫害入狱，次女索菲亚又被绑架。牧师坚忍地经受了接踵而至的苦难，在狱中仍然继续对人行善，劝人自新。桑希尔的叔父出来伸张正义，全家人苦尽甘来。小说写了纯朴、贫穷家庭的喜与悲。哥尔斯密喜爱纯洁而坚定的美德，深信美德终有报偿，认为应该以道德改善社会，安于淳朴的生活。作者在牧师形象上，表现出感伤主义情绪。哥尔斯密小说中感人的温柔与爱怜之情对狄更斯小说很有影响。

属于斯泰恩一派的小说家还有亨利·麦肯齐（1745—1831），他的《多情的人》（1771）描写多情的男子哈雷的爱情悲剧，当时大受欢迎，现在看来倒像是戏拟作品。

在18世纪最后30年出现一种小说新类型："哥特式"小说，这是文学中复古倾向在小说中的反映。"哥特式"小说充满恐怖神秘的气氛，中世纪"哥特式"建筑是小说中制造恐怖场景的必然道具，故此得名。如同感伤主义小说，"哥特式"小说也是对唯理主义的反拨，"哥特式"小说家认为生活中的疑惑和神秘，并非理性和常识所能解释的。

斯摩莱特的《法森伯爵菲迪南德》（1753）是流浪汉小说，但其中人物像幽灵般出入教堂的阴森气氛，开了"哥特式"小说先河。18世纪第一部真正的"哥特式"小说是贺拉斯·华尔浦尔的《奥特朗托堡》（1764）。华尔浦尔（1717—1797）曾建造哥特式山庄，满足他对中世纪的崇拜心情。他的小说故事发生在十二三世纪，奥特朗托城堡的主人曼弗勒特的祖先是以谋杀手段占有城堡的，曼弗勒特一直受着预言的威胁。他为求得子嗣，准备娶他儿子的新寡，却误杀了自己的女儿。原主人阿尔方索的鬼魂萦绕，曼弗勒特在惊恐中供认祖先和自己的罪恶，城堡回到真正的主人手里。小说利用古堡创造阴森的气氛，那阴暗的楼道、长长的走廊、奇怪的声响、流血的雕像和走路的画像，令人毛骨悚然。

安·拉德克利夫夫人（1764—1823）是"哥特式"小说的代表作家。

她写过不少恐怖神秘小说，以《奥多芙的神秘》（1794）最为著名。小说故事发生在 16 世纪，贵族少女爱米莉是父母双亡的孤女，她与破落贵族青年福兰古相爱，受到她的姑母、也是她的监护人雪隆夫人的阻挠。雪隆夫人把爱米莉带往她丈夫在意大利的奥多芙城堡，爱米莉在这里经历了种种神秘恐怖的事件，后来才知道这些都是她的姑父为谋财害命而安排布置的。小说反映了围绕财产问题，人与人之间无情的争斗，但主要是制造神秘和恐怖的效果，以悬念、惊险取胜。小说中出现的遥远传来莫名的呼声、蒙面人、绑架等情节及穿插的滑板、密室、活门等机关效果，富有刺激性，大大激发人们的好奇心和想象力。

威廉·班克福德（1759—1844）曾大兴土木，在家乡兴建了塔高 300 米的哥特式建筑。他的《瓦特克》（1871—72）不同于其他"哥特式"小说，背景放在东方，前半部夸张地描写东方的奇异怪诞故事，后半部像是德国中世纪流传的浮士德故事的改编。马修·乔治·路易斯（1775—1818）因为他的代表作《僧人》而以"僧人"路易斯闻名。本有"圣人"之称的安布罗西奥，在女色诱惑下步步堕落，犯罪累累，终至身败名裂，死于魔鬼之手。这部小说描写犯罪、色情，气氛阴森恐怖，是"哥特式"小说中最有刺激性的。

"哥特式"小说在小说史上具有一定的意义，它的神秘、怪诞、恐怖等特色在浪漫主义小说家和部分批判现实主义小说家作品中得到了发展。

在 18 世纪末期，家庭小说——即描写家庭日常生活、爱情和婚姻问题——也值得一提。这种类型小说的代表作家是芳妮·伯尼（1752—1840）。伯尼是英国第一位享有盛誉的女作家。她出身文艺气氛浓厚的家庭，1777 年发表了她的成名小说《伊芙莱娜》，成为社交界知名人士。她当过夏洛蒂王后的服装管理员，1793 年嫁给法国流亡者达布雷将军。她死后发表的《达布雷夫人的日记与书信》，记载了她的生活和交往，有约翰逊等文学、艺术人物的生动特写，具有一定的史料价值。《伊芙莱娜》中的同名女主人公从小被父亲抛弃，在乡间长大，成人后来到伦敦进入社交场合，经过不少波折后与有情人终成眷属，并与富有的父亲相认。小说故事是传统的，有些部分人为痕迹很重，它的成功之处在于细腻地描写了伦敦上层社会的风俗习尚，社交场合中人们的闲言细语、慵懒与轻浮。小说采用书信体，从天真少女的角度去观察、描述，心理分析细致，加上偶尔情感的洋溢和道德的倾向，可见出理查生小说的影响，而小说中体现的冷静观察与简洁叙述的风格，又有别于感伤主义小说，给19世纪小说家简·奥斯丁一定的影响。

三、喜剧的新发展：谢立丹的喜剧

英国戏剧自伊丽莎白时代以来开始衰落，复辟时期有过复兴，但内容多戏谑不雅，18世纪戏剧有赖哥尔斯密和谢拉丹的推动，有了发展。

18世纪头20年主要喜剧是理查德·斯蒂尔的感伤喜剧和考雷·赛伯（1671—1757）的"改良"或"道德"喜剧。舞台上还有意大利喜剧、英国的歌剧，这些歌剧是音乐与戏剧的混合。1728年上演约翰·盖依（1685—1732）的歌剧《乞丐的歌剧》，盛况空前。这部剧与意大利歌剧大为不同，以散文对话为主，插入大量民谣曲调的歌唱，所以也称"民谣歌剧"，剧情围绕波莉对强盗首领马克希兹的爱情展开，反映了下层社会生活，也有讽刺意味，以收赃人与强盗头目的失和来影射华尔浦尔内阁内部的矛盾。《乞丐的歌剧》的续篇《波莉》（1729）由于讽刺的尖刻激烈而被禁演。盖依"民谣歌剧"中的讽刺因素影响了菲尔丁的讽刺戏剧。18世纪30年代的戏剧创作除菲尔丁的作品外，还有乔治·李罗（1693—1739）的资产阶级家庭劝善戏剧。他的《伦敦商人》（1731）是描写中产阶级生活的悲剧。学徒班威尔因为迷恋娼妓，逐渐走向堕落，从反面提供了道德训诫。这出戏甚至得到了古典主义者蒲伯的赞赏。

18世纪英国最伟大的戏剧家是谢立丹。理查德·布林斯莱·谢立丹（1751—1816）具有多方面才能，以戏剧成就最大。他生于都柏林，父亲是著名演员和剧院经理。他在贵族学校哈娄公学学习，又进过父亲办的学校。1772年他护送歌手伊丽莎白·林莱去法国，并为她两次与人决斗，终于在 1773 年与她结婚。为谋生，他开始戏剧创作，1776 年任特鲁利街剧院经理。第二年，他成为约翰逊"文学社"的成员。1780 年，谢立丹当选为众院议员，从此活跃于政界。他在议会中发表弹劾贪污、残酷的印度总督华伦·海斯丁的著名演说。他反对对美战争、对法战争，反对对爱尔兰起义的镇压。他历任外交部副大臣、财政大臣等职。但是他的晚年生活不幸，特鲁利街剧院被禁，1813 年由于经济困难，他不得不结束长达 32 年的议会生涯。1816 年，谢立丹逝于贫困中。

谢立丹的剧作质量并不平衡。写于从政以后的《斯卡波罗之游》(1777)和《皮札罗》(1799)都是改编之作。两幕闹剧《圣帕特里克日》(1775)写年轻人如何欺骗女方父亲而得到恋人，从故事到手法都比较老套。《陪媼》(1775)是出喜歌剧，上演率超过盖依的《乞丐的歌剧》。虽说没有脱离恋人愚弄女方父亲及追求者的老套，但对话机智，里面穿插一些出色的抒情诗。讽刺喜剧《批评家》(1779)讽刺了当时的感伤喜剧和伪古典悲剧，指出当时流行的戏剧技巧简陋幼稚、语言浮夸铺张、舞台音响滥用等弊病。为谢立丹带来巨大声誉的是他的喜剧《情敌》和《造谣学校》。如同哥尔斯密，谢立丹发展了风俗喜剧传统，创作了英国戏剧史上优秀的喜剧作品。

《情敌》(1775)是 24 岁的谢立丹的成名作。出身贵族之家的阿布索鲁特爱上了浪漫感伤的丽迪亚，为迎合她的浪漫情趣，装成贫穷的下等军官贝弗利。丽迪亚与阿布索鲁特结婚，但仍为没有私奔等浪漫情节而遗憾。谢立丹嘲笑了由于小说的影响而在社会中盛行的感伤主义的风气，上层社会许多年轻女子沉溺于感伤的浪漫幻想中而成为笑柄。在人物塑造上，谢立丹受到本·琼生"气质喜剧"的影响，夸大人物身上的某一品性进行描写。老阿布索鲁特爵士是典型的坏脾气的父亲，追求者爱克斯胆小又爱吹牛，而最为人称道的是马拉普劳夫人形象，她无知偏又爱显示学问，总喜欢用些自己也并不确知其义的大词或美丽字句，以后衍生出"马拉普劳风格"一词，指用词不当的可笑谬误。

谢立丹创作《造谣学校》(1777)时不过 26 岁，却写出英国最优秀的喜剧之一。戏中有两条情节线索，一条线索写约瑟夫和查尔斯兄弟俩，他们就像是菲尔丁《汤姆·琼斯》中汤姆与布立非一样构成对比关系。约瑟夫是伪善者，极端利己却道貌岸然，查尔斯行为不检但心地善良，他们都追求彼得·提泽尔爵士的保护人玛丽亚。他们的叔父从国外归来，化装成高利贷者和穷亲戚，分别去试探兄弟俩，揭穿了约瑟夫，查尔斯以他的慷慨和善良得到了叔父的财产，赢得心上人。另一条线索则是出身寒微、嫁给年老的爵士的提泽尔夫人，在道德败坏的"文明"风气影响下，染上贵族女子的一些恶习，险些失身。在丈夫的感化下，她悔悟自己的行为，夫妇和好。作者对上流社会造谣中伤、伪善和淫逸放荡风气进行了揭露。以斯尼威尔夫人为首的社交界男女，搬弄是非，"一句话就能毁了一个人的名誉"。关于某小姐养的羊生了双胞胎的闲谈，次日就传成了某小姐生了一对私生婴儿，并被大肆渲染。提泽尔夫人就差点被这些闲极无聊、无事生非的人们毁掉。在上流社会高尚、雅致的表面背后是普遍的伪善和道德堕落。剧中没有令人生厌的道德说教和粗秽语言，对话讽刺尖刻又诙谐机智，妙趣横生。谢立丹还精心结构，两条线索协调统一，剧中充满出色的喜剧场面，其中查尔斯拍卖家族肖像的场面和约瑟夫暴露真相的屏风场景最为有名。

谢立丹的喜剧具有鲜活的生命力，成为莎士比亚与萧伯纳之间的重要联系。

四、浪漫主义文学的先声：感伤主义和前浪漫派诗歌

18世纪的英国诗歌经历了从古典主义到浪漫派诗歌的转变。蒲伯和蒲伯派的诗作，是古典诗歌的模仿而不是感情或感受的诗，对城市生活的关注远远超过对乡村生活的注意。在18世纪20年代出现了以自然和情感为内容的感伤主义诗歌，出现不少当时颇有影响的小诗人，到60年代又出现复兴中古的先浪漫主义诗歌，在18世纪最后20年，产生了大诗人彭斯和布莱克。

詹姆斯·汤姆逊（1700—1748）的长诗《四季》（1726—1730）显示诗

坛由古典主义支配的状况向感伤和浪漫潮流转变。《四季》由四篇最初分别出版的诗《冬》（1726）、《夏》（1727）、《春》（1728）、《秋》（1730）组成，当时受到热烈的欢迎。《四季》仍受到古典主义的影响，沿用牧歌传统，在对自然的描写中带有道德说教，喜用"诗的辞藻"，但是更多的是偏离古典主义传统，描写真实自然、细腻可感，使用的是无韵诗体而不是传统的英雄双韵体。诗人把眼光投向乡村自然景色和大众简朴生活，《夏》中写了从黎明到上午、中午、日落以至星夜的夏日变化，人们制干草，剪羊毛，充溢劳动的欢愉；《春》里颂扬了农事耕作；《秋》里大地结满果实，候鸟开始迁徙，收获后的乡村农人娱乐、狩猎；到《冬》的季节，风雪来临，有人濒死于雪中，家人却在焦急地等待归人，诗人表露了对穷人的同情。诗人深受"自然神论"影响，推崇自然，认为自然显示了上帝（"转动的岁月充满了你"）。他写了自然景物对人的影响，在诗中有些感伤主义的插曲。

爱德华·杨格（1683—1765）在几年内经受了失去妻子、女儿、女婿的悲痛，在痛苦中写就了他的传世之作《哀怨，或关于生、死、永生的夜思》（1742—1745）。在九卷长约一万行的无韵诗中，夜不成眠的诗人思索着人生变化无常的命运。他以"独白"形式，向俗人洛兰佐说教，劝他信教行善。诗人把生活看作理性无能为力的痛苦，到宗教中寻求慰藉。诗中对死亡的感伤情绪与关于生死的神学讨论交织在一起，忧郁和沉闷的情调引起以后以死亡、坟墓为题材的"墓园诗派"的产生。

托马斯·格雷（1716—1771）的《墓园哀歌》（1750）是"墓园诗派"的代表作，格雷因为这首诗，成为英国最著名的诗人之一。诗人于黄昏时分在乡村墓地凭吊悲悼："在那些老榆树下，紫杉荫间 / 草地隆起累累的荒冢。/ 这村中浑朴的祖先，/ 各在他的坟窟里长眠不醒。/……野心家莫轻视他们有益的辛劳。/ 他们的庸福，他们微贱的命运，/ 富贵中人莫要听了冷冷地一笑 / 穷人们的一段简短的生平。/ 门第的夸耀，权势的铺张，/ 以及一切美与财富所能给的，/ 都逃不过那不可避免的下场：/ 光荣之路只是通到坟墓里去。"在死亡的低沉基调里，诗人表达了对平民的深切同情，对

"贵人们"的谴责。格雷的诗作采用古典主义诗歌形式，但在精神上显露了浪漫主义气息，韵律优美。19世纪的诗人大多受过格雷的启迪或感染。

威廉·科林斯（1721—1759）的《颂诗集》（1746）模仿古希腊抒情诗人阿尔凯阿斯、阿那克里翁和萨福诗风，其中仅12行的《夜颂》，对自然美的敏感、忧郁感伤的情调都近似格雷，而声韵之美酷似以后浪漫派诗人济慈的诗风，在英国抒情诗史上有特殊地位。

汤姆逊、杨格、科林斯和格雷的诗作，确立了诗歌中感伤主义和前浪漫主义潮流的地位，他们从人类自然转向野生自然，从抽象人性描写转向个人感情抒发，他们描写的孤独、哀怨、低沉的情绪表现出启蒙时代和谐理想的危机。

50—80年代，诗人们对中古感兴趣。格雷在60年代初以古威尔士故事写诗，翻译了冰岛的史诗。这时期出现了前浪漫派的三位重要人物。

托马斯·波西（1729—1811）是爱尔兰德洛莫主教，爱好文学，业余收藏古文物。1757年，他在友人家发现一册17世纪初的手稿，内有192首诗，大部分是中古歌谣，也有两首是14世纪的双声头韵的寓言诗。波西着手编辑，采用手稿的四分之一，又从其他来源收集更多作品，对古歌谣加以润饰，于1765年发表了共有111首的《古诗拾零》。这部诗集在诗歌史上有重要意义，它不仅是对民间文学的贡献，也是新的文学趣味的表达，那些具有忧郁气氛和悲剧性内容的民谣由于投合18世纪中期诗歌风格而备受瞩目。在这以后，越来越多的旧歌谣被发现、传播，越来越多模仿古民谣主题、韵律又富有独创性的诗歌产生。

詹姆斯·麦克菲生（1736—1796）是出身农民的苏格兰诗人。他听过克尔特人盖尔族的古老传说故事和歌曲，通晓一些盖尔文诗，1760年，他发表《古诗断片》，引起注意。他到高原及希伯利地斯群岛一带搜集古代诗歌，于1762年发表了以有节奏的散文写的史诗《芬戈尔》，次年又发表续篇《台摩拉》，称说译自3世纪诗人莪相所作的盖尔文史诗。1765年他将两部诗合为《莪相集》，在苏格兰、英格兰、法国、德国等处引起轰动。在诗里，莪相歌颂他的父亲芬格尔及随从的事迹。芬格尔是苏格兰西北毛尔文国国王，他渡海到爱尔兰帮助抵抗来自斯堪的那维亚的进犯，俘虏了劳克尔国王斯瓦尔。在续篇芬格尔又帮助爱尔兰王恢复王朝。诗人以迷茫凄凉的北方为背景，以简单纯朴的文学追述远古时代事迹，歌颂古代英雄，惋惜英雄时代的消逝和现代生活的狭隘无聊。整个基调有追忆往昔美好时代的悲伤情调，托言古史诗翻译，更增加往昔不再的感伤哀叹。围绕《莪相集》的真伪问题在18世纪有过一场争论，由于约翰逊认为诗稿为麦克菲生自创，并不存在原文稿，麦克菲生与约翰逊反目。十九、二十世纪的研究表明《莪相集》是麦克菲生根据克尔特人诗歌题材用现代英语创作的，但这并不减少诗的价值和影响。德国文豪歌德在《少年维特的烦恼》（1774）里写到维特向他的爱人朗诵莪相的诗，并表示"在我心中莪相已取代了荷马的地位"。

托马斯·彻斯顿（1752—1770）也假托中古诗人作诗。这位怀才不遇的青年诗人出身贫寒，在伦敦谋生艰难，在对生活的绝望中服毒自杀，年仅18岁。他在童年时代看到一些古代手抄本，这促使他写了一些富有中古浪漫色彩的诗歌，采用一些中古字汇，把它们冒充是15世纪名叫托马斯·罗雷的作品，名《罗雷诗抄》（1777）。诗中同情不幸者，谴责富人缺少仁慈，生动、真实地描写自然，表现对悲剧性死亡的感伤。尽管彻斯顿把诗用褪色的墨水抄在古旧的羊皮纸上，语言学家们还是从发表的诗歌中辨出诗作是伪作。彻斯顿还用斯宾塞体写了优美的抒情诗。彻斯顿因为他的诗才和凄惨身世受到19世纪浪漫诗人的推崇。

在18世纪末期有两位有一定意义的古典主义诗人库柏和克拉布，他们的创作也受到浪漫主义的一定影响。威廉·库柏（1731—1800）的诗歌形式多数表现古典主义倾向，但是他的作品既表现古典主义格调，又洋溢着浪漫主义感情。《昂内颂歌》（1779）是他与别人的合作，在其中的宗教诗里，库柏把丰富的想象和真挚的感情纳入了整齐的古典的形式。他的主要诗作是5000行的无韵诗《任务》（1785）。女友随意指房中沙发为诗题，库柏以出色的诗作完成了这一"任务"。他从房间里的沙发写开去，从坐具的演变，转到乡间与城市的比较，颂扬乡间的欢乐，指出城市的恶习——

"上帝创造乡村，凡人建立城市"。六卷诗有议论有描写，也有对某些时事的讽刺，揭露战争和暴政给人们带来的痛苦和灾难，表现诗人对乡间家居欢乐的爱好和强烈的宗教情绪。诗作结构散漫，但笔调自然诚恳，情感没有矫饰的成分。库柏患有精神病，一生坎坷，诗以忧郁为主调。克拉布的代表作是《乡村》《教区记录簿》《市镇》和《诗体故事》等。在《教区记录簿》（1807）中，克拉布根据自己作牧师的体验，以乡村牧师翻阅教堂登记簿引起回忆为框架，写了一系列关于村民的诗的故事，在古典主义诗歌旧形式里描写乡村疾苦和灾难。《市镇》（1810）描写小市镇生活各方面，有史细致的人物素描。而《诗体故事》（1812）把《教区记录簿》断片发展为完整的故事。克拉布的创作跨越两个时代进入浪漫时期，他诗作中爱好自然、关注乡村俭朴生活的倾向也接近浪漫时期。但他对感伤主义诗歌表示反感，反对复古倾向，反对对现实和自然理想化，重理性和道德，还是属于理性传统。

18世纪的英国诗坛走来了一位苏格兰人，带来了全新的抒情格调，使英国抒情诗发生了一场深刻的革命，这位天才诗人便是罗伯特·彭斯（1759—1796）。彭斯出生于苏格兰西南部艾尔郡阿洛韦镇的一个农民家庭，是家中七个孩子中的长子，像母亲那样喜爱古老歌谣和故事。他在私塾里受了启蒙教育，以后边干活边由父亲教导自修，虽然没有受到多少正规教育，也具备一定的文学和历史、地理知识。这位早熟的青年15岁已成了家中主要劳力，而且萌生了爱情，由此"诗句歌声就不由自主地从心底里涌出来"。1777年，彭斯家迁往塔伯尔顿教区洛赫利的一个农庄。他边干农活，边大量读书，也不忘追求爱情。他采用苏格兰民歌曲调，创作不少歌谣，在田间耕作时，还喜欢哼曲作歌。1871年彭斯夫欧文港学织麻，经历了市镇生活。1784年，与地主打官司败诉破产的父亲去世，彭斯与弟弟迁到茅斯吉尔一个农场，大多数重要作品都写于此时。面对情场挫折和农庄经营不善，彭斯准备去西印度岛谋生。为筹路费，他出版了《主要用苏格兰方言写的诗集》（1786），立刻引起注意。他放弃出走计划，来到爱丁堡，受到社会名流欢迎。在1787年出版诗集第二版时他增加了22首。他帮助雕版家约翰逊收集、编纂、修订和改写了许多民间歌谣，编入后者编辑的六卷本《苏格兰方言乐府》，又为汤姆森《苏格兰本地歌曲选》提供自己创作的歌谣。1788 年彭斯结婚，租下邓弗利斯郡埃利斯兰德的一个农庄，继续写歌，他一生中所写及改写的歌约在三百至四百首之间。1789 年，彭斯在朋友帮助下当上税收员，两年后搬到邓弗利斯城，在继续收集、创作歌谣外，还写了许多新的诗歌。他一生追求自由和民主，赞美美洲殖民地的独立宣言，拥护法国革命自由平等博爱的口号。他在 1792 年走私船拍卖中，买了四门大炮，准备送往法国，作为送给大革命时期法国人民的礼物，但炮被英国海关截获。1796 年，年仅 37 岁的彭斯因病去世。

彭斯的诗多为短诗，大多是以苏格兰方言写作。他以民歌为本，写了大量的情诗，这是他诗作中极精彩的一部分。他的爱情诗有对爱情热烈的歌颂："啊，我的爱人像一朵红红的玫瑰，/ 六月底迎风初开；/ 啊，我的爱人像一首甜蜜的歌，唱得合拍又柔和。……"（《一朵红红的玫瑰》）有悲切的悼亡："草何其绿，土何其冷，盖住了我的高原的爱人！"（《高原的玛丽》）他的情诗既写年轻人热情大胆的爱（《郎吹口哨妹就来》），也写白头伴侣深沉诚挚的爱（《约翰·安徒生，我爱》）；既有深情的表白："啊，玛丽，有人甘愿为你死，/ 你怎能叫他永远失去安宁？"（《玛丽·莫里逊》）也有豪迈的宣告："如果一个他碰见一个她，/ 走过山间小道，/ 如果一个他吻了一个她，/ 别人哪用知道！"（《走过麦田来》）友谊，也是彭斯抒情诗的重要主题。如《过去的好时光》这首古老民歌经他润饰改写，广为流传，成为英语世界里离别送行和团聚场合里必不可缺的歌。彭斯在诗中表达了他对家乡苏格兰的爱，如《我的心在高原》。在《苏格兰人》中，他借 14 世纪打败英国侵略军的苏格兰国王之口，发出争取自由的口号。他向往自由和平等，在《不管那一套》里，嘲笑公侯，推崇有"独立人格的个人"，认为"实实在在的真理，顶天立地的品格，/ 才比什么爵位都高"！他瞻望博爱的新世界："那时候全世界所有的人 / 都成了兄弟，不管他们那一套！"在《自由树》里，他赞扬法国革命，希望苏格兰也能获得自由："让我们祈祷会有一天来到，/ 古老的苏格兰也把这棵名树种好；/ 这未来的一天啊，让我们放开歌喉，/ 愉快地迎接自由！"

　　除了抒情短诗外，彭斯还擅长讽刺诗、诗札和叙事诗。他的讽刺诗有一类用嘲笑笔调描绘世态，如《圣市集市》是集市上芸芸众生的写照，包含对宗教人士的讽刺，充满戏谑；另一类则是针对特定人物的讽刺，最有名的是《威利长老的祈祷》，其中祈祷文的庄严口气同祈祷者所谈的肮脏、猥琐的内容形成戏剧性的对照，揭露了教会人士的伪善面目。彭斯的篇幅较长的叙事诗同样出色。《两只狗》通过两只狗谈论主人的生活，将富人奢侈生活与穷人的无尽苦役作对照。根据苏格兰古老民间传说编写的《塔姆·奥桑特》是篇杰作，农人塔姆夜晚醉归途中遇见鬼巫的故事闪耀着民间智慧，原传说中迷信的成分被淘汰。对酗酒的道德说教，对塔姆害怕超自然现象和失去马尾巴的戏谑性评论，富有讽刺意味。方言在音韵和节奏上的运用都达到新的艺术高度。《佃农的周末之夜》大体用英语写作，掺入一些家乡的苏格兰爱尔方言。诗人用理想化笔调描写小佃农朴素而温暖的家庭生活。《快乐的乞丐》中男女流浪者们饱经风霜，依然放荡不羁，充溢着反叛精神："受法律保护的人没有出息！/ 自由才是盛筵！/ 宫廷是为懦夫建的，/ 教堂只是为了讨教士的喜欢。"彭斯的诗札也很出色。他在诗札中谈论人生和艺术，往往以妙语作结，风格豪放、活泼。他在《致拉布雷克书》中，提出诗的灵感来自大自然，诗的价值在于用真挚情感打动人心的浪漫主义观点。

　　卡莱尔在《论彭斯》（1828）中认为彭斯的优异在于"他的诚恳，无可置疑的真实的气息"。彭斯以简朴、富有音乐性的语言，表达了真挚、浓厚的情感，绝不矫揉造作，写得生气勃勃，为诗坛注入了活力，是18世纪最伟大的抒情诗人。

　　威廉·布莱克（1757—1827）是18世纪末、19世纪初的重要诗人，也可以看作是浪漫主义的第一个大诗人。他出身伦敦小商人家庭，在父母宗教情绪的熏陶下，从小富于幻想。10岁时他进了绘画学校，四年后成为版画家的学徒，到21岁结束学艺阶段，自立营生，以刻版画为业。他曾为《旧约·约伯记》、但丁的《神曲》、杨格的《夜思》和格雷的诗歌等作过插图。他很早就开始写诗，把自己的诗和插图刻在铜板上。他的创作受到民主主义者葛德汶等人的影响，也受到瑞典神秘主义宗教家斯韦登伯格的影响，把诗、画看成是上帝、天使或鬼魂给予灵感的产物，因此他的诗既有民主精神，也具有神秘主义色彩。

布莱克的诗大致分为两组，一组是早期的抒情诗三卷：《诗的素描》（1783）、《天真之歌》（1789）、《经验之歌》（1794）；另一组则是被通称为"先知书"的其他许多诗歌。《诗的素描》是诗人青少年时期的创作，前四首写四季，用拟人法，写"春天"装扮他的爱人大地，夏季里风景与夏神对话，可见出汤姆逊的影响。《天真之歌》和《经验之歌》后来被布莱克合在一起出版，可见出两集诗的密切关联。诗人认为人生由生、死、再生连串，天真是短暂的，须让位给经验，但成熟后又复归更伟大的天真状态。《天真之歌》主要是写给孩子读，"我写下快乐之歌，/每个孩子都快乐地聆听"。诗集以孩子般的口气、唱歌般的韵律，歌唱生活中的欢乐、仁爱和和谐，表现尚未经过生活痛苦的快活的童稚状态。《经验之歌》情调有显著改变，描写人类经过生活磨难以后的心理状态，主要描写生活中的不幸和痛苦。《天真之歌》中的一些诗在《经验之歌》中重写或修改，由具有快乐气氛的和谐结局变为悲惨故事，《神圣的星期二》，在两个集子里都出现，在前一个集子里写快乐天真的孩子们于神圣星期二在圣保罗教堂唱歌，在后一个集子里则是反映孩子们可怕的贫穷。《伦敦》一诗16行，写尽对伦敦社会黑暗腐败面的厌恶，诗人看到的每张脸"都浮现着衰弱，浮现着伤感"，他听到成人的呼喊、孩子的惊叫、士兵的叹息、妓女的诅咒。《扫烟囱的孩子》深切同情在黑暗烟囱里爬动清扫的贫苦儿童，控诉社会的冷酷。在《经验之歌》中，社会批评与神秘主义奇妙地混合。集中最著名的《虎》，文学简单，含义甚深，把简单、孩子气的口吻与严肃的冥想相结合，"是创造羊羔的人创造了你吗？"对凶猛的虎发出的一个孩子气的问题，却表现出在矛盾、混乱世界里寻找和谐的努力。《经验之歌》是布莱克诗作的最重要作品。

布莱克的"先知书"数量多，有一套独特的象征和神话系统，意义较为晦涩。《塞尔书》（1789）是寓言诗，写六翼天使的女儿塞尔对人生经验的探索。《天堂与地狱的结合》（1790）采用无韵的自由节拍写作，反对传统宗教观念与道德观念，向往天堂与地狱结合的人生境界。《法国革命》（1791）写于革命爆发的当年，预言人民的胜利，没有复杂的寓意和象征。写于1793—1795年的"先知书"，都是关于布莱克自己创造的神话。《阿美利加》（1793）、《欧罗巴》（1794）、《劳思之歌》（1795，包括《阿非利加》《亚细亚》）中，代表自由精神的奥克反叛代表理智的优利真的神话故事，具有多重象征意义，在隐晦的寓言中，能发现诗人对社会革命的关注、对精神自由的强烈愿望。布莱克死后才发表的长诗《四天神》（1797—1804）与其他"先知书"一样，充满新与旧、自由与奴役的斗争，其中包含九个从各种束缚里解放出来的幻景，后来浪漫派诗人雪莱、济慈都吸取了这种写作手法。《弥尔顿》（1808）和《耶路撒冷》（1820）是布莱克晚年的创作，表现了他的宗教信仰，描写了人的堕落和再生，强调怜悯、温情、爱和仁慈。布莱克的"先知书"运用神秘的象征法，较晦涩难懂，需要费力的诠释，但有些诗章抒情味浓，语言富有色彩。他未完成的诗《天真的征兆》里有几行著名诗句："由一粒沙看世界，／由一朵花看天堂，／手掌里握着无穷，／一小时含着永恒"，体现了他象征与抒情结合的特色。

　　布莱克的诗摆脱了18世纪古典主义教条的束缚，有热情，重想象，既有深厚寓意，又有内在活力，古朴率真，开了19世纪浪漫主义诗歌的先河。

第五章　19 世纪文学

第一节　初期文学

一、浪漫主义运动与文学

在 18 世纪末期崛起的浪漫主义诗歌到 19 世纪初进入辉煌时期。浪漫派诗人华兹华斯和柯勒律治在 19 世纪的头一年（1800）发表了著名的《〈抒情歌谣集〉序》，标志着浪漫时代的开始。这个时代一直持续到 30 年代维多利亚时代的开始而告一段落。

雪莱在他著名的《诗辩》中说当时诗人的诗歌中"燃烧着一种动人的活力……与其说是他们个人的精神，毋宁说是时代的精神"。这种时代精神便是法国大革命所激发出来的追求"精神解放"的精神。法国大革命体现的民主自由思想、人民在推翻封建统治中的勇气和力量，鼓舞了进展中的英国资产阶级民主运动，促使诗人的激进主义信仰形成。他们把进步思想家潘恩、葛德汶宣传的"人权""自由""正义"的思想引入诗歌创作，反对压迫、束缚，倡导个性。

法国革命为浪漫派诗人树立了理想，也为他们带来了失望。启蒙思想家关于"自由、平等、博爱"的华美约言并没有实现，革命被野心家利用，激进的措施发展为恐怖政策，拿破仑对欧陆实行侵略扩张，这使得诸如华兹华斯等诗人对革命的热情冷却下来。革命后，英国政府在各方面政策上趋向反动，停止了自工业革命以来政治、经济上的种种政策，取缔进步组织，迫害进步活动家，镇压工人摧毁机器的"卢德运动"，1819 年 8 月武力镇压曼彻斯特民众聚会的"彼得卢"事件臭名昭著。政府反民主的倒行逆施加剧了诗人们对现实失望与愤慨的心情。近代增长的个人主义精神，以唯心主义为基调强调个性特征的德国古典哲学，抨击资本主义制度、幻想人类平等解放的空想社会主义，共同构成新的文化环境，促成一代新诗风的形成。

浪漫主义诗人对崇尚理性、制约个性、逐渐失去生命力的古典主义极为反感，注重主观精神世界表现，把个性的情感和创造性的想象推向首位，以精神力量去反叛现实。他们向往法国启蒙思想家卢梭宣扬的"返璞归真"的境界，向自然寄托追求自由的理想和愤世嫉俗的情感。他们向不受古典主义陈规约束、自然质朴的中世纪民间文学学习，浪漫主义运动便是从18世纪中叶以后搜集、整理和仿效民间歌谣创作开始的。感伤主义诗歌和前浪漫主义诗歌对于浪漫主义运动起了先导作用，彭斯和布莱克的创作更是开浪漫主义诗歌之先河，而浪漫主义文学兴盛的帷幕则是由华兹华斯开启的。他与柯勒律治、骚塞曾长期居住于英国西北部的湖区，共同得名"湖畔派"。拜伦、雪莱与济慈则是新一代浪漫主义诗人。他们既受到上一代浪漫主义诗人的极大影响，又反对"湖畔派"诗人对现实的逃避态度和消极倾向，显示出大胆叛逆和热情追求的精神。浪漫主义时代是英国诗歌的辉煌时代，而小说也在发展。苏格兰作家司各特将浪漫主义精神引入他的历史小说，而简·奥斯丁则以细腻的笔触继续着写实小说的传统。散文文学在浪漫主义时代也获得了长足的进展。

英国的浪漫主义运动是19世纪初期全欧性运动的一部分，而英国浪漫主义文学是当时欧洲成就最高的文学，对欧洲其他国家的浪漫主义文学产生了深刻影响。

二、浪漫主义诗人的创作成就

1. 华兹华斯对现代诗风的开启作用

威廉·华兹华斯（1770—1850）是19世纪初杰出的浪漫主义诗人，"湖畔派"的代表人物。他的诗歌创作和理论在英国诗歌史上具有划时代的意义。他出生于昆布兰西部的考克茅斯湖区，是律师的儿子。在豪克斯海德小学读书时，他除了学习希腊拉丁古典文学，便流连山水，与山川湖泊、鸟兽鱼虫相亲，培育起爱好自然的精神。1789 年，17 岁的华兹华斯进入剑桥大学圣·约翰学院，他对乔叟、斯宾塞、莎士比亚和弥尔顿的喜爱远胜于对神学课程的兴趣。他先后在 1790 年和 1791—1792 年，徒步旅行到法国，被如火如荼的法国大革命所吸引，对"平等、自由、博爱"的革命口号心往神驰。他在法国居住一年多，与温和派的吉伦特党人发生密切联系。但接踵而至的"九月大屠杀"和雅各宾党人的"恐怖统治"大大减弱了他对于革命的狂热情绪。在朋友的帮助下，他与素来亲近的妹妹多萝西在湖区雷斯当的一处乡舍居住了近两年，获得良好的创作环境。在此期间，他结识了柯勒律治，他们很快成为知己，相互切磋诗艺，于 1798 年共同出版了具有划时代意义的《抒情歌谣集》。诗集还未出版，两位诗人与多萝西便去了德国，华兹华斯在那里开始写他的自传史诗《序曲》。到了 1799 年，兄妹二人回到英国，在格拉斯梅尔湖区住了 8 年。华兹华斯结了婚，过着平静俭朴的生活，写出许多精彩诗章。1813 年他获威斯特摩兰县税收专员任命，无生计之虞。同年他迁到莱达尔山庄，在那里居住了7 年。30 年代开始他诗名显著，1839 年获牛津大学的法律学荣誉博士学位。1843 年他继骚塞之后成为桂冠诗人。1850 年 4 月，80 岁的华兹华斯溘然长逝。

华兹华斯的创作生涯长达 60 年，出了多卷诗歌。他最早的两首诗《晚步》（1787—1789）、《景物素描集》（1792）记述了诗人在湖区和瑞士、法国的旅行，表明他持续终生的对自然和自然景物的专注。在后一首诗里他赞美了法国革命。《罪恶与悲伤》（1794）谴责了社会罪恶带给水手的不幸和士兵寡妇的悲伤。

1798—1807 年是华兹华斯创作最旺盛的一段时光。他不满雅各宾专政和英国政府的反动，在湖区恬静和谐的自然中寻找到精神上的慰藉。他与柯勒律治共同出版了《抒情歌谣集》（1798），开创了浪漫主义新的诗风。

华兹华斯针对古典主义诗歌从内容到形式日趋僵化的状况，在题材上表现日常生活，在表现形式上推崇想象和自然情感，文字上去除矫饰的"诗的辞藻"，使用与人们贴近的日常语言，以表达自由的无韵诗体、歌谣体取代传统的双韵体。在1800年第二版时，华兹华斯所写的《序言》较完整地阐述了他的诗歌理论，被视为英国浪漫主义文学的宣言式论文。他将自己在《歌谣集》里体现出来的创作特点加以理论阐述，明确提出："诗是强烈情感的自然流露。"而在日常生活中"人们的热情是与自然的美而永久的形式合而为一的"，因此"诗的主要目的，是在选择日常生活里的事件和情节，自始至终竭力采用人们真正使用的语言来加以叙述或描写，同时在这些事件和情节上加上一种想象的光彩，使日常的东西在不平常的状态下呈现在心灵面前"，"诗的想象力"取代了"理性至上"。这一集一序引起了一场革命。

《抒情歌谣集》出版后十年，是华兹华斯创作的黄金时代。1807年，他出版了《两卷诗集》，收入许多传世之作。他的许多诗歌都是写纯朴的乡民。《露西组诗》写远离尘嚣的乡村姑娘朴素的生活，以简朴的民谣韵律，易晓的语言，讲述淳朴的生活故事。他深切地同情穷人，《昆伯兰的老乞丐》写孤苦伶仃老人的乞讨生活，呼吁人们的爱与同情。《迈克尔》叙述一位辛勤劳动、挚爱儿子的老牧人，最后失去了儿子，也没能建起他一直期望的羊圈。《阿丽丝·弗尔》里的小孤女因为失去她仅有的外套而痛哭。《最后一只羊》里的牧人，在荒年为了养活孩子不得不把他的羊一只只卖出。诗人帮助孤独无助的贫困老人（《老猎人西蒙·李》），也从求生顽强的穷人处获得力量（《决心与自立》）。华兹华斯对天真无邪的孩子更是一腔挚爱。《我们一共是七个》里的小女孩，并不明了"死亡"，尽管他们兄弟姐妹中已死了两个，她仍称"我们一共是七个"。《说给父亲们听的一段故事》表明天真孩童与成人心理的差距，华兹华斯认为"儿童是成人之父"（《我的心跳起来》）。《低能儿》在赞美母爱的同时，也将痴儿写得憨傻可爱。他认为孩童比成人更接近上帝（《从童年回忆印证灵魂的不朽》）。华兹华斯对童稚的歌颂与浪漫主义文学"归真返璞"理论相通，表现对社会现实压抑和扭曲人性的抗议。

自然主题的诗，在华兹华斯诗中成分最大。他把自然景象作为污浊社会的对照来进行描写（《在威斯敏斯特桥上所作》），童稚的可爱、可贵也在于与大自然息息相通。他热爱小小的生灵们，以孩童般的热情写下《致蝴蝶》《致云雀》《致杜鹃》等，杜鹃清脆的啼声唤起他童年的回忆和对未来的幻想。他热爱花草树木（《致雏菊》《致小白屈菜》《采干果》）。当诗人像一片孤云飘荡、对生活厌倦失望时，一大片迎风起舞的水仙花唤起了他的喜悦和力量（《我像一片孤云飘荡》）。天上的彩虹，山谷的回音都唤起诗人哲学的玄想冥思。《翻案》中，诗人强调了他的泛神论思想，强调自然对人心的影响，写道："要认识事物的真谛，让自然做你的导师。"《丁登寺》是他最出色的自然诗之一，诗人故地重游，他追忆青年时对自然的感受，描绘现在的体验，幻想将来的回味，表明他对自然终生的崇拜，把自然看作人生欢乐和智慧的来源。

《歌谣集》出版之际，华兹华斯着手写一首哲理长诗《隐者》，分"人""自然"和"人的生活"三部分。《序曲》是这首长诗的序言，被很多批评家看作是华兹华斯最重要的作品。全诗可分为两个部分，1805年完成初稿，1850年定稿。前八卷讲述诗人的早年生活：童年和就学生活、剑桥生活、假期生活、书的影响、阿尔卑斯山之旅、伦敦小住，由爱自然发展到爱人类。后六卷则写他成熟时期：法国的经历，返回英国乡村。回忆他在各个时期的感受和思想，记述了1798年前"一个作家心灵的历史"，可清楚见出他的政治、人生、艺术思想发展轨迹。

华兹华斯计划写作的长诗没有完成，第一部分只完成一卷，记录了诗人兄妹在格拉斯梅尔的生活，对自然风景的欣赏。完成了的第二部分《漫游》（1814）共九卷，通过漫游者出游，讨论政治、哲学、宗教、社会等问题，反映他诗作中常见的对法国革命和英国工业革命的失望情绪，提倡美德和宗教信仰。

对革命感到失望的华兹华斯保持着正义感，他的《寄都生》（1803）、《一个英国人对瑞士被奴役的感想》（1807）等十四行诗，都反对民族压迫，歌颂自由独立。他的政治抒情诗《弥尔顿，此刻你应该活着》表现了对英国现实的强烈不满。但是他的政治热情不断消退，思想上充满矛盾。1808年后，他的创作激情开始衰竭，创作成就处于衰势。《漫游》中充满抽象思辨和说教。《雷阿德迈阿》（1874）取材于维吉尔的《伊尼德》，采用了他向来反对的神话题材和手法。《教会十四行诗》转向了宗教题材。他的诗名日盛，但他却写不出以前的杰作了。拜伦、雪莱都对他思想上的倒退行为进行了激烈的批评。

无论就他对文学史的贡献还是他创作本身而言，华兹华斯都是一位重要诗人。他的诗歌理论和实践标志着英国诗歌完成了从古典主义向浪漫主义的转变，开启了现代诗风。他的以人与自然关系为中心的抒情诗，意境清新，形象生动，语言质朴，韵律优美，影响了一代浪漫主义诗人。

2. 柯勒律治的想象力表现

"湖畔派"另外两位诗人是柯勒律治和骚塞。他们也长住在西北部的湖区，在思想上同样经历了从政治狂热转向保守的过程，在诗歌成就上则各有特色。

萨缪尔·泰勒·柯勒律治（1772—1834）是三位诗人中最有天赋的。他生于德文郡的奥特里·圣玛丽镇，父亲是教区牧师兼文法学校校长。他从小颖悟异常，很受家人宠爱，在他9岁时，父亲病逝，第二年，他到伦敦基督慈幼学校上学，大量阅读古典作品，研习古希腊哲学思辨著作。1789年，法国大革命的消息传来，17岁的柯勒律治写了颂诗《巴士底监狱的陷落》歌颂法国革命，由谴责专制统治而攻击学校森严校规。1791年，柯勒律治进剑桥大学攻读古典文学，他阅读政治书籍，积极参加政治活动。1793年底，他以假名进骑兵团，4个月后返校。回校不久，柯勒律治与友人结伴游威尔士，结识了骚塞，一见如故，共同商议到美洲新大陆建立理想国"平等邦"。在骚塞的促成下，他和参与这个计划的骚塞的妻妹结了婚，然而这场义务性的婚姻是不幸的。尽管柯勒律治为"理想国"奔走努力，这个计划终于告吹，柯勒律治与骚塞也因政见分歧关系破裂。

1796 年底，柯勒律治受友人之邀，移居西部湖区，与在 1795 年结识的华兹华斯和多萝西密切交往。从 1797—1798 年，他独立完成了最著名诗篇《忽必烈汗》《老水手》和《克里斯特贝尔》的第一部分，与华兹华斯共同出版了《抒情歌谣集》。1798 年，他与华兹华斯兄妹来到德国，学习德国古典主义唯心主义哲学。第二年回国后着手翻译席勒的《华伦斯坦》。1800 年，他再次迁居湖区，但终因与华兹华斯的友谊破裂而再度离开湖区。1876 年他来到伦敦海格特区的吉尔曼医生家，一面接受治疗，一面授课、写作，出版了文学批评著作《文学传记》（1817）、《关于莎士比亚讲演集》。晚年的柯勒律治思想日趋保守，转向唯心主义哲学和宗教。1824 年被选为皇家学会成员，十年后逝世。

柯勒律治并非多产诗人，但他的诗作独树一帜，是英国浪漫主义的奇葩。《老水手》（1798）发表于《抒情歌谣集》首篇，是柯勒律治最优秀的作品，已成为英诗选必选的杰作。如果说华兹华斯寄情山水，在大自然中寻找精神慰藉，柯勒律治则对奇异事件情有独钟。柯勒律治曾回忆他们当初的合作打算："我努力的方向是超自然或至少是浪漫的人物性格……华兹华斯先生则在另一方面致力于赋给日常事物以新奇魅力，激起一种类似超自然的感觉，其方法是唤醒心灵对习惯的慵懒加以注意，并且注意显现于我们面前的世界的新奇可爱处。……根据这个看法，我写了《老水手之歌》，此外还有《黑女郎》《克里斯特贝尔》诸篇，以更能由实现我的理想。"

《老水手》全诗 625 行，分为 7 段，由老水手叙述他在海上的一次不平凡的经历：老水手与船员们驶船航海，骤起的风暴把他们的船吹向南极，一只飞落的信天翁为他们带来幸运，冰消冻解，老水手却射杀了信天翁。灾难从此降临，船驶入太平洋无风地带停滞不前，船员们备受炎热饥渴的折磨。他们把死去的信天翁挂在老水手的脖子上，惩罚他的杀鸟之过。驶来的骷髅船上的"死亡"与"死中之生"掷骰，"死亡"赢得全部水手，只剩下老水手在死去的同伴诅咒的眼光中煎熬七天七夜。老水手怀着本能的怜爱向海中的水蛇祝福，信天翁从他脖子上突然坠入海中，风雨降临。在他睡去之时，死去的船员们精灵附身，驾船回国，醒来后的老水手向林中隐士忏悔，从此逢人便叙说他的故事以告诫世人："谁最爱世上万物，／谁的祷告最灵。／因为仁慈的上帝，／爱他创造的万物和人类。"这首诗的魅力不在于博爱得救的主题，而来自贯穿作品的奇特瑰丽的想象。华兹华斯曾在 1798 年写过一首叙事诗《彼得·贝尔》，写自私凶暴的陶工在驴对主人的爱的感化下洗心革面，被称为"华兹华斯的老水手之歌"。但其中缺少诗意，成为雪莱等人戏谑讥嘲的对象。柯勒律治的这首诗却以神奇的力量，摄住了读者。诗人没有航海经历，却驰骋想象描写出大海上神奇诡谲的图景：既有和风细雨，又有风暴狂澜，从天寒冰坚的南极到炽热灼人的北太平洋，女妖、精灵出没，而他能以细腻的笔触写得栩栩如生，平凡的细节和富于诗意的想象交织，显示了他在《文学传记》中宣传的原则，即以自然、逼真的形象和环境的描写，表现超自然的、神圣的、浪漫的内容，使读者在阅读时"自动摒弃其不信任感"，感到真实可信。诗中充满抒情性的诗段，诗人采用隔行押韵的歌谣体，富有音乐性。

《克里斯特贝尔》是未完成的叙事诗。男爵的女儿克里斯特贝尔月夜跪在城堡外橡树前，为远方作战的情人祈祷，却意外发现一位落难美妇，遂把她领回城堡。在就寝时克里斯特贝尔才惊骇地发现美妇是人首蛇身的妖魔，但她已被妖魔施了魔法，无法向父亲说明真相。次日，妖魔冒充男爵故友的女儿，受到男爵的款待。故事到此中断。诗的背景放在中世纪，诗人以出色的诗行，成功地创造出与"哥特式"小说相似的神秘恐怖气氛。只闻猫头鹰凄叫的沉沉黑夜里突然传来的痛苦的呻吟声，进城堡时狗的躁动，将熄炉火的突然燃烧等，都成为将到来的恐怖场面的凶兆。

《忽必烈汗》是三首诗中最短的，柯勒律治年轻时为治病痛服用鸦片，以后渐渐成瘾。据他自述，一次他在读关于忽必烈汗建造宫殿的记述时感到不适，吞服鸦片后睡下，梦中得诗二、三百行，醒后他立即记下，但被客人打断，只记了 54 行。《忽必烈汗》中，没有超自然的人物、事件，但异域神游同样令人着迷。在遥远的东方，忽必烈下令在上都建造宫殿，那里有清澈河流，深不可测的洞穴，花草并茂的花园，古老幽深的森林，巨壑下，泉水汹涌，石块飞舞。断片最后部分，突然转向手拨琴弦的非洲阿比西亚少女，听着这美妙的音乐，诗人如饮琼浆玉液般陶醉痴迷。这篇梦境之作，再次显示了诗人高超的想象力。

柯勒律治其他优秀诗篇还有《霜夜》。这首诗以简捷的对话式语言，讲述诗人在霜夜的心理活动。他忆起童年，默想他孩子的未来。《沮丧》初稿采用写给萨拉·哈金生的书信形式，诗人曾陷于对她无望的爱情。诗人描写了自己沮丧的心情，追忆过去，他聆听风声驰骋想象，内心情感起伏不平。《致威廉·华兹华斯》和《菩提树我的监牢》分别写给他的朋友华兹华斯和兰姆，都是披露内心感情的佳作。《青年与老年》悲叹青春的消逝、暮年的来临。这些诗表现诗人晚年生活遭遇和抑郁寡欢的心情。

柯勒律治还是一位杰出的文学批评家。《文学传记》记述自己的文学生涯，更主要的是发挥文学、哲学思想。通过对他自己和华兹华斯诗的评论，阐述他的美学思想，具有浓厚的浪漫主义色彩，对现代文学批评以及"新批评派"有很大影响。柯勒律治同时还是浪漫主义"莎评"的开创者之一。无论作为诗人还是评论家，柯勒律治在西方都素有盛名。他的诗以生动的想象、美妙的韵律，赢得"纯粹的诗"的赞誉。

罗伯特·骚塞（1774—1843）在三位"湖畔派"诗人中，诗才最为逊色。他生于布利斯托一个布商的家庭，小学时便表现出对文学的兴趣。他14岁进入著名的威斯敏斯特学校，开始试写诗歌。法国革命爆发后，他醉心革命思潮，创办刊物，宣传民主思想。1792年，近毕业时因发表抨击校方体罚的文章被开除，这使得他更向往革命。1793年他进牛津大学，写作歌颂法国革命的史诗《圣女贞德》。但随着革命的发展，他由欢欣鼓舞转为惶恐苦闷。与柯勒律治商定的建立"平等邦"计划化为泡影后，他去了葡萄牙。回国后，思想转为保守的改良主义者。1803年，他移居湖区，与华兹华斯、柯勒律治频繁交往，创作诗歌。1809年起，他在保守派的《评论季刊》上发表了90多篇政论。1813年，他经诗人司各特等推荐，成为"桂冠诗人"，招致拜伦、雪莱等人的嘲讽。

长篇叙事诗是骚塞常用的诗体，主要有《毁灭者萨拉巴》(1810)、《马道克》(1810)、《克哈玛的诅咒》(1810)、《罗特立克，最后的哥特人》

（1814）等。诗的背景在东方或古代，情节源自神话传说。《毁灭者萨拉巴》中，年轻的回教徒萨拉巴，深入海底宫殿，杀妖人为父报仇，情节离奇，富有浪漫主义激情。他的长诗《审判的幻影》（1826）颂扬刚死的国王乔治三世，为应制之作。诗的序文里对拜伦作了攻击，称拜伦作品是"恐怖和讥嘲、淫秽和渎神的大杂烩"，将富有反叛精神的诗人称为"恶魔派"的代表。这首诗引来拜伦同名讽刺诗的无情回击。

骚塞的短诗有一些佳作，《布伦宁战役》（1798）采用华兹华斯倡导的新诗体，以简单的对话谴责战争给普通百姓带来的苦难。《我在死者中》描写出与书斋中古籍为友的文人情趣。《贝克莱的老妪》《童尼卡》以民歌形式表现对中世纪的美好幻想。骚塞的成就虽不如华兹华斯和柯勒律治，但他的诗作也充分显示出浪漫主义的特色。

3. 拜伦的讽刺才能

从拜伦开始，英国浪漫主义诗歌，意境更高远，诗艺更纯熟，进入了一个新的阶段。拜伦是英国伟大的浪漫主义诗人，他的生平与他的创作同样具有浓郁的浪漫主义色彩。

乔治·戈登·拜伦（1788—1824）生于伦敦一个破落贵族家庭。他的父亲绰号"疯杰克"，挥霍尽妻子的财产后死于国外，当时拜伦才3岁多。拜伦天生跛足，父母的不和以及自身生理的缺陷，在他的内心投下阴影。1798年，10岁的拜伦继承了伯祖父的爵士头衔和世袭领地，三年后进入了贵族的哈娄公学。他学习古典文学，阅读启蒙思想家伏尔泰、卢梭等人著作，并热心骑马、游泳等体育锻炼。1805年，他进了剑桥大学，两年后他的第一部抒情诗集《悠闲的时光》问世，收集了他模仿格雷、麦克菲生等诗人的少年习作。《爱丁堡评论》上有人撰文对他的诗作严厉抨击，拜伦写了双行押韵的讽刺诗《英国诗人与苏格兰评论家》予以回击，也攻击杂志赞美过的诗人，主要是嘲讽"湖畔派"诗人，初次显示了他的讽刺才能。1809年，诗人到欧陆旅行，访问了葡萄牙、西班牙、阿尔巴尼亚、希腊和土耳其，两年后他携着两卷诗稿归来，并于1812年出版，这便是长诗《恰尔德·哈洛尔德日记》的前两章,诗人由此一举成名。拜伦回国之时,正值英国工人卢梭运动高涨时期,已就贵族院席位的拜伦,在贵族院发表著名演说,同情工人,对政府的惩罚法案表示愤慨。他还在《晨报》上发表政治讽刺诗《议案起草人颂》(1812),谴责社会的非正义现象。不久以后,诗人又发表第二次演说,深切同情英国压迫之下的爱尔兰人民。

1813—1816年间,拜伦除了写政治抒情诗外,还创作了一组叙事诗:《异教徒》(1813)、《阿比多斯的新娘》(1813)、《海盗》(1814)、《莱拉》(1814)、《柯林斯的围攻》(1816)和《巴里西纳》(1816)。诗作以东欧、西亚一带为背景,充满异国浪漫情调,被称为"东方叙事诗"。诗中都有富有叛逆精神的主人公,孤傲地与社会、与命运抗衡。他们有强烈的情感、顽强的意志、旺盛的精力、不凡的才能,不能忍受社会的专制和压抑,进行不妥协的反抗和绝望的报复。康拉德(《海盗》)和塞利姆(《阿比多斯的新娘》)都是自由的海盗,与一切社会秩序、传统道德为敌。这些表情阴郁、经历坎坷又桀骜不驯的主人公身上有着拜伦本人的明显印迹,寄托了诗人的反叛豪情,人们主要根据哈洛尔德和"东方叙事诗"的主人公而构筑起"拜伦式英雄"的形象。在这时期,拜伦还写了抒情诗集《希伯来歌曲》(1815)。诗集表面上处理圣经题材,实际上绝大部分与宗教无关,表达他对现实的不满和抑郁心情。《塞那克利伯的毁灭》写了亚述暴君的恶行,而《过去的日子》追忆为自由而战而死的战士。其中亦有优秀的抒情诗,如《她行走在美中》。他还写了关于拿破仑的组诗,赞美他杰出的战略才能,又谴责他由国家的护卫者变为践踏邻国自由的暴君,表现了诗人对自由的信念。

在拜伦的诗歌越来越受人瞩目的时候,他的私生活也招致越来越多人的攻击。他的众多的风流韵事为人们津津乐道,在《阿比多斯的新娘》里讲到的姐弟相爱的故事,更引起人们对拜伦与异母姐姐奥古丝塔之间关系的飞短流长。1816年初,由于道德观念的差异,拜伦那结婚才一年的妻子安娜贝拉忽然离去,并提出分居要求,为仇视他的叛逆精神的上层人士提供了攻击他的口实。一时间,报刊上攻击、诽谤性文章蜂拥而至,上流社会对拜伦关上大门。拜伦于1816年4月，永远地离开了他的祖国。

在瑞士，拜伦与同样流亡国外的诗人雪莱相遇，他们尽管性格不同，但相似的生活坎坷，相同的对专制制度的仇恨、对被压迫被奴役民族的同情，同样杰出的诗才，使他们一见如故，结为密友，在创作思想上互相影响。这期间，拜伦写了长诗《锡隆的囚徒》，这是他早期叙事诗中的杰作，描写10世纪瑞士爱国者庞尼瓦为家乡自由而战的故事。英雄被囚禁在地牢中，仍坚决不与暴君妥协。他不像是"东方叙事诗"中的主人公那般孤傲的个人英雄，而是反民族压迫的人民代表。短诗《普洛米修斯》与雪莱诗剧《解放了的普洛米修斯》相应，表现诗人对这位敢与天庭抗礼的盗火者的崇敬，赞美他为人类自由忍受一切苦难的不屈不挠的精神。

1816年10月，在雪莱夫妇已离开日内瓦回国后，拜伦也启程前往意大利，在那里居住到1823年去希腊。他参加了意大利烧炭党人抗击奥地利占领者的活动，为他们提供贮藏军火的场所。他的诗歌创作也进入了更成熟的时期。拜伦完成了《恰尔德·哈洛尔德游记》的三、四章（1816，1818），赋予诗篇新的思想深度。他又开始在诗剧方面取得新的成就。

从1817到1824年，诗人写了7部"戏剧性的诗篇"。哲学诗剧《曼弗雷德》（1817）中的同名主人公仍然是一位"拜伦式"英雄，而他的悲观情绪和个人主义的反叛意志达到了最高的悲剧表现。曼弗雷德犯了无可救赎的神秘的大罪，来到阿尔卑斯山中，向精灵和阿尔卑斯山的女巫求助，但得不到解脱，唯求速死。曼弗雷德与德国诗人歌德笔下的浮士德有相似之处，有广博知识，能呼唤精灵，但曼弗雷德主要体现的是反叛的精神，他对人生和人类感到失望，否定一切宗教，否定一切传统道德观念，否定一切权威，怀疑知识的效用。诗剧笼罩了阴暗悲观的气氛，也表现拜伦一贯的毫不妥协的精神。《该隐》（1821）仿中古"神秘剧"，采用《圣经》题材，却改变了原来的含义。把《创世纪》中杀人而受神惩罚的该隐写成叛逆者，指摘和嘲笑上帝，引起教会人士的激烈反对。亚当和夏娃向上帝祈祷感恩，他们的儿子该隐却缄默无语，他怀疑上帝，思索人类受苦与顺从的意义。正直坚强的神灵卢锡弗是反叛和追求自由的象征，他使该隐明白了上帝的真相，上帝的所作所为只是为了统治和奴役人类，亚当失去乐园是因为他忤逆了上帝的统治意志。该隐种地，以谷类为祭献，他的兄弟亚伯牧羊，以羔羊为祭礼。贪婪的上帝偏爱亚伯有"焦肉烟血气味"的祭礼，该隐一怒之下打死了亚伯，引起父母的诅咒，上帝派天使在他头上打上了标志永恒苦难的烙印。拜伦勇敢大胆地表达了弥尔顿在《失乐园》中隐约流露的怀疑情绪，否定了操纵人类命运的权威。该隐叛逆的精神与柔顺的亚伯的奴性形成了鲜明的对比，该隐虽然还带有曼弗雷德的孤独性质，但他积极行动，反抗现状，在他的形象上诗人寄寓了反抗暴政的现实政治意义。五幕诗剧《维纳》（1823）取材于德国一个关于争夺钱财的谋杀的故事，借鉴了古典主义戏剧艺术手法，上演成功，但在艺术上最弱。其余的诗剧都取材于历史，《撒丹纳巴勒斯》（1821）写公元前7世纪亚述王不愿滥用政权，沉溺于自我享乐，面对阴谋叛逆只得自焚，悲剧缺少深度。《福斯卡里父子》（1821）和《马林诺·法里埃罗》（1821）都写14世纪威尼斯的政治人物的悲剧。他们面对元老院的强大力量，无法维护个人的利益，悲剧贯穿了拜伦追求自由，反对暴政的主题。拜伦在文学理论上倾向于古典主义诗论，他的《贺拉斯的提示》一诗沿袭古典大家的观点。在诗剧写作理论上，他力主向整饬的法国古典主义戏剧学习。但在具体写作中，他既有古典主义的锤炼，又有浪漫主义的激情，特别是人物的台词，富有诗意和戏剧性。

拜伦讽刺诗的成就更在诗剧之上。他以古典诗创作的《英国诗人与苏格兰评论家》虽然是他诗歌创作生涯开端时期所作，但讽刺才能毫不示弱。在意大利时期，他开始采用口语化的意大利八行诗体写作轻松的讽刺诗。《别波》（1818）不像叙事诗和诗剧多着眼古代异域的事件，而是写当代生活轶事。一个远行数年才归来的威尼斯人发现他的妻子已另有新欢，浪漫故事中常见的决斗场面并没有出现，三个人回家里，喝着咖啡，当丈夫的讲着他的冒险经历，纠纷轻松地被化解，丈夫和第三者成了朋友。诗人夹叙夹议，亦庄亦谐。在描写威尼斯狂欢节热闹气氛和轻浮时尚的同时，微妙地嘲笑英国上流社会的伪善和种种恶习；在幽默又有相当长度的插笔里，对英国政府、军队、议会、宗教、税收等时有讽刺。诗人用八行诗体写了他最优秀的代表作之一《审判的幻景》（1822）。桂冠诗人骚塞写的颂诗《审判的幻景》（1821）对昏庸的英国故君乔治三世极尽阿谀奉承，描写他在幻景中看到乔治三世从坟墓中出来，进入了天堂。拜伦的同名诗给予了讽刺的反写：乔治三世正要升天，魔鬼却来要求把他的灵魂打入地狱。骚塞朗诵他的长诗《审判的幻景》才几行，正在争论的魔鬼、天使们都受不了逃走了，让乔治三世乘混乱溜进了天堂。诗人谴责英王："他永远同自由和自由人作对／国家对私人，臣民与外敌，一视同仁，／他们只要喊一声'自由！'／便发现乔治第三是第一个敌人。"（第45节）拜伦在诗的序言和诗里都指出了骚塞的变节行为："他曾对弑国土的人加以歌颂，／又对无论什么国土都唱赞歌，／他更为共和制度写过文章辩护，／可又对它进行更激烈的指责。"（第90节）拜伦把戏谑和严肃结合一体，讽刺尖刻，却写得从容巧妙，使这首讽刺名诗超越一时一事之争成为讽刺诗的典范。讽刺长诗《青铜世纪》（1823）具有很强的政治意义。俄、奥、普在1815年拿破仑退位后结成所谓的"神圣同盟"来镇压欧洲革命，欧洲所有的专制君主国家都参加了这个反动同盟。英国虽没有加入，但却是"神圣同盟"的支持者。拜伦以正义的愤慨谴责反动势力，热情号召西班牙人民起来革命，歌颂俄国人民反对拿破仑入侵中体现的爱国主义精神。

从1818年开始，拜伦一直在写一部巨著《唐璜》，诗人自称为讽刺史诗。1823年初，他为希腊人民反土耳其的斗争所吸引，中断了《唐璜》的写作，乘用用自己财产装备的船"海丘力士"号驶往希腊，参加希腊人民的民族解放战斗。他为希腊军队招募士兵，筹款，购买军械，调停内部纠纷，显示了组织和领导才能。投身为自由而战的伟大事业，使拜伦心中充满崇高的感情。他在军营中度过了他的36岁生日，把为理想献身视为自己的归宿："假若你对青春抱恨，何必还活着？／使你光荣而死的国土／就在这里——到战场上去吧，／把你的呼吸献出！"诗人竟然很快地实现了他的愿望。军营生活的艰苦和劳累，损害了他的健康。3个月后，他患了热病，终于一病不起，逝于1824年4月19日，希腊人民为他举行了国葬。

在拜伦创作中,《恰尔德·哈洛尔德游记》具有重要的地位,它使诗人"一夜醒来,发现自己已经成了名人"。全诗4章,4000多行,通过青年贵族恰尔德·哈洛尔德(恰尔德是中古时对贵族青年的尊称)的游历反映了拜伦自己的旅途见闻和感受,既有游记的丰富多彩,又有抒情诗的浓郁诗情。恰尔德·哈洛尔德是拜伦笔下第一个忧郁的漂泊者的形象,是"拜伦式"英雄的雏形。诗人在《序言》中说这个人物的设置是为了使作品结构上有连贯性,在思想上"表明一个的心灵在早年遭到损害之后,会造成他对过去的欢乐的厌倦,对新的乐趣的失望"。哈洛尔德身上反映出诗人生活,性格的某些特点,尤其是他受英国上流社会攻击和诽谤后的感受。他性格高傲又多愁善感,自己称"早已知道人世最坏的事情",对庸俗虚伪的上流社会、腐败的道德习俗感到厌倦,怀着痛苦忧伤的心情出国漫游,希望到自然和纯朴人们中寻找解脱。他有敏锐的观察力,感受力,也有正义感。在一、二章里,哈洛尔德到了葡萄牙、西班牙等国,这恰合诗人的旅程。他来到山中,走向海边,西班牙美丽的景色令人心动,但是牧人已不能安心守着羊群,农人的葡萄在硝烟中枯萎。面对拿破仑军队的侵入,人民投入爱国战斗,"沙拉哥斯女郎"奥古斯丁娜"和短剑结了缘,不再像女性,/勇敢地走向战场,把战歌来高唱","只有堕落的贵胄甘心做敌人的奴才!"但诗人对西班牙人民的斗争前途又感到悲哀。在第二章,哈洛尔德来到阿尔巴尼亚和希腊,他受到勇敢纯朴的阿尔巴尼亚人民的热情招待,这里自然风光淳朴民俗与英国社会的伪善堕落形成对比。希腊光荣的过去与受奴役的现在对比更使诗人激动:"谁站在你,可爱的,啊,希腊,你的废墟上,/而不对你伤心垂泪,/那可真是泯尽了天良……"他热情地号召人民:"世世代代做奴隶的人们,你们知否,/谁要获得解放,就必须自己动手。"在诗中渐渐出现热情奔放的抒情主人公,他体现了拜伦思想矛盾上的积极面,对现实生活有很强的参与感。第三、四章完成于流亡后,在一、二章里时隐时现的哈洛尔德几乎不见了,由诗人直抒胸臆。第三章从漂泊异乡的抑郁悲愤心情写起。诗人从滑铁卢战场到日内瓦湖畔,追忆法国大革命先驱者、启蒙思想家卢梭与伏尔泰。法国革命的失败和反动的"神圣同盟"的建立引起诗人的哀思。第四章诗人来到意大利，缅怀英雄和不朽的伟大诗人但丁、彼特拉克、塔索。在这里和意大利时期创作的《塔索的悲叹》（1817）、《但丁的预言》（1821）里，拜伦都热情地呼唤意大利人民对祖国伟大历史的追忆，鼓励爱国志士争取民族解放。三、四章主要是由抒情主人公自由抒发见闻感想，叙事内容很单薄，而政论性和抒情性很强。诗人热爱自然："茫茫的海中有一个社会，没有谁／能侵扰，在海啸中有一种乐声；我不是不爱人类，但我更爱自然。"（第四章）他在野性的自然中寄托自己的理想，描写矗立的"像心灵的孤高"的古堡，"向着幽壑里飞奔的瀑布"，电闪雷鸣的风雨，巨浪翻滚的大海，充满不羁的激情。长诗用斯宾塞体（即每一诗段九行，前八行五音步，最后一行六音步）写成，形式严谨而又热情奔放。

《唐璜》是拜伦又一部历时数载的杰作。虽然只完成原计划24章中的16章，仍然当之无愧地跻身世界名著之列。这首长达16000行的叙事诗利用了早在欧洲流行的有关唐璜的传说并加以改造。唐璜本是十四、十五世纪西班牙传说中的人物，是出名的引诱妇女的浪子，终于被石象带入地狱。许多作家以此题材进行创作，如法国喜剧家莫里哀写了喜剧《唐璜》，德国小说家霍夫曼写了小说《唐璜》，俄国诗人普希金写了小悲剧《石客》。拜伦笔下的唐璜，除了保留原传说的姓名、贵族出身、传说中某些性格特点外，呈现出迥然不同的风貌。长诗先描写唐璜的身世，他出身西班牙贵族，清教徒母亲对他严格管束。16岁时，唐璜受到贵族少妇朱丽亚的诱惑，风流韵事闹得满城风雨，他不得不远离英国。在海上航行时船只遇到风暴沉没，只有唐璜历尽艰辛飘流到希腊小岛上，与海盗的女儿、美丽多情的海黛相恋。传说已死的海盗郎勃洛突然归来，把唐璜送到君士坦丁堡的奴隶市场上，卖入苏丹后宫，海黛伤心而死。唐璜拒绝了王妃的求欢，逃出后宫。他参加了正与土耳其军队交战的俄国军队，在围攻伊斯迈尔城的战役中负伤立功，被派往彼得堡觐见俄国女皇叶卡捷琳娜，成为朝中宠臣。最后他又奉派出使英国，周旋于伦敦的贵族名流之间。长诗到此中断。按诗人原有的构思，唐璜应在"完成了全欧洲的漫游，经历和体验过各种各样的围攻、战斗和冒险"之后，来到法国参加革命，并在巴黎的街垒战中牺牲。唐璜是拜伦时代普通的贵族青年，他身上有一些拜伦早年生活的写照。他具有善良的品性，热情而富有同情心。在海上坐筏漂流时，受饥饿威胁的人们"眼睛里显出吃人者的贪欲"，他坚决不肯吃人肉，同情失去孩子的父亲的深深哀痛。在战场上他救了土耳其女孩。他怀念痴情的海黛，不愿与王妃苟且，向往和追求自由。但他也有意志薄弱，放任自由的一面。他不是孤高傲世的"拜伦式英雄"，也不是放纵情欲的花花公子。拜伦并不着意去塑造唐璜这个形象，而主要是借唐璜曲折复杂的遭遇，表现了广阔的欧洲各国面貌，如他自己所说："目的都是为了我能够嘲笑各国社会可笑的方面。"长诗并不局限于唐璜的故事，作者发挥夹叙夹议的特点，在故事之中或故事之外，议论、感慨、回忆、展望，内容丰富多彩，但都贯穿着反对暴政、追求自由的思想。他抨击文明社会的虚伪、专制，从西班牙到俄罗斯又回到英国，"欧罗巴的国土同着亚细亚的国土，各处散布着宫殿"，连田园牧歌般的希腊小岛上都有着压迫者朗勃洛。从王公贵族、朝臣到将帅，"一半是淫荡，一半是权威。"诗人谴责那"以'神圣'的名义侮辱世界的万恶同盟"，谴责对其他民族奴役、压迫的行为。第三章中的《哀希腊》传为绝唱，歌颂希腊的光荣历史，哀悼今日的衰弱，那里曾经产生过萨福、荷马等伟大诗人，三百斯巴达勇士迎战一个军团的波斯侵略者，诗人以此激励人民斗争。诗人抨击商业资本的猖獗，金钱成了统治阶级政治中的决定力量，"每项借款并不是一种仅仅投机上的成功，却会巩固一个国家或推翻一座王位。"诗人嘲弄为反动统治歌功颂德的无德文人，他嘲弄地把诗题献给骚塞，把"湖畔派"诗人骚塞、18世纪哲学贝克莱主教等人，视为"思想的最强暴的敌人"。在评点时政、抨击揶揄的同时，诗人温柔地抒写纯真的爱情，热情赞美正义的勇敢，召唤人民起来为自由战斗的勇气和力量，"只需挥一挥臂，那蛛网就完了，/若无那蛛网，它的爪牙和毒/又有何用？记住我这句话吧，/善良的人民！以及世界各民族！"在《唐璜》中，诗人的讽刺艺术达到高峰，辛辣尖刻的政治讽刺、诙谐俏皮的嘲弄嬉笑与优美热情的抒情结合完美。诗人在第八章里写道："读者！

我已遵照诺言，至少是／依我第一章所说的予以兑现；／你们看到的爱情，风暴，旅行及战争，／丝毫不差地写出来，而且这诗篇／是史诗，假若老实人的话不致／冒犯尊听：因为在吹牛方面我／的确远逊于前辈。我只随意歌吟，／但诗神有时也借给我弦外之音。"拜伦以交谈式的口吻、浅显的口语、写实的精神，写出了19世纪初欧洲社会的讽刺史诗。

拜伦的诗路很广，他的最成功作品多是长诗，尤其是讽刺性作品，但诗剧、叙事诗都有佳作，抒情短诗也有许多精品。长诗、诗剧中亦穿插了优秀的抒情诗，如《唐璜》中的"哀希腊"，《恰尔德·哈洛尔德游记》中的"去国行""大海颂"，独立的短诗《雅典的少女》《她走在美的光彩中》《我看过你哭》等，都流行很广。

作为19世纪初最富有时代精神和传奇色彩的浪漫主义诗人，拜伦的影响从英国遍及欧洲，从当时波及以后。在当时保守的英国社会，《唐璜》这样大胆揭露和反叛性的作品，曾被斥为"不道德"，20世纪的现代批评对他的诗的语言也有微词。但他的诗为广大人民所喜爱，影响了法国的拉马丁、雨果、缪塞、德国的歌德、俄国的莱蒙托夫、普希金、波兰的密支凯维奇等诗人的创作，中国新诗也受到他的很大影响。

4. 雪莱的抒情特色

雪莱是英国浪漫主义诗歌的又一位伟大诗人，与拜伦堪称双璧。他们都外貌俊美，情感丰富，热爱自由，敢于反叛，都因个人生活遭受社会舆论攻击被迫流亡，英年早逝，本人与诗作同样具有浪漫色彩，但他们在政治理想美学思想和诗歌创作上都各有自己鲜明的特点。

波西·比希·雪莱（1792—1822）生于英国苏塞克斯郡的贵族家庭，他的父亲是乡绅，当了议员，观点保守。雪莱从小接受良好教育，6岁就开始学拉丁文，10岁进私立寄宿学校学习天文、数学、地理、拉丁文、希腊文、法文等科，1804年又进入贵族伊顿学校。在这里，他进行广泛的课外阅读，对自然科学发生兴趣。法国启蒙思想家卢梭和英国思想家葛德汶的著作对他民主观点的形成产生重大影响。雪莱的文学创作活动开始于伊顿学校。1809 年，他与朋友合写长诗《流浪的犹太人》，没有出版，后独自写了传奇故事《柴斯特罗齐》和《圣安尔温》，还与妹妹合写了诗集《维克多和卡席尔诗集》（1810），诗作虽不成熟，但已显示他热爱自由的倾向。

1810 年，雪莱进入牛津大学，他的自由思想、对自然科学的爱好与保守的校规格格不入。他在同学中找寻到一位知己——霍格，他们以怀疑的态度思考宗教问题，雪莱写了论文《无神论的必然性》，从理性上探讨神的存在问题，认为信神是没有根据的，并自费出版，结果两个人都被学校开除。他们来到伦敦，雪莱在探视在女校上学的妹妹的时候，认识了海里蔼·威斯布鲁克，他们的来往遭到海里蔼家人的粗暴干涉，于是在 1811 年 8 月，他们相偕逃到苏格兰。在爱丁堡，这对分别只有 19 岁和 16 岁的年轻人结了婚。

1812 年初，这对年轻夫妇来到爱尔兰首府都柏林。爱尔兰深受英国的政治与宗教压迫，独立运动成为当时英国的主要问题之一。目睹爱尔兰人民困苦不幸的生活，富有正义感的雪莱极为愤慨，他在《致爱尔兰人民书》里，批判英国民族压迫政策，主张爱尔兰人民通过济贫、读书等措施，争取民族独立、宗教解放，从改革自身到改革社会。他又写《人权宣言》，提倡自由、平等、博爱的精神。他的第一部长篇诗作《麦布女王》（1813）写进了他参加爱尔兰斗争的体验。

1814 年 6 月，雪莱访问了他心仪已久的英国著名思想家葛德汶。葛德汶的《社会正义论》坚决主张废除各种形式的人为的等级差别，建立以理性为基础的一切人的平等关系，在思想界产生很大的影响。雪莱把葛德汶奉为良师益友，也与他的亡妻、著名女权运动者玛丽·沃斯顿克莱夫特留下的女儿玛丽成了朋友。他们相爱，于 1814 年 7 月私奔，6 周后回到英国。在社会舆论压力下，雪莱与玛丽于 1816 年 5 月再到瑞士。在日内瓦，雪莱与拜伦相遇，两人彼此投合。九月份，雪莱回到英国，年底，海里蔼投河自杀后不久，他与玛丽正式结婚。雪莱的婚变在上流社会掀起轩然大波，报刊对他进行攻击，法院判决剥夺他对儿子的监护权，他不得不于 1818 年 3 月 12 日，最后一次离开他的祖国，去了意大利。在去意大利前，诗人创作了《伊斯兰的起义》等重要作品。而他主要作品大多写于意大利时期。在意大利，他与拜伦频繁交往，共同讨论创作和政治问题。雪莱钦佩拜伦的豪放诗才，但为他忧郁、怀疑、悲观的人生态度感到惋惜。在《朱理安与马达罗》（1818）中说拜伦过于自尊，过于注视自由的光辉而"使他雄鹰般的精神盲目了"。他创作了诗剧《解放了的普洛米修斯》、悲剧《钦契》和许多优秀的政治诗、抒情诗，还有为鼓励希腊人民斗争而作的抒情诗剧《海拉斯》（1822）、为悼念济慈而作的挽诗《阿都内伊斯》。1822年6月，雪莱与友人驾船去迎接另一位朋友亨特，在7月8日归途上，船遇到风暴沉没，10天后，雪莱的遗体才被冲到岸边。拜伦等朋友们悲伤地为这位刚刚走到人生第三十个年头的天才诗人举行了葬礼。

雪莱早期创作的第一部重要作品是长诗《麦布女王》（1813），写于18岁，21岁时出版。出版人怕因此受牵连，要求诗人自费印制，但还是遭到了被判4个月监禁的处罚。《麦布女王》是15世纪英国民间传说中仙女们的女王，她用仙法携带少女伊昂珊的灵魂遨游天地，纵览古今，评说人间。东方、西方世界的古代遗迹都历历在目：帕尔麦拉的宫殿，埃及的金字塔，耶路撒冷的庙宇，雅典、斯巴达、罗马的建筑和艺术，诗人从中看到隐藏在辉煌背面的人民的牺牲。现实生活更是充满惊人的苦难，成为"封建野蛮和不完美的文明的混合物"。诗人谴责与人权作对的帝王君主、以上帝名义营私的教士、睥睨一切的金钱势力，用幻想去描绘光明美好的未来："未来的世界不再是地狱，而是爱情，自由，健康。人类通过理智、科学和道德完善而获得新生。"这首长诗以梦幻和寓言的形式，表现了诗人的社会历史观和政治、哲学、宗教、道德、社会观点，不过艺术上较为粗糙肤浅。

《伊斯兰的起义》（1817）是首12章的长诗，原名《莱昂与西丝娜》，副标题是《黄金城的革命》或《十九世纪的一个幻梦》。诗的开头是激荡风云中鹰与蛇的搏斗，自由之蛇被鹰击落海中，一位仙女救起它并为它治好了伤，蛇又重新战斗。情节在这以后便转移到伊斯兰的黄金城，由于暴君的统治，昔日的黄金国土沦为人民辗转呻吟的苦难之地。一对情侣、勇敢的自由战士莱昂和西丝娜，号召并领导人民推翻暴君。莱昂把启蒙和纯洁人民心灵作为斗争途径，可是对敌人的宽容却导致暴君卷土重来。莱昂与西丝娜被烧死，后来在仙女的帮助下又复活，相会在自由之庙。雪莱在自序中说他"要在读者的心中燃起对自由和正义的高贵热情，对善的信念和希望"，诗篇充溢法国大革命的战斗精神。诗中用了许多象征、寓意的手法，与《麦布女王》相比，诗的说教成分有所减少。

　　著名诗剧《普罗米修斯》（1819）创作于意大利时期，被看作是雪莱的代表作，也是他自己的心爱之作。根据希腊神话，普罗米修斯是巨人伊阿珀托斯和女神克吕墨涅的儿子，曾协助宙斯争得天帝的宝座。普罗米修斯窃取天火给人类，受到天帝的惩罚，被绑在高加索的岩石上，白天秃鹰啄食他的肝脏，夜晚肝脏又复生，痛苦无休无止。但是普罗米修斯掌握了天帝的一个秘密——即他与海上女神忒提斯结婚所生的孩子会推翻他，他不肯泄露这个秘密，为此忍受了三千年的苦难。古希腊悲剧家埃斯库罗斯采用此神话故事写了悲剧三部曲，留存于世的只有《被缚的普罗米修斯》，其余两部《解放了的普罗米修斯》和《盗火者普罗米修斯》都已失传。根据留传的著作和断片残句，故事的结局是普罗米修斯与天帝妥协。雪莱取材于埃斯库罗斯的悲剧，但他在序言中说："我对这样软弱的结局——即人类的保卫者和人类的压迫者之间的妥协——感觉嫌弃"，他赋予诗剧新的意义。普罗米修斯被缚在岩石上，他不妥协，也不悲泣。天帝朱庇特（宙斯的拉丁文名）派神使麦鸠利和复仇女神来逼问预言，普罗米修斯坚守秘密，深信未来的胜利。雪莱把普罗米修斯作为人类力量的代表来描写，他体现了道德和精神的完美，不为神仙们"声色的欢乐"所诱惑，也不为恶鬼们的威胁所恐吓，挺身而出拯救人类。朱庇特则代表暴君和人民的压迫者，他"把信仰、法律、爱全部抛弃"，"拿了恐怖、怨艾和绝望／去酬报他们（人民）的顶礼、祈祷和赞美，／艰苦的劳动以及大规模伤心的牺牲。"诗人认为宇宙是不断运动的，暴力和压迫会带来怨恨和反抗，到第三幕，除恶之神来到，朱庇特被打入地狱，普罗米修斯获得解放，"人类从此不再有皇权统治，无拘无束，／自由自在，人类从此一律平等，／没有阶级、民族和国家的区别／也不再需要畏惧、崇拜、分别高低；／每个人就是管理他自己的皇帝；／每个人都是公平、温柔和聪明。"诗剧第四幕全是有韵的歌唱，人类宇宙一片欢欣景象。雪莱把原剧高加索的背景扩展到宇宙，天空地府人间，太阳月亮星星，太平洋都尽收笔底，想象丰富，抒情性强。

无韵诗剧《钦契》（1819）力图表现"悲惨的现实"，悲剧取材于意大利史籍中记载的 16 世纪一桩耸人听闻的弑父案。富有罗马贵族钦契一生纵欲邪恶，他以巨额钱财贿赂教皇，得以逃脱处罚。他的暴虐和淫邪发展到自己的家中，侮辱妻子，害死儿子，甚至强奸女儿。女儿贝特丽采求助政府和教会遭失败，就与继母、兄弟一起设计雇杀手杀死钦契，因此受到教会的残酷迫害，被判处死刑。雪莱把家庭悲剧写成正义与非正义的斗争，表现反对世俗和教会的暴政、热爱自由的思想，肯定复仇和不妥协的精神。贝特丽采用暴力手段弑父，是忍无可忍、走投无路的情况下的反抗，是受迫害者的正义的斗争，因此，这个既温柔又勇敢的姑娘至死既不认为自己有罪，也不后悔自己的举动。从《麦布女王》到《钦契》，诗人经历了依靠道德改善到依靠正义的暴力争取社会平等的政治观点的演化。剧中充满激情，创造了戏剧性场景，成为唯一可以上演的诗剧。

雪莱始终是个充满政治热情的诗人。1819 年 8 月 16 日，曼彻斯特 8 万群众集会抗议政府的"谷物法"，政府派骑兵镇压，死伤 400 多人，造成英国历史上有名的"彼得卢屠杀"。诗人采用寓言的形式，创作了《暴政的假面游行》（1819）。诗人在梦中看见一些酷似反动政府内阁大员的寓意人物，"谋杀""诈骗""虚伪"等组成游行队伍，为首的是"暴政"，额上刻着"我乃上帝、人王、法律"，他们受到国王、教士、银行家的欢迎，但遭到"自由"的抵抗。人群听见声音，号召英国的儿女们为自己的权利而战："起来吧，像睡醒的狮子！结成不可征服的人群，／快摆脱你们身上的锁链，／像把睡眠时滴在身上的露珠摇掉，／你们人多，他们人少。"《给英国人的歌》《一八一九年的英国》《自由》《自由颂》和《政治的伟大》，都是写于 1819—1820 年间的优秀的政治诗，表现诗人对社会不平的愤慨，呼吁人民起来争取平等自由和正义："英国人，为什么为那些／蹂躏你们的贵族们耕种，／为什么辛辛苦苦地为那些暴君／织造华美的长袍？／……种庄稼，别让那暴君收割，／创造财富，别让骗子们积累；／做长袍，别让那懒汉们穿，制造武器，要拿来保护自己。"这些正义的诗句在宪章运动中广为传诵。

雪莱描写自然和爱情的抒情诗尤为突出。他深受泛神论影响，否认超自然的造物主，认为神存在于自然万物中，崇拜自然，把自然看作自由的力量。他的自然诗，没有拜伦式的忧郁，华兹华斯的感伤，而是乐观热烈；没有他自己长诗中的说教，但保有深刻的哲学和政治意义。《西风颂》是英国名诗，诗的前三节赞美西风扫荡落叶、传播种子、驱散乱云、放释雷电、激荡大海的力量，它摧枯拉朽、催发新生。后两节，诗人倾诉自己的心情："请把我枯死的思想吹向宇宙，／像扫走落叶，去促成新生！／凭我这首诗为你作符咒。／把我的话散布给全人类，就像从炉子里吹出火花！／通过我的口，吹起预言的号角，／去唤醒沉睡的大地！／西风啊，／如果冬天已经来到，春天还能很远么！"诗以三行联韵体写成，押韵式为 aba、bcb、cdc……绵绵不绝，与阵阵西风相应，每章末尾以双韵句结束，层次分明，气势磅礴。《云》体现了诗人对自然细致的观察和精确的描写能力。他描绘云无穷的变幻，把自然看作是永恒不灭的力量。《致云雀》感奋于直冲云霄的云雀的歌声。《含羞草》相信爱与美并不随花草调零。雪莱的爱情诗感情热烈而又崇高，他把对异性的爱与对光明、幸福、和谐的追求联系在一起："我奉献的不能叫爱情，／它只算得是崇拜；／连上天对它都肯垂青，／想你该不致见外？／还有如飞蛾向往星天，暗夜想拥抱天明，／怎能不让悲惨的尘寰，／对遥远的事物倾心？"（《给——》）。《爱的哲学》《给珍妮：一个邀请》《心之灵》《有个词说得太滥》等，都为爱情名诗。

《诗辩》（1821）是雪莱著名的文艺论文，集中代表着诗人的美学和诗歌理论的主要观点。他针对皮科克《诗的四个时期》一书里提出的诗已过时的观点，对诗的发生、发展史进行研究，对当代诗歌状况进行分析（后一部分未完成）。他认为诗歌有重大认识价值，在人类社会中起了巨大的作用，把诗人称为世界的立法者或先知，把莎士比亚、但丁、弥尔顿等诗人看作"最高级的哲学家"。他受唯心主义哲学很大影响，对直觉、灵感在创作过程中的作用作了探讨。他的诗论代表了积极倾向的浪漫主义美学观点。

5. 济慈的唯美特征

雪莱在他的挽诗《阿都内伊斯》里把济慈比做古典神话中的美少年阿都尼斯，为爱与美之神维纳斯所钟爱，确实，这位浪漫主义天才诗人在他25岁的生命里，始终热情地讴歌美，留下了精美绝伦的传世之作。

约翰·济慈（1795—1821）出生丁伦敦。父亲经营马车行，生意兴隆。济慈8岁时进入恩菲尔德一所私立学校读书，校长的儿子克拉克成为他的良师益友，引导他广泛阅读荷马、斯宾塞等人的文学作品。1804年，济慈的父亲不幸坠马身亡，母亲再嫁后又婚姻破裂，损失了许多家财。母亲病倒后，外祖母委托保护人经营济慈弟兄的财产，保护人从中克扣，致使孩子们生活窘困，济慈15岁辍学，到艾德芒顿给一个外科医生当了四年学徒，又到一家医院实习了两年，在1816年取得助理医师职称。这期间，济慈仍然保持对文学浓烈的兴趣。在克拉克鼓励下，他开始模仿斯宾塞的诗歌进行创作。1815年2月，济慈结识了激进的政论家、诗人李·亨特，受到很大影响。5月份，他在亨特编的《检察者》杂志上发表了他的第一首十四行诗《孤独》。经亨特介绍，他与雪莱、哈兹列特、兰姆等浪漫主义诗人、散文家来往。1816年11月，济慈弃医从文。

1817年，济慈的第一部诗集出版，收入他在1813—1817年间写的诗歌，大多数诗歌带有较明显的模仿痕迹，但也有佳作，如《初读查普曼译荷马史诗》《蟋蟀与蚱蜢》《睡眠与诗》等，初次显露了他的才华。紧接着，诗人又开始创作长诗《恩底弥翁》，于1818年出版。长诗受到保守刊物的恶意攻击，他们不满济慈与亨特等进步文人的交往，把他归入"伦敦佬诗派"，刻薄地讥讽他的诗才，就像数年前攻击初涉文坛的拜伦一样。这一年是济慈充满不幸和痛苦的一年，手足情深的两个弟弟乔治经商失败破产，汤姆染上肺结核。济慈在病榻旁照料汤姆几个月，但仍然看着死神夺走 19 岁的弟弟而无能为力。他与 18 岁的范妮·布朗相爱，但因为健康和经济原因，婚姻无缘缔结。在种种不幸的打击下，济慈努力写作，1818—1820 年初是他创作的黄金时期，他完成了长诗《伊莎贝拉》《圣爱格尼斯之夜》《拉米亚》和《许佩里翁》的两章，写了《夜莺》《希腊古瓮颂》《忧郁颂》《秋颂》等著名短诗和优秀的抒情诗《无情的美人》等。在护理弟弟期间已染病的济慈，到 1820 年病情恶化，不得不停止写诗，于 9 月间遵照医嘱去意大利疗养。但是他终于没有敌过病魔，在 1821 年 2 月 23 日逝世于罗马。

济慈的抒情诗素有很高声誉。这位生性敏感的诗人在他短短五年的创作生涯中。致力于美的意境、形象、韵律的创造。他挚爱自然，在对自然美的欣赏中驰骋想象，进入更高的境界。在《我踮脚站立在小山上》中，诗人深深陶醉于自然美景中，描写花卉林泉，又揉入希腊神话故事。《呵，在夏日的黄昏》描绘夕阳西沉壮观的画面，对照现实的污浊，诗人"多愿意远远地、远远抛下 / 一切卑微的念头，暂时摆脱 / 小小的顾虑，好随处去寻觅 / 芬芳的野景，自然的秀丽，/ 把我的心灵骗入一刻欢乐"。济慈热爱古典美，十四行诗《初读查普曼泽荷马史诗》是他早期诗作中最重要的一首诗，表达阅读荷马史诗时的惊喜感受和对古希腊文学艺术的景仰。他的一系列颂诗是他抒情诗中最好的，都表现美丽的自然、美妙的艺术世界与丑陋的现实的对照。《夜莺颂》是诗人最著名的颂诗之一，诗人听到夜莺歌唱，想在陶醉中忘怀苦闷的现实："在这里，青春苍白，消瘦，死亡 / 而瘫痪有几根白发在摇摆；/ 在这里，稍一思索就充满了 / 忧伤和灰暗的绝望，/ 而美保持不住明眸光彩，/ 新生的爱情活不到明天就枯凋。"诗人的想象随鸟飞翔，希望"悄然离开尘寰，和你（夜莺）同去幽暗的林中隐没"。《希腊古瓮颂》与《夜莺颂》齐名。诗人看到希腊古瓮上刻画的动人画面：一组是结婚仪式，一组是祭神游行，青年追逐着少女，他们的恋情和美貌永不消逝，那听不见的笛声在想象中分外甜美："等暮年使这一世代都凋落，/ 只有你如旧；在另外的一些 / 忧伤中，你会抚慰后人说，/ 美就是真，真即是美，这就包括 / 你们所知道、和该知道的一切。"诗人在惊叹古希腊艺术的伟大和不朽的同时，思索艺术与人生真谛的关系，提出"美即是真，真即是美"的著名思想。《秋颂》以赞美的心情描写秋天生气勃勃的精美画面，眼观秋景，耳听秋声，读者如同身临其境。诗人喜悦中也掺有美好事物瞬息即逝的惆怅，与雪莱《西风颂》中"春天还远么"形成不同的意境。《忧郁颂》中，诗人努力去摆脱忧郁的纠缠。尽管人生充满苦痛，诗人感伤但不忧郁，就像他在《罗宾汉》中唱道："尽管他们的日子不再，／让我们唱支歌儿开怀。"在《蟋蟀和蚱蜢》里，诗人描写盛夏的蚱蜢和冬夜炉边的蟋蟀的交替鸣唱，相信"大地上的诗是永远不死的"。

除了歌颂自然和古典美，济慈的爱情诗《给——》《狄万的姑娘》《灿烂的星》，表现他对真挚的爱情的追求，对女性美的向往。他的政治抒情诗数量不多，但也表现了反对专制、追求自由的民主思想。十四行诗《致克苏斯柯》赞扬了波兰爱国志士克苏斯柯的爱国热情，《写于李·亨特先生出狱日》赞扬亨特为了自由刚正不阿的精神，"他和他那不朽的精神正和云雀一样自由而欢欣。"《愤于世人的迷信而作》对普遍的宗教迷信表示愤慨，再次表现他乐观的信念："那钟声尽在响，使我几乎／坠入坟墓散发的阴冷中，／幸而我知道，他们像残烛／就要完了，这是他们的悲声／在没落之前，而世界将出生／鲜花，和许多灿烂不朽的事物。"

济慈的第一首长诗《恩底弥翁》取材古希腊神话，通过牧人恩底弥翁崇拜、追求美丽的月亮女神辛细亚的爱情故事，表达诗人对美的情愫，对爱的追求。诗的开头便写道："美的事物给人以永恒的欢乐"，用感官方面的细节描绘美的欢乐和享受。长诗结构较松散，诗句繁缛。《圣爱格尼斯之夜》以丰富的想象力、奇艳绚丽的色彩描写圣爱格尼斯节前夜，一对出身敌对家庭年轻人的私奔，是一个罗密欧与朱丽叶式的浪漫故事。《拉米亚》（1819）取材古希腊传说，与中国的《白蛇传》故事有几分相似，美丽的拉米亚在婚宴上被发现原来是蛇精的真相，随即消失无踪，她的爱人伤心而死。《伊莎贝拉》取材自薄伽丘的《十日谈》，贵族小姐伊莎贝拉大胆爱上家中的仆人罗伦德，在其被害后仍坚贞不渝，长诗情节突兀跌宕，极富浪漫主义气氛，里面还穿插了反对社会不平等的插言。未完成的长诗《海庇里安》也取材于希腊神话，写天神中王位的变更，以代表美与智慧的阿波罗类型的神替代巨人诸神，由于曲折表达诗人的哲学思想，寓意隐晦。

济慈的诗名在身后，特别是 19 世纪后期到 20 世纪，不断上升。他的"天然接受力"的美学思想（"对一位伟大诗人而言，美的感觉能战胜其他一切考虑"），优秀的抒情诗，对维多利亚时代诗人丁尼生、布朗宁、唯美派诗人和 20 世纪"意象派"诗人都有显著影响。

三、诗的时代里的小说创作

1. 传奇与世态小说的结合：司各特的历史小说创作

浪漫主义时期是诗歌的黄金时代，但散文小说也在发展，从浪漫主义诗人中诞生了一位杰出的小说家——司各特。

瓦尔特·司各特（1771—1832）出生于苏格兰首府爱丁堡的一个律师家庭。苏格兰边区美丽的自然景色、古老的历史传说对他以后的创作产生了很大影响。他 15 岁就进了父亲的事务所当见习生，1792 年从爱丁堡大学毕业后成为律师，到 1806 年当了爱丁堡高等民事法庭庭长。他假日常去边区搜集民间历史传说和歌谣，在 1802—1803 年，分三卷出版了《苏格兰边区歌谣集》，引起广泛反响。1805 年，诗人自己的第一部诗作《最后一个行吟诗人之歌》出版，获得巨大成功。长诗以仅存的老行吟诗人的口述，描写 16 世纪苏格兰与英格兰间的战斗，交织了爱情故事。这以后诗人又连续发表了《玛密恩》（1808）、《湖上夫人》（1810）《唐罗里克的梦幻》（1811）、《罗克比》（1812）等诗作。他的长诗以中古时期苏格兰、英格兰的历史事件或民间传说为题材，表现男女主人公经历的战争及爱情冒险经历，故事引人入胜，情感热烈，描写了自然美景，穿插了许多民谣，具有浓郁的浪漫主义色彩，当时受欢迎的程度，超过华兹华斯和柯勒律治的《抒情歌谣集》。司各特以丰厚的稿酬在特威德河畔的仓博茨福购得一块地，建起一座中古式的城堡，满足自己对富有传奇色彩的中古时期的向往。他写诗，当律师，还做了出版商的合伙人。但不久，他感到自己的诗才受到一位后生诗人的挑战，那便是以《恰尔德·哈洛尔德游记》轰动英国的拜伦。1810 年，他偶然发现自己写于五年前的故事残稿，便完成后匿名发表，竟获得意外的成功，这便是《威弗利》。从此他发挥自己的叙事才能，写了 20 多部小说，都以"威弗利"作者署名，直到 1827 年才公开承认自己的著作权。1813 年他拒绝了"桂冠诗人"的称号，但在 1820 年接受了"从男爵"封号。1825 年，司各特的合伙人破产，他陷入高达 13 万镑的巨大债务，勤奋写作用以还债，身体健康大大受损，于 1832 年去世。

　　司各特并非是最早采用历史题材的小说家，但在他创作之前的历史小说描写历史事件和人物极为夸张和传奇化，而司各特基本上尊重历史，生动描写从中世纪到资产阶级革命时期英格兰和苏格兰不同的时代风貌和社会习俗，因此他被称为历史小说的创始人。当然，作为浪漫主义作家，他在追求人物的鲜活，故事的生动时，常忽略了历史的精确性，特别是在他为还债而写作的作品里。但是，他对历史的发展进程作了较真实的反映，小说在认识价值和艺术价值方面都有相当的成就。

　　司各特的历史小说，按题材大致可分为三类。第一类小说取材苏格兰历史，创作于写作小说的初期，主要作品有《威弗利》（1814）、《盖曼纳令》（1815）、《修墓老人》（1816）、《罗伯·罗依》（1817）和《米德洛恩的监狱》等。苏格兰与英格兰之间在历史上存在着民族、政治、经济、宗教、文化等多方面的矛盾，司各特热爱自己的故乡，拥护苏格兰的民族独立，留恋它古老的生产方式。《罗伯·罗依》和《威弗利》，分别描写 1715 和 1745 年苏格兰的反英斗争。罗伯·罗依本是山地氏族领袖，在富人巧取豪夺下，铤而走险，成为杀富济贫的绿林好汉，被称为"苏格兰的罗宾汉"。《修墓老人》描写 17 世纪后期苏格兰反英的宗教起义。作者对保卫民族宗教自由的起义领袖亨利·莫顿表示极大的同情。这类小说中较重要的是《米德洛恩的监狱》。小说以 1736 年波蒂阿斯暴动为背景，爱丁堡城市卫队长波蒂阿斯下令枪杀了一些苏格兰人，人民将他从"米德洛恩监狱"中拖出处死。但小说中心是苏格兰姑娘珍妮·迪恩斯为解救因杀婴罪被判死刑的妹妹，到伦敦求王后赦免的故事，司各特成功地塑造一个纯朴、诚实、富有牺牲精神的苏格兰乡村女子形象。

以英格兰历史为主要内容的小说，历史跨度较大，从中世纪经由都铎王朝、斯图亚特王朝直至 17 世纪革命和复辟时期。这些作品主要有：《艾凡赫》(1819)、《修道院》(1820)、《方丈》(1820)、《鲁纳尔沃斯堡》(1821)、《尼格尔的财产》(1822)、《高原的派渥瑞尔》(1823)、《皇家猎宫》(1826)等,《艾凡赫》是这类作品中最著名的小说。艾凡赫是盎格鲁·撒克逊贵族的后裔，因为与撒克逊王室的女继承人罗文娜相爱，被父亲逐出，跟随英王理查三世参加了 12 世纪末期的十字军东征，小说情节从他匿名由国外归来探望罗文娜开始。当时存在着撒克逊贵族与征服者诺曼贵族之间的民族矛盾，以罗宾汉及绿林伙伴为代表的受压迫人民与贵族之间的阶级矛盾，以狮心王理查与约翰亲王兄弟间封建权益斗争为代表的统治阶级内部矛盾。主人公艾凡赫把这些矛盾冲突中的主要角色联系起来，使种种矛盾与小说中表现的人物冒险、爱情波折纠结在一起，色彩绚丽斑斓。比武大会上，理查王与撒克逊人联合起来反对约翰，比武胜利但负伤的艾凡赫等人被约翰手下诺曼骑士劫持到陶吉斯东堡，理查王与罗宾汉救出了他们，艾凡赫与罗文娜幸福结合。艾凡赫是作者理想化的人物，但他更多所起的是情节上的串联作用，暗中爱慕艾凡赫的犹太女子蕊贝卡倒是性格鲜明的人物形象。她是犹太富商艾萨克的独生女，聪明美丽，善良纯洁。尽管遭到因民族地位而来的歧视，她并不心挟仇恨，而是处处济人危难。面对圣殿骑士布里昂的强暴，她以死抗争，表现出感人的道德力量。

司各特的第三类小说，是描写法国及其他欧洲国家历史题材的作品，其中最重要的是《昆丁·达沃德》(1823)，描写 15 世纪后期，法王路易十一与伯艮第公爵查理的斗争。路易十一背信弃义，冷酷放肆、玩弄权术，是个强有力的中央集权君主。他的近卫兵苏格兰青年昆丁·达沃德的浪漫经历引人入胜。小说家细致描写 15 世纪法国的生活习俗、服饰装备、消遣娱乐，显示了他的历史知识，虽然其中也有不少时代错误。这类小说还有《十字军英雄记》(1825)、《巴黎的罗伯特伯爵》(1831)等。除历史小说，他还写了一部反映他自己时代生活的小说《圣·罗南之泉》(1824)，表现远离尘嚣的宗法制乡村和天真的乡民如何受到文明社会的损害。

司各特的历史小说创作吸收和借鉴了前人的创作经验，他向18世纪伟大小说家笛福·菲尔丁、斯摩莱特等人学习描绘生活、塑造人物的艺术，也学习德国作家处理历史题材的方法，往往通过对重大的历史事件的描写，反映处在各种社会力量、社会关系之间的人物命运，具有前代小说所没有的广阔性。司各特表现出杰出的讲故事的才能，他把不同线索有条不紊地交织在一起。如《艾凡赫》将大大小小的事件，上至国王下至猪倌的众多人物，都安排得井然有序，往往是以一对男女主人公的爱情经历来聚合各种社会关系。作为浪漫主义作家，他喜爱描写中世纪和宗法社会生活方式，将苏格兰人民豪放的性格特点糅合在自然风光的描写中，对戏剧性的不平凡事件有特别的兴趣。他还在小说中引进了优美的民间歌谣。作为历史小说开山鼻祖，司各特的创作影响在整个欧洲和外国文学中都可以感受到。

2. 写实的喜剧精品：奥斯丁的小说创作

与司各特同时创作的有一位写作风格与他截然不同的小说家，司各特却在著名的《评论季刊》上对她大加赞赏，这位女小说家便是简·奥斯丁。

18世纪，女性在小说的制造和消费中，占据了重要地位。复辟时期出现了英国文学史上第一位职业女作家阿芙拉·贝恩。18世纪中叶，一些知名女性，如维赛夫人、蒙太鸠夫人等办的文化沙龙，以"蓝袜会"闻名，这些被称为"蓝袜子"的女士爱好文学并长于写作。以写惊险离奇的"哥特式"小说著称的拉德克利夫夫人，生动地描写爱尔兰生活的"地方小说"作者玛丽亚·埃奇沃斯，擅长写家庭生活题材小说的芳妮·伯尼，都是引人注目的女作家。而奥斯丁的成就和在英国文学史上所起的作用远在她们之上。她在浪漫主义时代坚持以细腻写实的手法创作，使18世纪中期的小说写实传统得以延续，成为19世纪现实主义小说的先导。

简·奥斯丁（1775—1817）出生于英国南部汉普郡斯蒂文顿村一个教

区长家庭。她在 1782—1784 年间，断断续续在牛津、骚桑普顿、里丁等地的寄宿学校学习，但基本上是在家里接受父亲的教育。她终生未婚，与家人生活在一起。她生活的时代是欧洲政治风云激荡的时期，不少奥评家论证她并非是个幽居的外省淑女，她的两个兄弟在英国海军服役，并在对拿破命的战争中得到晋升，她的一个表姐（也是她后来的嫂子）的前夫在法国中革命中被送上了断头台，这使得她不可能与当时欧洲的重大历史事件隔绝。她也并非过着完全平静的乡村生活，她多次随家人旅行、迁居，长时期生活于处在英国中心的巴斯、骚桑普顿，常去伦敦。但是她的作品反映出来的确实是个相当平静、较为窄小的世界。她有意地限定了自己的艺术表现范围，把自己的创作比喻为在一块两寸宽的象牙上用细细的画笔轻描慢绘，把描绘在一个村镇上的三、四家人，看作自己的乐趣。她写自己最熟悉和擅长的乡村生活题材，以 18 世纪后半叶乡村中产阶级的日常生活为故事中心，表现她对生活带哲学意味的思考和对人的社会行为的道德评判。

奥斯丁在 1795 年写了书信体故事《埃莉诺和玛丽安》，这便是以后以叙述体重写并出版的《理智与情感》（1811）。姐姐埃莉诺重理性，妹妹玛丽安则偏重情感，她与同样富有浪漫情感的威洛比情投意合，但是后来威洛比背弃爱情娶了富家女，玛丽安嫁给年长、富有的布兰顿上校，完成了她自以为不能有的第二次恋爱，倒是一对讲求实际的爱人埃诺莉与爱德华为爱情而选择了不富裕的生活。在这部小说问世后，奥斯丁早已写就的《傲慢与偏见》《诺桑觉寺》陆续得到出版。如果说《理智与情感》中奥斯丁描写了感伤主义文学对人产生的消极影响，《诺桑觉寺》则表现了作者对泛滥成灾的"哥特式"小说的嘲弄。故事在"戏拟"的框架中展开。年轻的女主角凯瑟琳满脑子"哥特式"小说而来的幻想，以此来印证生活，结果处处落空，时时碰壁，看似平淡、内在却有着起伏波澜的现实使她最终摆脱了生活与文学的混淆。1809 年定居汉普郡的乔顿以后，奥斯丁恢复了中断数年的文学创作，写成《曼斯菲尔德庄园》（1814）、《爱玛》（1815）和《劝导》（1818）。六部小说真实又情趣盎然，特别是《傲慢与偏见》和《爱玛》，拥有大量读者和崇拜者。

《傲慢与偏见》的奥斯丁小说的代表作，女主人公伊丽莎白是小乡绅班纳特先生五个待嫁女儿中的一个，她聪明，活泼，幽默，观察敏锐，言语伶俐，有很强的人格尊严感。她顶住母亲的压力，果断地拒绝了自己不爱的柯林斯的求婚，又坚决拒绝了来自富有的青年达西那"屈尊纡贵"的求婚。当盛气凌人的贵妇人德·包尔夫人企图干涉她的婚姻选择自由时，她毫不妥协、示弱。达西逐渐改变了自己的傲慢，真诚地爱伊丽莎白并暗中帮助她的家庭。伊丽莎白则逐渐消除了对达西的偏见，接受了平等真挚的爱。在这条中心线索之外，小说还写了伊丽莎白的姐姐吉英与彬格莱的爱情周折，而柯林斯与夏绿蒂、韦翰与丽迪雅注重实利或轻浮草率的婚姻，与男女主人公的美满婚姻形成对照。

《爱玛》是奥斯丁另一部受到广泛欢迎的小说。出身富家的爱玛在悠闲无聊的乡居生活中，热衷于牵线搭桥，乱点鸳鸯，自以为有操纵别人命运的本事，结果不仅把她保护的少女哈里斯推向痛苦，还差点搭上了自己的幸福。小说弥漫着喜剧色彩，奥斯丁出色地运用"反讽"艺术，打破人们精神上的优越感和安宁感，迫使人们以更复杂、更立体的眼光看待现实和自我。《曼斯菲尔德庄园》和《劝导》仍具有出色的喜剧成分，但基调要沉郁得多，女主人公不像伊丽莎白和爱玛性情活跃，充满生气。《曼斯菲尔德庄园》中芳妮寄人篱下，默默地爱着爱德蒙；《劝导》里安妮初恋失败，在青春的流逝中暗自神伤。所有作品中，奥斯丁都表现出她一贯的讲求尊重、理解，不为金钱和利己观念毒害的、进步的婚姻观，并表达了作为个体和社会化的个人应有的理想品格，人与人之间理想的伦理关系。

奥斯丁的小说是 18 世纪菲尔丁为代表的现实主义小说到维多利亚时期小说的中继，预示着英国批判现实主义小说的发展方向，她也是英国最早的重要的妇女小说家。她在《诺桑觉寺》中为小说辩护的一段话恰当地概括了自己的写作特色，即小说"发表了对世态人情最深刻的见解，绝顶微妙地刻画了各种人物的性格，并且生动地流露俏皮而诙谐的意境，作者把这些都用最精炼的语言表达给世人了"。在浪漫主义时期，她坚持在对平凡生活的精细写实中发掘诗情和哲理，将严肃的道德评判、机智的哲学思索和出色的喜剧艺术融为一体。

浪漫主义时期文学的主要成就是诗歌，但散文方面也成果丰硕。查尔斯·兰姆（1775—1834）进一步发展了培根、艾迪生和斯蒂尔的散文风格，他的《伊利亚随笔集》（1823）文笔亲切、风趣、典雅，受到许多读者欣赏。威廉·哈兹列特（1778—1830）则是浪漫派文评的代表人物，他的《时代的精神》（1825）、《莎士比亚戏剧人物》（1817）等，都表现出重想象、联想，推崇天才等浪漫主义观点。《一个英国鸦片服用者的自白》（1821）的作者德·昆西（1785—1859）写作"富有感情的散文"，力求精当丰赡、声韵之美。他们共同代表着浪漫派散文的成就。

第二节　中期文学

一、维多利亚时代与现实主义文学

1837 年，维多利亚女王即位，开始了英国历史上长达 64 年的维多利亚时代，这也是"大英帝国"走向繁荣、显赫又逐渐盛极而衰的时代。19世纪 30 年代以后，最早实行工业革命的英国又发展到一个新的阶段。它依仗强大的经济力量，在国际市场占有垄断地位。它不断地扩展殖民地，控制的地区之广已超过了古代罗马帝国。拥有强大经济实力的资产阶级努力扩展他们的社会力量，1832 年通过的议会改革方案加强了资产阶级的政治地位，这以后民主改革进程一直得以进展。

在国势强盛、科学昌明、经济繁荣、社会相对稳定的情况下，维多利亚人表现出自满、乐观、正统等精神特征。著名散文家麦考莱在他的《英国史》里，把维多利亚时代看作最富庶、文明、伟大的时代，代表了当时一种典型观念，人们把他称为"维多利亚先生"。维多利亚早期伟大的小说家狄更斯在最无情地揭露社会丑陋与罪恶的同时，相信人类美德终会促进社会进步。这时期作家对道德力量的普遍倚重，正反映出他们对人性向善的乐观信念。

但是，就在国家经济发展的同时，两极分化的现象日益严重。对整个中产阶级思想发生了巨大影响的功利主义哲学认为，人类活动的根本动机是"自利"，理想的社会应促进"最大多数人的最大的幸福"，它强调了个人利益和个人发展的自由，提倡民主政治和发展教育，注重功利，讲求务实。但是，最大多数人尽管也信奉"节制、勤勉、正直、俭省、自立"等美德，可是他们并没有获得最大的幸福，在富人的世界之外还有一个令人触目惊心的穷人的悲惨世界。从30年代来到40年代，英国工人阶级以"人民宪章"的形式争取自身的政治权利，展开了轰轰烈烈的宪章行动，宪章派文学随之产生，琼斯、林顿、马西等诗人激烈地批判资本主义社会，号召人民起来争取"不义终将在公理前折腰"的日子。

社会矛盾的深刻化和明朗化，使作家们不再借助浪漫传奇，而是以冷静、写实的态度，描写丰富多彩的生活画面和典型化的人物形象，力求真实、客观地表现现实生活。从19世纪中期开始，现实主义成为欧洲也包括英国文坛的主流。这时期的现实主义文学以其强烈的暴露性和批判性，被称为"批判现实主义"，狄更斯、萨克雷、勃朗特姐妹、盖斯凯尔夫人、乔治·艾略特等一批出色的小说家在作品里表现了对现实关注、批判和人道主义的精神。

长篇小说在维多利亚时代获得了长足的发展，成为文字的主导体裁。随着教育的逐渐普及，中产阶级对社会文化生活的积极参与，小说的读者群急剧地扩大。19世纪初，现代意义的杂志诞生，开始出现逐期连载作品的做法。在缺少影视、广播等现代娱乐手段的当时，读者们常合家围坐在炉火边，听家人诵读小说作品，消遣、求知。这些因素都促进了长篇小说的发展。除了上面提到的"一派出色的小说家"以外，这时期还有许多小说家取得了相当的成就。

金斯利（1819—1875）和迪斯雷利（1804—1881）创作了政治和社会

问题小说，前者的《阿顿·洛克》（1850）直接描写宪章运动题材，对工人苦难表示同情，倡导基督教社会主义；后者的《西比尔，或两个国家》（1845）反映了时代的社会、政治冲突，努力协调劳资矛盾。里德（1814—1884）在小说中也表现出改革社会的主张，不过他最著名的作品是历史小说《寺院与家室》（1861），以爱情故事写中古欧洲生活。李顿（1834—1873）的历史小说《庞贝的末日》（1834）描绘维苏威火山爆发前庞贝城古罗马人生活，情节紧张，富有吸引力。狄更斯的朋友柯林斯（1824—1889）的小说疑云遍布，悬念丛生，他的《白衣女人》（1860）和《月光宝石》（1868）被奉为侦探小说的前驱作品。创作了47部长篇小说的多产作家特罗洛普（1815—1882）拥有大量的读者。他的巴塞特郡系列小说由《教区委员》《巴塞特郡的最后史记》等六部组成，以虚构的巴塞特郡和它的首府巴彻斯特市为背景，描写外省乡镇牧师和中产阶级的日常生活，刻画细致，对话幽默，人物生动，叙述明净，颇受称道。他的小说大多以喜剧收场，以善战胜恶，反映出处于社会稳定阶段的"秩序和安宁"的精神。

维多利亚时代的文学出色反映了占据19世纪后四分之三世纪的这个时代的生活面目和思想历程，形成了英国文学史上继伊丽莎白的时代和浪漫时代后出现的第三个高峰。

二、现实主义小说创作成就

1. 浪漫的现实主义：狄更斯的小说创作

查尔斯·狄更斯（1812—1870）是英国最有影响的批判现实主义小说家。他出生于朴次茅斯的波特西地区，父亲是海军总务处的小职员，入不敷出。由于债务，全家迁居伦敦，生活每况愈下，终于父亲进了负债人监狱。狄更斯11岁时便到鞋油作坊当学徒，曾经坐在橱窗里包装鞋油罐，为老板当活动广告。他每星期中六天干活，周日到狱中与家人团聚。他只上过几年学，但从家中顶楼堆放的书籍中受益很大，《鲁滨孙漂流记》《唐·吉诃德》等文学著作唤起了他对文学创作的向往。父亲出狱后，他得以继续读书，但不久又不得不出去谋生，16 岁时在律师事务所里当缮写员，后来又担任了报社记者，采访法庭、议会，对伦敦社会的内幕弊端、人情世故有了深刻的了解，这为他以后创作积累了丰富的素材。在采访之余，狄更斯开始文学写作，以"博兹"笔名写作的一系列小品文学，如《国会一瞥》《公共马车》《我们的教区》等，描写伦敦各色人物和日常生活，轻松幽默，在 1836 年汇集出版了《博兹特写集》。这一年，狄更斯应邀为一组描写滑稽人物游历经历的漫画配写文字说明，《匹克威克外传》由此产生。狄更斯不受原来计划的限制，以匹克威克先生及同伴的游历为主线，采用流浪汉小说结构，广泛描写 19 世纪早期英国社会生活。匹克威克先生与朋友坐马车到外地旅行，向伦敦俱乐部其他成员报道他们旅途的见闻，天真善良的匹克威克闹了不少笑话，遭骗子欺骗，受女房东诬告吃了官司。这些漫画人物、特别是匹克威克的仆人山姆·维勒的形象，受到读者喜爱。小说描绘了作者心目中"古老的美好的苏格兰"，也揭露、揶揄了议会竞选的虚伪、法律的不公等社会弊端。"蓝党"与"浅黄党"的竞选之战，是讽刺民主选举的绝妙好戏。狄更斯的文字作品的影响远远超出了漫画，刊登作品的刊物销量剧增，《匹克威克外传》成为狄更斯的成名作。在这期间，经历过初恋失败的狄更斯，与一个出版商的女儿结婚，他们的婚姻生活因性格不合并不幸福，在 22 年后终告仳离。狄更斯在 34 年的创作生涯中创作了 14 部长篇小说，许多中、短篇小说及杂文、游记、戏剧等。他从小喜爱表演，50 年代后期，他常在公开场合朗诵他的作品，感情非常投入，常因作品主人公的悲惨命运声调俱下。紧张的创作劳动、繁忙的社会活动和朗诵表演、社会矛盾带给他的失望情绪、晚年家庭生活的不幸造成的恶劣心境，严重损害了他的健康。1870 年，在写作小说《爱德温·德鲁德》期间，狄更斯突然中风，次日，即 6 月 9 日逝世，终年 58 岁。

19 世纪 30 至 40 年代初，是狄更斯创作的早期。《匹克威克外传》以后，他完成了他的第一部社会小说《奥利弗·退斯特》（1838）。他在创作时不再受出版商的限制，在结构上展开有中心的安排布局，表现社会生活的黑暗与不幸的方面。奥利弗出生在伦敦附近的贫民救济院里，在毫无同情心的官吏们管理的济贫院里受到虐待，10 岁时到棺材店当学徒，后来逃到伦敦，落入贼窟。作者通过一个孤苦无靠的孩子的遭遇，揭露济贫院作为慈善机构的虚伪，在饥饿的奥利弗想再添一点儿粥的悲剧场面中，狄更斯以特有的幽默风格揭露穷人的不幸和资产者的假仁义。奥利弗的伦敦的遭遇，展现了社会底层充满贫困和犯罪的阴惨画面。创作于同时的《尼科拉斯·尼克贝》(1839)，同样表现出狄更斯对社会问题的关注，对不人道行为的遣责。尼古拉斯·尼克贝家遭受不顾亲族之情的高利贷者拉尔夫的贪婪掠夺而陷入不幸。对私立贫民学校的恶劣教育方式的揭露，在小说中占重要地位，道济波依兹学堂里的孩子们受着饥饿和体罚的折磨，成为机构管理人牟利的来源。小说以其巨大的揭露和批判力量，对当时英国教育的改进产生过影响。

《老古玩店》(1841) 是狄更斯怀着强烈的感情创作的小说，小耐儿祖孙的悲惨命运打动了无数读者的心。老古董商屈兰特为了摆脱经济窘境，玩牌赌钱，落入了冷酷、丑陋的高利贷者奎尔普的魔掌，因此不得不带着孙女耐儿出逃流浪。在路上他们看见大量赤贫的人无家可归，工业城市里轰鸣的机器给工人带来的不是财富而是贫困，在尚未受到资本主义文明侵蚀的偏僻乡村里，耐儿祖孙还是没有逃脱死亡的悲剧。狄更斯目睹在英国由农业社会转向以工商业为基础的城市经济的时期，大批小资产者破产，下层人民沦为赤贫。在宪章运动影响下，他揭露和痛斥社会的罪恶，并寻求清除社会罪恶的途径。奥利弗遇见仁慈的布龙洛先生和梅里小姐而获搭救 (《奥利弗·退斯特》)；善良的银行家契里布尔兄弟热心帮助受苦难的穷人 (《尼古拉斯·尼克贝》)；小耐儿受到的救援虽然来得太迟，但她身上所体现的高尚和温情，唤起了人们的仁慈和同情心。对宪章运动，狄更斯持保守的态度，他同情人民的苦难，同时反对群众性的暴力行为，取材1780 年"戈登暴动"的历史小说《巴纳比·洛奇》(1841) 便表明了他社会思想上的矛盾。这种矛盾态度在他以后的另一部历史题材的小说《双城记》(1859) 里得到突出的表现。

狄更斯的早期创作包括了一部特写集和五部长篇小说，还有几个不很成功的短剧。尽管小说中出现关于社会底层凄惨可怖情景的描写，但作品基调是乐观的，罪恶的根源往往在于个别的坏人，如半人半鬼的奎尔普是个"恶精灵"，反面人物具有漫画性质。受苦受难的小人物常常受到具有仁爱心的资产者的庇护，就像他在《匹克威克外传》结尾写到的："大地上是有黑暗的阴影，可是对比起来，光明是较为强烈的。"他的早期小说一般采用流浪汉小说结构形式，展示广阔生活图景，结构松散。

1841年，狄更斯去美国旅行，希望在这个被看作民主、平等、自由榜样的国度里找到英国的改良出路，但这次旅行成了失望之旅。在归国后发表的《游美札记》（1842）里，狄更斯以事实揭露了美国社会的阴暗面。在英国令人触目惊心的贫富悬殊在美国同样存在，政府机关贪污腐败，"言论自由"的报刊并没有充当社会的良心，监狱中囚犯受着违反人道的待遇，最令人难以容忍的是奴隶制的存在，揭穿了人人平等的神话。从美国旅行开始，至1847年，狄更斯旅居意大利、瑞士、法国，偶尔回国小住。这国外旅居时期便是他创作的第二时期。

在新的小说《马丁·朱述尔维特》（1843）中，狄更斯写出他在"金元帝国"里的感受。面对金钱势力下道德的沦丧，老朱述尔维特伤心地感慨："背叛、欺骗、诡计阴谋、对真实的或虚构的竞争对手的仇恨……卑鄙、虚伪、贪婪、卑躬屈膝……——这些就是财富给我显示出来的魔力，兄弟阋墙、父子反目、亲友相互践踏——这些就是在生活道路上的连台好戏。"约纳斯·朱述尔维特从小学会的第一个词是"利润"，第二个词是"金钱"。在父亲的教导下，他的贪欲恶性发展，甚至毒杀自己的父亲。培克斯尼夫则把觊觎财富的贪婪用心以假仁假义伪装起来，他大谈道德，为两个女儿取名"慈悲"和"仁爱"，但内心极端自私、卑鄙，"像一根路标，永远指点人们应该往哪里前进，而他却永远原地不动"。主人公马丁·朱述尔维特到美国的金钱漩涡里挣扎了一遭，险些丧命，在善良无私的仆人马克·塔普里和汤姆·品奇等人帮助下，摆脱了利己主义。个人道德上的自我改造和人们之间的真诚友爱，成为抵御社会恶习的最好方式。

温情脉脉的仁爱精神贯穿在《圣诞故事集》（1843—1848）里，家人团聚的圣诞节，最能体现家庭和睦的温馨气氛。《圣诞欢歌》（1843）中，守财奴斯克罗奇在圣诞前夜还让他的雇工干活。夜里他在幽灵引领下，看到自己童年过圣诞节时的欢乐，看到他的伙计在现在的圣诞夜里清苦的家景；看到未来的圣诞日，自己孤寂的死。他幡然醒悟，皈依了充满温情和仁爱的"圣诞精神"，从此乐善好施。在接下来的五年里，狄更斯几乎每年都怀着博爱精神写作圣诞故事:《钟声》（1844）、《炉边蟋蟀》（1845）等。他描写穷人贫困生活，指责资产者的冷酷自私，希望圣诞节的钟声唤醒富人的良心，希望调和矛盾，让生活中弥漫普天同庆的圣诞精神。

狄更斯创作的后期（1848—1861）也是他创作的繁荣时期。他对生活的认识不断深化，从对个别坏人的谴责扩展到对整个社会的罪恶、陋习的批判。他愤慨地说:"我们的政府、贵族统治和我们的趋炎附势、结交权贵之风将致英国于死命。"他在生活中看到越来越浓重的阴影，痛苦、压抑和愤懑的情绪逐渐替代了原先的轻松幽默感。他依然倚重小人物温情和道德的感化力量去与社会罪恶抗衡。在现实主义小说艺术上，这时期作品也达到很高的成就。

在旅居国外的末期，狄更斯写作了《董贝父子》（1846—1848）。"董贝父子公司"的老板董贝先生，犹如法国作家巴尔扎克笔下的老葛朗台，一切亲情、人性都让位给对商业发达的追求，是具有新时代典型特征的资产者形象。董贝把公司的利益作为衡量万物的中心，他盼望有个儿子，成为他产业的继承人，女儿弗洛伦斯与公司利益无关便受到漠视，妻子完成了生产继承人的任务后死于分娩，也没有给他带来悲痛。他用自己的人生哲学去教导儿子，扼杀他的正常的人的天性。保尔被迫与姐姐分离，在寄宿学校里更是没有童年的欢乐和幸福。他的早夭并没有使他父亲悔悟，反促使董贝更不爱他的女儿。他的再婚也像是商业契约，后妻爱迪斯终于不能忍受他对她情感与尊严的践踏而私奔。董贝的经历与莎士比亚笔下的李尔王有些相似，在破产、失去他骄傲的资本后，他的人性开始复归。被他遗弃的女儿弗洛伦斯在他被别人抛弃的时候来到他的身边，董贝在女儿的温情的感召下，成为慈爱的父亲、外公。狄更斯以夸张的手法、谴责的笔调，塑造了一个傲慢冷酷的资产者代表人物，同时又希望为富不仁者经过痛苦体验，懂得"仁爱"和"谅解"。他描写了另一个贫困简朴却充满温情、友爱、善良的世界，弗洛伦斯在这里找到了生活的希望。在《大卫·科波菲尔》等小说里，我们继续发现这样由地位低下、心灵美好的人组成的小团体。

童年的辛酸回忆常常出现在狄更斯的脑海中，他把自己的人生写入了自传性小说《大卫·科波菲尔》（1850）里。在序言中他写道："在我所有的著作中，我最爱这一部。……正如许多溺爱的父母，我在内心最深处有一个得宠的孩子，他的名字就是'大卫·科波菲尔'。"小说写入了作者本人大量的生活经历，他的父亲、恋人、朋友等都被他艺术加工为重要人物。不过小说并非是由于它的自传性，而是以它动人的艺术力量赢得读者的热爱。

大卫·科波菲尔是遗腹子，受到母亲和保姆辟果提的爱护照料。继父摩德斯通先生的闯入，给他们带来了厄运，大卫被送进寄宿学校，他的母亲则在丈夫姐弟的摧残下郁郁而终，10岁的大卫不得不进啤酒作坊当童工。大卫逃出伦敦去多佛投奔素未谋面的姨婆，得到好心的姨婆的救援，上了学，后又到法律事务所当实习生。他经过努力成为作家，在经历了美好而又不无缺憾的一次婚姻后，他与情投意合的艾妮斯结成幸福的伴侣。在大卫的坎坷经历中，作者写了自己最熟悉的题材：孤儿的命运，寄宿学校的不人道待遇，童工的境遇，负债人的监狱等，表现出对种种社会丑恶现象的批判：金钱势力侵蚀人的心灵、损害了家庭关系：冷酷的摩德斯通借婚姻骗取了大卫母子的财产；渔民的女儿爱米丽在"做阔太太"的引诱下，离开爱她的青年渔夫海穆，与富家子弟斯提福兹私奔。事务所的书记尤利亚·希普是贪婪和卑鄙的化身，他表现得极为谦卑，实则心地歹毒，设计攫取了威克菲尔律师的财产和地位，还想霸占律师的女儿艾妮斯。风度翩翩的斯提福兹对爱米丽的始乱终弃，代表着富人的自私，对社会下层人们的冷酷。与他们的道德沦丧行为相对，以辟果提一家为代表的普通劳动者，则善良可亲，彼此友爱谅解，表现出高尚的品性。辟果提始终无私地挚爱和帮助大卫；她的哥哥收养别人的孤儿寡妇，旧船里由几个姓氏组成的家充满温情和友爱，大卫把他们引为自己真正的朋友。大卫不论在逆境还是在顺境中，都正直、诚实、善良、努力，在冷酷无情的社会竞争中，保持了人的尊严和人的情感，信奉"永远不要在任何事上卑劣；永远不要作假；永远不要残忍"。

这部小说在人物塑造上颇有成就，人物性格极为鲜明。作品保留了前期创作中乐观、幽默的风格，后期创作中严肃、忧郁的情调也开始出现，虽然不占主导地位。而小说《荒凉山庄》（1853）则渗透着阴沉的情绪。

《荒凉山庄》的中心故事是贵族妇女戴德洛克夫人的爱情悲剧，她在得知自己过去的隐私将暴露、面临身败名裂的时刻，出走死亡。另一条情节线索是拖延二十年的争夺遗产的诉讼案。贾迪斯的后代为继承遗产打起官司，一打便是数代人。大法官庭代表着英国腐败的司法制度和繁琐的法律程序，诉讼卷宗堆积如山，被牵入案子的人们在无望的等待中走向悲剧。当理查德成为合法继承人的时候，他可继承的全部遗产已被诉讼费消耗殆尽，身心交瘁而死去。"大法官庭真是个人间地狱"，这是作品中人物发出的诅咒，也是小说的主调。在对现实的描写中，作者还采用了象征手法，加重压抑、灰暗的色彩。作品开头便描写了伦敦那铺天盖地的大雾，象征社会的黑暗势力。在法院旁有个破烂的旧货店，店主绰号"大法官"，最后这个旧货店自燃烧毁了，这暗示了清除社会罪恶的愿望。

《艰难时世》（1854）是狄更斯直接描写劳资矛盾的重要作品。从30年代到40年代末，英国的劳资矛盾上升为社会主要矛盾。遍及英国的"宪章运动"、人民的苦难触动了富有正义感的狄更斯。他在小说里对资产阶级的剥削行为和为之辩护的理论进行抨击。黑烟弥漫，机器轰响的焦煤镇是工业中心城市的一个化身。国会议员葛擂梗和纺织厂厂主庞得贝是镇上的两个巨头，他们控制着镇上居民的命运。葛擂梗是资产阶级功利主义哲学的信奉者，是"专讲实际的人"。他随身携带尺子、天平和乘法表，把万事万物，甚至人性、情感都归为"一个数字问题，简单的算术问题"。如同董贝先生一样，他把自己的人生原则贯彻到家庭生活中去，用纯实际利益的"事实"哲学来教育他的一双儿女露易莎和汤姆。孩子们没有童年的欢乐，被关在牢房似的教室里接受无数的数字和概念，想象、情感等一切高尚的精神活动被摧毁。露易莎在青春妙龄也没有多少生命的热情，服从父意嫁给了比她大30岁的庞得贝，对弟弟疼爱又因弟弟的堕落而遭遇失望，避开了花花公子的诱骗却也葬送了她唯一的爱情。汤姆则以"事实"哲学为自己的自私和堕落行为辩护，偷盗后又嫁祸给无辜的工人斯蒂芬。小说通过葛擂梗教育的失败，讽刺了功利主义哲学。庞得贝则是更加冷酷无情的资本家的代表，把资本主义"自由竞争"的口号作为剥削工人的口实。他编造、宣扬自己卑贱的出身，把工人看作"没有爱情和喜悦，没有记忆和偏好，没有灵魂"的劳动力，把工人起码的生活要求斥为奢望，是"希望坐六匹马的车了，用金汤匙喝甲鱼汤，吃鹿肉"。

资本家对工人的不人道待遇必然引起工人的反抗。狄更斯为工人的遭遇而愤慨，描写了工人勤劳、正直、富有同情心等美德。但作为改良主义者，他同情、赞美吃苦耐劳、具有宽容谅解精神的工人斯蒂芬，以漫画式笔法描写工运领袖，对宪章运动"暴力派"持否定态度。

对狄更斯来说，负债人监狱始终是个萦绕不去的梦魇。在《小杜丽》（1857）里，他又写了围绕负债人监狱发生的悲欢离合。女主人公小杜丽的父亲因破产长期入狱，出生在狱中的小杜丽努力工作救援家人。她的家人刚脱离苦海，她的情人又负债入狱。在这部小说里，作者运用漫画手法，出色地创造了代表官僚主义的机构"兜三绕四部"，它由贵族巴纳克尔家族操纵，以"怎样不管事"为宗旨，它的恶劣作风造成了小杜丽一家滞留狱中以及其他许多人的悲剧。这部小说与《荒凉山庄》一样，也采用了象征手法。监狱是全书中心的象征形象，小杜丽一家哪怕出狱，还感觉笼罩在监狱的阴影中，法律界的弊端和罪恶，已不能由个别人所代表。

在表现现实阶级矛盾的《艰难时世》中，狄更斯表现出对于暴力革命的矛盾态度。在历史题材小说《双城记》里，他继续为潜伏深刻社会危机的英国找寻避免矛盾爆发的道路。这部小说在思想和艺术上都是狄更斯的杰作之一。"双城"指的是巴黎和伦敦，作者以法国大革命时期为当今英国社会的借鉴。小说分为三部,情节围绕梅尼特医生的经历展开。法国革命前夕,梅尼特医生出诊时发现贵族厄弗里·蒙地侯爵蹂躏农家妇女并杀害她的弟弟的罪行,他不顾侯爵的威胁利诱,向朝廷告发,遭到侯爵的反诬,关入巴士底狱18年。大革命前法国的贫富悬殊状况与贵族的暴虐行径,将人民逼向造反的绝境。狄更斯深切地同情人民,对统治阶级表示强烈愤慨。但他又谴责革命中的暴力行为,认为流血只会造成更多的流血。得伐石太太的兄姐都被贵族害死,在强烈的复仇心理驱使下,她嗜杀成性,革命由此蜕变成失去理性的疯狂的混乱。冤冤相报何时了,唯有求助"爱",以爱战胜仇恨。曾经血气方刚的梅尼特医生在女儿爱的抚慰下捐弃旧怨,接纳仇人家族的后代代尔那为女婿。代尔那抛弃贵族特权,以自食其力、清白为人,救赎祖先的罪恶。路茜的爱慕者卡尔登代替被革命者判处死刑的代尔那上了断头台,不惜以生命来实现爱的诺言。狄更斯这部小说借古讽今的意义十分鲜明,作为人道主义者,他反对不人道的阶级压迫,客观上表现出革命的合理性,警告英国的统治阶级,别让不满情绪酿成像法国革命那样的大火;同时他又反对一切暴力行为,劝诫人们不要采取"愚蠢行为",把"爱"祭为消除阶级对抗的法宝。·

《远大前程》(1861)是狄更斯在艺术上很受称道的一部小说,充分表现出人物心理矛盾发展过程,结构严谨。孤儿匹普与姐姐和当铁匠的姐夫共同生活,突然受到不知名的有钱人的庇护,幻想起自己的"远大前程"。他一心想作"上等人",疏远了真正的朋友。但后来他惊异地发现他的保护人实则是他帮助过的在逃的苦役犯,而并非情场失意的贵族老小姐郝薇香,他爱慕的高贵女子艾斯苔拉是罪犯的女儿,关键时刻救助他的正是他的贫贱朋友。贫困帮助他恢复了纯朴的天性,对伟大前程的期望成一场幻梦。作者在小说中再次以劳动者的纯朴、无私的美德与上层社会背叛、自私、卑鄙等道德堕落形成鲜明对照。

狄更斯最后一部完整的长篇小说是《我们共同的朋友》(1865),小说围绕已故的垃圾承包商老哈蒙的遗产继承问题展开情节,又把人性与金钱关系作为主题。书中出现了一个塑造得很出色的次要人物——自私狭隘、贪恋财势的资产者波德史奈普，以后人们便把这种精神气质称为"波德史奈普主义"。

狄更斯是英国近代文学史上与莎士比亚媲美的经典作家，他的作品在英语世界里可谓家喻户晓。他富有深厚的同情心，为普通民众鸣不平，向一切不公正、不人道的现象抗议。他讽刺和谴责的笔触涉及社会各个方面，从济贫院、债务监狱、私立学校、工厂到法庭，对政治、经济、法律、教育、道德诸方面进行审视和批判，提倡博爱精神，以之与社会罪恶抗衡。在维多利亚时代早期，他被读者视为社会的良心和先知人物。

英国小说发展到狄更斯，进入了一个新阶段。他小说艺术最突出的成就是出色的人物描写本领。他集中地描写了社会中下层小人物的命运，他们个性、品质的形成过程，塑造了一系列理想的青年男女主人公形象。他们靠自己的艰苦奋斗努力向上，摒弃损人利己的卑鄙手段，这些形象体现了狄更斯的人生观和道德观，寄寓了反抗污浊现实的理想。大卫·科波菲尔从不堕落或消沉，匹普在一段歧路后又返回正途，而小耐儿、艾妮斯、小杜丽、路茜等善良纯朴、富有自我牺牲精神的"理想女性"形象，更是得到热情的赞美。他劝善惩恶，描写了一批处在道德光谱另一极的坏蛋形象，进行嘲讽和鞭挞。法琴、塞克斯、奎尔普、庞得贝等等都是丧失人性、极端自私的"恶"的化身，往往不得善终；而董贝、葛擂梗、斯克路奇舅舅等人在人生教育和道德温情感化下，恢复了人性。到后期创作中，狄更斯对于善恶有极的信念受到现实的冲击，坏人的性格更加复杂，他们的结局也并非遭到报应，社会罪恶的表现往往是由大雾、监狱、破烂店、垃圾堆，而非个人作为象征物。狄更斯塑造最为出色的是各种"怪人"的形象。他充分发扬了英国文学创造的"癖性人物"的传统，抓住人物肖像服饰、言谈举止上的癖性特征，以漫画式的夸张手法加以强调，使人物形象鲜明，令人如见其人。天真可爱的胖绅士匹克威克先生，穷困潦倒却快活乐天的密考伯先生，怪癖又善良的姨婆，都是世界文学画廊中的著名人物。这些被称为"扁平人物"或"只有二度空间"的人物，以其自身的鲜活性弥补了缺少心理深度的欠缺。狄更斯作品的幽默与诙谐，很大部分来自于这些

"怪人"形象的塑造。

狄更斯的小说具有浪漫主义色彩。他喜欢采用戏剧化的传奇情节——奥立弗的身世之谜，德洛克夫人的隐私底细，匹普的庇护人真相，梅尼特医生被囚的实情等，都构成作品很强的悬念性，很多小说有犯罪悬疑和探案成分。小说的浪漫主义色彩，突出地表现在作品强烈的感情倾注上。狄更斯是位情感性的小说家，他在情节设置、人物塑造上，驰骋情感力量，使小说具有催人泪下的悲怆、感伤情调，天使般的小耐儿的死，让无数读者痛哭流涕。他生活在维多利亚时代早期，社会的文化价值观念尚未受到根本的撼动，他既毫不粉饰地揭露现实，又相信人和社会的进步，相信通过个人奋斗取得成功和幸福的可能性。他的作品以人道主义和社会批判精神、丰富多彩的小说技法，不仅代表着英国维多利亚盛世小说的最高成就，也在英国乃至世界文学史上占据一流地位，成为英国文化的重要组成部分。

2. 偏重冷静的写实态度：萨克雷的小说创作

威廉·梅克庇斯·萨克雷（1811—1863）是与狄更斯齐名的现实主义小说家。他出生于印度的加尔各答，父亲是东印度公司的一位税务员兼行政官，家境富裕。在他4岁时，父亲去世，母亲改嫁，继承了大笔财产的萨克雷回英国接受教育。1829年，他从查特公学毕业进入剑桥大学。他喜爱美术，不久离开学校去国外游历，有段时间学习法律。1833年，主办报纸《国旗》失败后，他去巴黎专攻美术。这一年，他的生活发生巨大变化，他存款的印度银行倒闭，他的悠闲时光便告结束，开始卖文为生。他在报纸杂志上用各种笔名写幽默讽刺故事，还自己配上插图。他个人生活的第二次打击又接踵而至，1840年，他结婚四载的妻子精神失常，以后终生未愈。经历人生剧变的萨克雷，以新的眼光观察和认识生活。他从1842年起，为著名的讽刺性杂志《笨拙》撰稿。1846—1847年间，他写了一系列讽刺性特写，后来结成《势利小人集》，为他带来最初的文学声誉。集中有40篇速写，塑造了一系列势利者的形象。作者认为势利是英国社会政治制度造成的恶习，势利使人们养成偏见，形成伪善的利害关系，消灭贵族和各种特权，才能矫正势利。这个集子包含萨克雷小说中的主要观点，表露出作者机智幽默长于讽刺的风格。分期发表于1847—1848年间的长篇小说《名利场》使他声名大噪，确立了他在英国文学史上的重要地位。这以后，他陆续发表了《潘登尼斯》（1848—1850）、《纽可姆一家》（1855）、历史小说《亨利·艾斯芒德的历史》（1852）和续篇《弗吉尼亚人》（1857—1859）。

早在30年代，萨克雷便对政治发生了兴趣。他在政论和竞选活动中表明他激进的民主立场，要求出版自由、公民权利平等、宗教信仰自由等。1860—1862年，萨克雷主编《康希尔杂志》，他为之撰写的一系列言谈亲切、文笔隽永的小品文，集成了《转弯抹角的随笔》（1863）。1863年12月，辛勤写作近三十年的萨克雷病逝。

《名利场》是萨克雷的杰作，作品标题来自班扬的《天路历程》，基督徒在寻找天国的路上曾到名利城，发现名利场，"那里所有的名利都能出售"。萨克雷把整个英国社会喻为一个名利场，自身利益高于一切。小说的副标题是"一部没有英雄的小说"，更强调了小说的批判色彩。作者写的是1810年左右英国虚伪的上流社会"一批活在世上而目无上帝的人们"，他们"除了荣华富贵什么也不崇拜，除了功名利禄什么也看不见"。标题中的没有英雄（hero）也可以译为没有男主角，确实，小说是由两个女性人物——天真纯朴又不免浅薄的爱米丽亚和工于心计、精明能干的蓓基·夏泼的生活经历贯串的。爱米丽亚是从小得宠的大家闺秀，多愁善感。她的家庭遭到变故，与未婚夫乔治家的经济状况发生逆转，面临被弃的命运，乔治的朋友、暗地钟情于她的都宾撮合了他们的婚姻。爱米丽亚在丈夫生前死后都一直全心地爱他，直到十余年后看到乔治约蓓基私奔的情书，才感到她心造的偶像的坍塌，最终接受了痴爱她一生的都宾的爱。作品最有意义的部分则是穷画家的女儿蓓基的奋斗历史，她出身贫贱，孤苦无依，受尽歧视，但决心凭自己的美貌和心计向上爬，跻身富贵行列。在勃勃野心上，她堪称一位女性的于连。她把一桩有利可图的婚姻，作为改变命运的捷径，来到同学爱米丽亚家作客，便设法勾引爱米丽亚的哥哥乔斯——

东印度公司的富有的税务官。在怯懦腼腆的乔斯那里，蓓基的计划没有实现，只得到毕脱爵士家当家庭教师。毕脱的同父异母姐姐有七万磅家产，家族各房竞相献媚邀宠，角逐财产继承权。蓓基与老爵士的次子、最受老小姐宠爱的罗登暗成婚姻，可是不仅没得到向往的继承权，还痛失成为老爵士夫人的机会。蓓基费尽心机挤入上流社会，出入宫廷，大宴宾客，过了一段风光日子。但她的丈夫与情夫斯丹恩勋爵的反目，使她无法在伦敦立足。她在潦倒之时，还缠上了乔斯，将他敲榨干净。处于金钱至上的社会里，蓓基竭尽全力地谋取财富，爱情、尊严等都让位给利欲，与爱米丽亚的软弱无能对照。如同菲尔丁，萨克雷认识到性格与环境的关系，并不进行脱离现实的说教。蓓基想："如果我有了五千磅一年的进项，也会做个正经女人。有了金钱，我也肯付账。"书中接着评论："谁能批评蓓基想得不对呢？她和正经女人为什么不同？谁能说不是金钱作祟呢？"作者便把批判的火力指向了道德沦丧的上流社会。萨克雷青年时代出入上流社会，熟悉其中各色人物，揭示隐藏在他们体面尊贵外表下的势利、虚伪、自私。宫廷贵族斯丹恩侯爵荒淫好色又自私怯懦，乡间贵族毕脱爵士贪婪粗鄙，他的两个儿子，一个是伪君子，另一个是流氓无赖。爵位和金钱具有摄人的魔力，克劳莱小姐的七万磅家产使她周围的人垂涎三尺、丑态百出。爱米丽亚的父亲赛特笠一旦破产，他提携过的未来亲家奥斯本立刻翻脸不认人。在"人事的变迁、贫困中的生活"中成长起来的蓓基勘破世情，最充分地去利用金钱神力。

名利场上，人们熙熙攘攘，皆为利来，萨克雷冷眼旁观，看到的唯有虚空。蓓基机关算尽，荣华富贵也不过昙花一现。老奥斯本"辛劳一生挣得偌大家产，却没了继承人"。老赛特笠昔日的风光不再，翻本的努力落空，靠冤家的施舍度日。"七十多年来使心用计和人竞争"的老毕脱成了生活不能自理的"白痴"。碌碌营私、角逐名利者如此，追求精神价值的人又如何呢？都宾摆脱了名利场中的污浊，洁身自好，乐于助人，但是他在生活中依旧找不到精神归宿，他挚爱的朋友乔治不过是个花花公子，他追求一生的爱米丽亚最终回报他的亦是"浅薄的、残缺不全的爱情"。爱米丽亚对追名逐利的超脱，与其说是一种理性的清醒，不如说是一种盲目的天真。在萨克雷看来，仁爱和个人道德完善，已难以拯救这个堕落的世界。

与狄更斯的象征性夸张手法不同，萨克雷更偏重冷静的写实态度。他曾声言："本人著书旨在写实，舍此便无意义了。"他反对当时流行的惊险浪漫小说，因循菲尔丁至奥斯丁的小说风格，他说："我的读者不能指望看到这么离奇的情节，因为我的书只是家常的琐碎。"（《名利场》）他集中描写上流社会的日常家庭生活，在这个领域里，探究这些体面人物，揭露势利之徒的真实面目。在叙述法上，他的作品是通晓一切的第三人称叙事的典型，他以傀儡的领班自居，在人物表演时插入一番议论，让读者既入戏，又能出戏，做出道德上的评判。小说具有机智幽默和冷俏的讽刺性叙述风格。

《潘登尼斯》再次表明萨克雷着重写真实的态度。他要写"既不优于、也不逊于大多数受到教育的人们"的普通青年的经历。主人公潘登尼斯具有自传的因素，他出身破落贵族家庭，对生活充满憧憬，但他遭到一连串痛苦的失望，严酷的现实使他逐渐认清了上流社会的虚伪可鄙，摒弃了虚荣浮华，与真诚善良的露拉结婚，并取得文学事业上的成功。萨克雷表露出对弃恶向善，获得幸福的希望。《纽可姆一家》表现的生活场景要广阔一些，描写了纽可姆家族。克莱夫·纽可姆是个诚实的青年，但是在生活中找不到有价值的目标，对从政、当议会候选人不感兴趣，虚掷年华。他爱上表妹艾塞尔，但遭到阻挠，只得与露西结成平淡的婚姻。克莱夫的父亲托马斯·纽可姆上校，是小说中最出色的形象，他不无怪癖，但善良坦率、高尚无私，具有旧派绅士风度，比他儿子更进取、更富正义感。萨克雷在纽可姆上校的竞选纲领里，反映了自己激进的民主主义观点。萨克雷从不放过对贪婪与势利习俗的攻击，小说中老伯爵夫人、工于心计的麦肯齐太太和无耻的银行家巴恩斯·纽可姆，都是势利之徒的出色画像。

历史小说《亨利·艾斯芒德的历史》，采用回忆录的形式，以17世纪末18世纪初的英国为背景，描述卡斯乌德子爵家的故事。亨利是卡斯乌德子爵四世家收养的"私生子"，子爵临终证实了他合法的贵族身份，但他将爵位留给子爵的儿子后离去。他加入军队，到欧陆作战，回国后又卷入詹姆士二世党人的阴谋复辟活动。拥护者们的冒死努力却因为斯图亚特王子贪恋私情而告失败。艾斯芒德对自己的政治活动和对表妹比阿特丽斯的爱情失望，与表婶卡索伍夫人结合，到美洲去寻求新生活。艾斯芒德在参与詹姆斯二世党人活动时，往来贵族圈内，发现许多著名政治人物都为一己私利而竭力钻营，不惜出卖朋友，甚至背叛祖国。辉格党人，托利党人，抑或詹姆斯二世党人，并无二致。"一连串奇怪的妥协——这就是英国的历史：原则的妥协，政党的妥协，礼拜的妥协！"萨克雷的历史小说不同于司各特浪漫主义风格的历史小说，他学习 18 世纪英国现实主义小说的方法，重视对人物忠实的描绘，小说人物具有强烈的真实感。比阿特丽斯爱慕虚荣，贪图财势，她拒绝艾斯芒德的真情，一心梦想成为贵妇，她有蓓基·夏泼的野心，比后者又多出一份坦率。续篇《弗吉尼亚人》讲述了在美国定居的亨利·艾斯芒德的外孙辈乔治和亨利·华林顿孪生兄弟的故事，继续批判势利、傲慢与伪善的英国贵族社会，同时又讽刺了新英格兰地主们的无知和狭隘。萨克雷让人物如比阿特丽斯在不同小说里连续出现，增加性格完整性和事件真实感。

萨克雷是与狄更斯一样关注现实、重视道德劝诫的维多利亚时期小说的代表，但他主要揭露上层社会和中产阶级的恶习，并表现出更为"客观"的态度。狄更斯流着眼泪写小耐儿，萨克雷则以冷静、疏离的态度塑造人物，并不鲜明地表露自己的好恶爱憎。他赞赏菲尔丁"尽力向你讲述人性的全部真相，在他的人物性格中，善和恶都是重要的"。他的人物比狄更斯笔下的人物显得性格要复杂，需要读者从人物外表举动中识别他们的真实动机，揣摸作者的评价。他把细节的描写作为刻画人物性格的重要手段。

3. 女性作家崛起的意义

一批卓有成就的女小说家的出现，是 19 世纪中叶英国文学一个令人瞩目的现象。

盖斯凯尔夫人（1810—1865）原名伊丽莎白·克莱格霍恩·斯蒂文森，

出生于伦敦郊区一个牧师家庭。她幼年丧母，在纳茨福德镇的姨母家度过童年、少年时光，这偏僻小城的风土人情为她以后的小说创作提供了素材。她幼时便从父亲那里接受良好的文化教育，14 岁又到附近的斯特雷福德镇一家女子学校学习。1832 年，她与曼彻斯特唯一神教会的副主持威廉·盖斯凯尔结婚。

曼彻斯特是英国的工业中心城市，我们可以从狄更斯的《艰难时世》中的焦煤镇窥见其风貌：浓重的烟尘遮天蔽日，简陋红砖房里挤满了工人，他们被机器吞噬了生命活力，度日维艰。盖斯凯尔夫人从小受父亲和姨母宗教思想的熏陶，婚后又积极参加教会慈善活动，在与下层人民的接触中，对他们的悲惨遭遇、思想情感有了较多的了解。曼彻斯特是宪章运动的发源地之一，盖斯凯尔夫人与一些宪章派人物来往，对劳资尖锐对立的状况有了进一步的了解。她的第一部长篇小说《玛丽·巴顿》（1848）便以劳资矛盾为题材，在十九世纪文学中占有独特的地位。

19 世纪三十、四十年代被称为"残酷的三十年代和饥饿的四十年代"，这构成了《玛丽·巴顿》的背景。工人们微薄的收入不能维持基本的生活。"一家家男女老少都在变成饿鬼，只缺少一个但丁来记录他们所受的痛苦。"工人们的悲惨遭遇只有意大利诗人但丁笔下的地狱惨景可比拟。织工约翰·巴顿诚实辛劳，可是他的母亲饿死，自己也没逃脱失业、妻儿惨死、妻妹沦为妓女的厄运。如果把工人的悲惨推诿为经济萧条，那么又如何解释资本家的奢侈生活，街上马车疾驰，音乐会热闹非凡，店铺里生意兴隆，工人们不禁发问："为什么单单要他们来承受不景气的打击呢！"工人们开始了公开的政治斗争，在向当局请愿失败后，举行了声势浩大的罢工运动，品德高尚的约翰·巴顿成为工运的积极分子。年轻的工厂主亨利·卡尔逊对工人代表的恶劣态度激怒了工人们，他们抽签决定派约翰·巴顿去暗杀小卡尔逊。约翰的女儿玛丽·巴顿美貌而虚荣，幻想借好婚姻摆脱贫穷，在小卡尔逊的追求下，她一度疏远了当工人的恋人杰姆，但她不久就发现了自己这种选择的错误。她一面竭力保护父亲，一面设法救援涉嫌谋杀的无辜的杰姆。老约翰在暗杀小卡尔逊后，受到良心谴责，临死向老卡尔逊坦白并求得谅解，在博爱和宽恕中，阶级矛盾得以调和。尽管这个结局是软弱的，但作品生动感人的主要是对工人生活状况和斗争的描写，许多读者包括狄更斯都受到深深的感动，盖斯凯尔夫人因此步入文坛，与狄更斯、卡莱尔、福斯特、罗斯金等著名作家相识。应狄更斯之邀，她开始为地主办的杂志《家常话》撰稿，她的另一部杰作《克兰福德》便是在这个杂志上连载的。这以后她又写了两部有关社会问题的小说《露丝》（1853）、《北与南》（1855）和几部以乡村家庭生活为题材的作品。1865 年 11 月 12 日，55 岁的盖斯凯尔夫人死于心脏病。

盖斯凯尔的 8 部小说在题材范围上有两个，一是关于社会问题，另一类是家庭生活小说. 题材不同，但都出于作者的真实感受。《北与南》是盖斯凯尔夫人表现劳资矛盾的另一部重要小说，女主人玛格利特从南方来到北方工业城市，对工人的贫困状况和他们的斗争抱同情态度，与强硬的工厂主约翰·瑟顿产生了冲突。作者在渲染工人苦难的同时，更着力宣传基督教博爱、忍让、仁慈的思想，主张阶级调和。最终瑟顿对资方态度有了省悟，与玛格利特也结为良缘。《露丝》以极大的同情描写贫苦的女裁缝被资产阶级少爷亨利·白林汉始乱终弃的故事，她坚强地独立谋生，但冷酷的资产阶级人物仍然以虚伪的道德观念去迫害她，盖斯凯尔为妇女遭受的不公平待遇鸣不平。小说还以较大的篇幅描写当时手工业作坊恶劣的劳动环境和工人的贫苦生活。《克兰福德》（1851—1853）以作者早年在纳茨福德小镇的生活经历为基础，以狄更斯式的幽默讽刺手法描绘虚构的克兰福德小镇的风土人情，是英国文学中著名的描写小城生活的小说。偏僻的外省小乡村里生活简朴，市民幼稚天真，也时有小小的戏剧性事件和滑稽故事。乡村中产阶级生活得到细致描写，颇有奥斯丁风采。连载于萨克雷主编的《康希尔杂志》上的《妻子与女儿》（1864—1866），也是写小城故事，围绕医生卜森两个女儿的爱情事件来探讨家庭中各种关系。

盖斯凯尔夫人对英国的传记文学做出很大的贡献，她的《夏绿蒂·勃朗特传》（1857）为这位命运多舛的女作家写了第一部传记，提供了感性材料，具有细腻动人的艺术表现力。

在北部福克郡山区的哈沃斯小镇上，有三姐妹默默地写着小说。她们坎坷的生活经历、风貌各异的作品，都引起后世读者极大的兴趣，特别是其中的夏绿蒂·勃朗特和艾米莉·勃朗特为英国文学史留下了传世佳作。

夏绿蒂·勃朗特（1816—1854）是勃朗特三姐妹中的长姐，她们姐妹的童年笼罩在死亡的阴影中。母亲去世的时候，夏绿蒂只有5岁。父亲当牧师的收入难以供养这个有五个女儿、一个儿子的大家庭，他把夏绿蒂、艾米莉和她们的两个姐姐送到哈沃斯附近的一所慈善学校。学校收费较低，但生活条件非常恶劣，教师还经常体罚摧残学生。两个姐姐因营养不良，染上肺病夭折。二十余年后，夏绿蒂写作《简·爱》时，在对劳渥德学校的描述中，回溯了这段痛苦的时日，作者在善良温顺而又早逝的海伦·彭斯身上表示出对姐姐玛丽亚的深切怀念。

夏绿蒂和艾米莉从慈善学校回到家里。1831—1832年，夏绿蒂进入罗海德的女校学习，3年以后，她又回校任教，并资助妹妹和弟弟学习。1839—1841年，夏绿蒂两次外出当家庭教师。家庭教师是当时社会地位低下、待遇菲薄的职业，与佣仆相差无几，当家教遭受的歧视和屈辱感，在《简·爱》中都得以表现。1842年初，夏绿蒂与艾米莉想自己开办学校，为此去比利时的布鲁塞尔学习法语。夏绿蒂在那里的感情经历反映在她以后的作品里。在办学失败后，她们以假名自费出版了《柯勒、埃利斯和阿克顿·贝尔诗集》（1846）。诗集只卖出两本，她们又转而开始创作小说。夏绿蒂创作的第一部小说《教师》六次遭到退稿，直到她去世后两年才得以刊印。而她在1847年发表的第一部小说《简·爱》，获得了很大的成功。大妹妹艾米莉的小说《呼啸山庄》和小妹妹安妮的《安格妮斯·格雷》也相继问世。但是第二年，艾米莉就死于肺结核。艾米莉尚未入土，小妹妹安妮又病倒了，不久就离开了人世。夏绿蒂在哀痛中继续创作了《谢利》（1849）和《维莱特》（1853）。在伦敦，她认识了当时文坛上一些著名作家，如萨克雷和凯斯凯尔夫人等。1854年6月，夏绿蒂与她父亲的副牧师阿瑟·贝尔·尼可尔斯结婚。婚后她酝酿并开始写作新的小说《爱玛》，但死亡的利爪攫走了她的笔，她在婚后九个月便病逝。她是勃朗特姐妹中活得最长的，但也没走完人生的第四十个寒暑。

自叙体小说《简·爱》是夏绿蒂的代表作，至今仍拥有大量的读者。孤女简·爱在刁钻苛刻的舅母家长大，寄人篱下，饱尝苦楚，但性格倔强，具有本能的反抗意识。进入劳沃德学校后，她与其他的孩子们备受虐待。慈善学校冷酷的校长布洛克尔赫斯特不仅让孩子们过饥寒交迫的生活，更在精神上压制、摧残她们。简·爱同情和挚爱具有忍耐精神的海伦，但不愿屈从于恶。数年后，18岁的简·爱来到桑菲尔德庄园当家庭教师。在这里，她与个性独特的庄园主罗彻斯特相遇并相爱。在婚礼上，简·爱得知罗彻斯特的疯妻尚在，便毅然出走。她拒绝了牧师圣·约翰的求婚，在继承一笔遗产后又返回庄园。此时庄园已被一场大火夷平，罗彻斯特没能救出疯妻，却因此受伤失明致残，历尽坎坷的简·爱终于和罗彻斯特幸福地结合了。

简·爱的形象一反英国文学中女主人公形象的传统，超越了"天使／恶魔"的角色原型，她是正面主人公，寄寓了理想色彩，但又与理查生的帕米拉和狄更斯的艾妮斯那些"高尚淑女"或"家庭天使"不同，她的美不在于外貌，也不在于品性符合社会所认可的女性的美德，而在于表现出自强自尊的人格力量、内在的感情强度，引起受父权主义文化束缚的妇女和在等级社会里感受压抑的小资产阶级知识分子极大共鸣和感奋。简·爱从小便为维护自身的生存权利和人格尊严而奋斗，她与罗彻斯特的恋爱是全书的中心篇章，也是她独立意志充分表现的阶段。罗彻斯特吸引她的并不是他的财富、地位，而是在他粗鲁骄横外表下与她相契合的精神气质，对爱情的追求始终包含有对平等人格的追求。"你以为，因为我穷、低微、不美、矮小，我就没有灵魂，没有心吗？你想错了！——我的灵魂跟你的完全一样，我的心也跟你的完全一样！……我们是平等的！"这包含宗教的平等观念、小资产阶级民主思想的呼声，使简·爱的爱情故事获得新的精神特质。她不像帕米拉那样在乎"太太"的名分，但哪怕是为了爱也不让自己沦为他人的附庸。尽管结局对男女主人公地位逆转的安排有些牵强和落俗，但表达出作者对作为女性和作为人的平等人格的执拗追求。

在《谢利》（1849）中，夏绿蒂尝试表现英国文学史上一个新的题材，反映1811—1812年工人捣毁资本家机器的"卢德运动"。如同狄更斯、盖斯凯尔夫人，夏绿蒂受到宪章运动的影响，严肃关切资本家与工人之间的冲突问题。纺织厂主罗伯特·穆尔是精明强干的资本家，在激烈的竞争中，他坚持使用高效省工的机器，引起工人极大愤慨和报复行为。为筹措资金，振兴家业，他不惜牺牲与卡罗琳的爱，向富有的谢利求婚。谢利具有简·爱的反抗性格，无论在社会事务还是个人生活上，都表现得远为豪放洒脱，敢作敢为。

《教师》（1857）和《维莱特》（1853）都以作者在布鲁塞尔时的生活经历为素材。夏绿蒂的小说自传性极强，主要的特色是塑造了有鲜明个性、独立不移的女主人公形象，表现了个性解放、自由的要求，对一切不人道、不公平现象的抗议。在人物形象和画面中，她渗透了真实浓烈的情感，特别善于塑造外表冷漠高傲，内心却热烈又温柔的人物。小说大都采用第一人称叙述，努力缩小与读者间的距离，增加真实感和亲切感，让读者不知不觉地受到感染。

艾米莉·勃朗特（1818—1848）当时声名远不及她姐姐，但后世都认为她无论是作为诗人还是小说家，天分都在勃朗特姐妹中居首位。她是维多利亚时代极为独特的一位小说家。19世纪末，特别是现代西方评论界，给予她很高的评价。艾米莉写有近二百首诗，表现出杰出的诗才，如《怀念》，是一首优美动人的挽歌，想象丰富，情感真挚。她的小说《呼啸山庄》（1847）影响更大，这也是她一生中唯一的小说。小说描写的一对撒旦式恋人疯狂的爱情和复仇故事，冲击了维多利亚时代的伦理道德观念，对读者的艺术鉴赏力也是很大的挑战。

《呼啸山庄》情节围绕希斯克厉夫与凯瑟琳的爱情和他的复仇展开。希斯克厉夫是呼啸山庄的老主人捡回的一个吉卜赛弃儿，与主人的孩子们一起长大，与主人的女儿凯瑟琳更是情投意合，形影不离。老主人死后，新主人辛德雷少爷便剥夺了他受教育的权利，让他与佣人一起生活，干又苦又累的农活，并禁止妹妹凯瑟琳与他来往。凯瑟琳在精神上也是个不受羁绊的"弃儿",她与希斯克厉夫在荒原上奔跑,努力摆脱繁文缛节、陈规旧习的束缚。他们的爱情是独特的,并非男欢女爱的两情相悦,而是互以对方为生存条件。凯瑟琳清醒地明白:"我就是希斯克厉夫!他永远地在我心里。他并不是作为一种乐趣……却是作为我自己本身而存在",而对希斯克厉夫也是如此,他明白"失去她之后,生存将是地狱"。但是画眉山庄所代表的高雅斯文的"文明世界"吸引了凯瑟琳,她开始意识到自己与希斯克厉夫在门第、地位上的差异,希斯克厉夫愤而出走。凯瑟琳嫁入画眉山庄,丈夫林淳温和的爱并没有消除她对与希斯克厉夫同享的自由天地的留恋。三年后,希斯克厉夫怀着对凯瑟琳不能熄灭的爱和由爱而生的恨归来,当凯瑟琳经不起情感风暴死去后,他的心理更处于变态中,开始疯狂地复仇。他引诱辛德雷赌博,夺走了他的全部财产。他以更甚于当年辛德雷对他的冷酷手段对付辛德雷遗下的儿子哈里顿。他娶林淳的妹妹伊莎贝拉为妻,从精神和肉体上折磨她,强迫凯瑟琳的女儿凯蒂嫁给自己病恹恹的儿子,终于占有了两个山庄。在丧失人性的复仇中,希斯克厉夫并没有感到快乐,死去的凯瑟琳让他的灵魂不得安宁。在结婚不久便守寡的凯蒂与哈里顿身上,他又看到自己和凯瑟琳年轻时的影子。

艾米莉三十年的生活中,除到女校做教师和去布鲁塞尔求学外,多居住在家乡,她是荒原的孩子,"在荒凉寂寥的处所找到许多开怀的乐趣,而她胜过一切,最最挚爱的是——自由。"她挖掘表现人们心理深处与原始、粗犷、野性、强悍的自然同一的部分,在希斯克厉夫的痛苦中,融进自己在这个文明世界感受的屈辱、痛苦感,在循规蹈矩的维多利亚时代发出精神自由的呐喊。小说有写实,表现出阶级压迫的现实矛盾;有浪漫想象,其中有许多"哥特式"小说的因素,具有阴森凄凉的恐怖和由大量梦境、幻觉描写带来的神秘气氛;还巧妙地运用象征手法,表达了人们在灵魂和肉体上感受到的压抑和冲突,小说由此提供了丰富的阐释的可能性。浪漫主义、现实主义作家把它引为同道,现代派文学又把它视为先驱。《呼啸山庄》多人物,多角度,多层次的第一人称的叙述方式也很受称道。

安妮·勃朗特(1820—1849)遵循写实的方法,在小说中记述早年艰辛屈辱的家教生活，塑造了有自觉意识的女性，但她的文才要逊于她的姐姐们。

4. 道德和心理的深入探究：艾略特的小说创作

尚在文学习作阶段的夏绿蒂曾写信给"湖畔派"诗人骚塞求教，骚塞劝告说："文学不能也不应该成为妇女的终生事业"，这代表着当时社会对妇女从事创作的普遍偏见。勃朗特姐妹始终采用性别模棱两可的假名，稍后于她们的另一个女作家玛丽安·埃文斯则采用了一个典型的男性的名字"乔治·艾略特"，这个名字作为维多利亚时代中期以后杰出的小说家，在英国文学史上占有重要地位。

乔治·艾略特（1819—1880）于1819年11月生于沃里克郡的阿伯里庄园。父亲在庄园当代理人，政治观点保守。她在乡村度过童年，农村风物习俗、自然风光在她以后的创作中留下深刻印记。在她16岁时，她的母亲去世，姐姐出嫁，她只好从女子寄宿学校辍学回家，帮父亲主持家政。她积极参加慈善活动，同时自学多种语言、文学、历史及自然科学课程。进步思想家的著作引起她对社会、哲学、宗教问题的严肃思考，她从小培养起来的宗教信仰开始动摇。1842年初，她宣布不信上帝，为了迁就父亲的宗教情绪，她依然勉强上教堂，但从理智上她怀疑上帝的存在，虽然这不妨碍她深切理解和同情一切虔诚的宗教情绪。

40年代，艾略特翻译了德国唯物主义哲学家施特劳斯的《耶稣传》、荷兰唯物主义哲学家斯宾诺莎的《神学政治学论》和德国唯物主义哲学家费尔巴哈的《基督教的本质》等学术理论著作，在思想界产生了很大影响。她为《威斯敏斯特评论》撰稿，在1850年担任了这份刊物的副编辑，结识了哲学家赫伯特·斯宾塞和刘易斯等人。刘易斯是当时著名的理论家和评论家，已有妻室，但艾略特与他志趣相投，不惜冒犯传统的道德规范，于1854年秋与他公开同居。在他们24年的共同生活中，刘易斯给她的创作以很大的鼓励和影响。1878年，刘易斯病逝，两年后，艾略特与一个美国商人结婚，当年年底，便溘然病逝。艾略特的创作包括上百万字的译著、多卷本的诗歌、评论、书信，而她的文学声誉主要来源于她的小说创作：两部中篇小说和七部长篇小说。

一般把艾略特的小说创作分为前后两期，结集为《教区生活场景》的三部中篇小说和长篇小说《亚当·比德》（1859）、《弗洛斯河上的磨坊》（1860）、《织工马南》（1861），为她前期的小说创作，描写 19 世纪初期"古代回音萦绕未散，而新时代的声音尚未侵袭的乡村"（《织工马南》）。从《罗慕拉》（1863）开始，艾略特小说的内容趋于复杂，采用了重大的历史、社会、政治题材。

《教区生活场景》中的三个中篇小说作为艾略特小说的初试，已表现出她对道德和心理的关注、挖掘。她描写乡村里日常生活，表现人与人之间纯朴自然的相互关系，赞扬同情、怜悯、谅解等人道主义情感，小说发表后立即得到读者的赞扬。艾略特在 40 岁时写作了她第一部长篇小说《亚当·比德》。乡村木匠亚当·比德爱上了天真美丽的少女海蒂，爱虚荣的海蒂却对年轻的乡绅、军官亚瑟情有独钟。亚瑟在诱奸海蒂后将她抛弃，海蒂在嫁给亚当之前发现自己已有身孕，便出走去寻找亚瑟。她没有找到亚瑟，遂将新生婴儿杀死，被逮捕判处死刑。虔诚的女传教士丁那引导海蒂悔罪，获得道德上的新生，最后海蒂得以赦免，与亚瑟结婚。亚当则爱上了丁那，与她结合。亚当和亚瑟对海蒂的不同态度，反映出无私和自私的对比，小说展开个人欲望和道德责任之间一系列的冲突，以道德原则替代了正统宗教，赞扬真诚的道德情感和高尚的道德情操。《弗洛斯河上的磨坊》写的是乡村生活，加重了道德探究和心理分析。带有一点自传成分的麦琪和哥哥汤姆的故事，构成情节的中心。麦琪家与邻居韦肯家为争夺弗洛斯河上的磨坊结下了世仇，而麦琪与韦肯家的菲尔浦之间由友谊发展为爱情。倔强、刚愎的汤姆出于家庭荣誉观念，粗暴干涉妹妹的感情生活。麦琪向哥哥让步，离家去访问表妹，表妹的未婚夫斯蒂芬热烈地追求她，他们驾小船出游，一夜以后才回来。尽管麦琪一身清白，却被全村人视为违反"闺德"加以鄙视，汤姆将她赶出家门。弗洛斯河涨水，汤姆被困，麦琪划船去救，他们在洪水中拥抱和解，"兄妹拥抱着被洪流卷走，永不分离；一刹那重温幼时旧梦，他们手拉手欢游于雏菊盛开的田野。"麦琪与汤姆间的矛盾源于误会，但在根本上则由于两人性格与精神境界的差异，麦琪敏感、多情又坦荡，汤姆朴实果断但偏狭。《织工马南》描写了爱的力量。织工马南受朋友诬陷，被人视为窃贼，他在拉维罗村附近的石屋里过了15年，生活中唯一的慰藉便是把玩自己积存的钱。但是当地地主卡斯的浪荡子邓塞把他的积蓄全部偷走，马南受此打击，一蹶不振。这时，地主大少爷高德夫雷遗弃的女人冻死在马南的石屋附近，她的女儿爬进马南屋里，为他带来了新的生活，马南在抚养孩子中得到乐趣和安慰，精神复活，重又体会到人生的温情。

1860—1861年，艾略特访问了佛罗伦萨，于1863年发表了《罗慕拉》，一部反映意大利文艺复兴时期的历史小说。作者借古讽今，表现出对道德堕落的担忧。《费立克斯·蒙克特》（1866）是艾略特唯一一部以英国政治为题材的小说，反映1862年议会改革时引起的动乱，表现了劳资矛盾。《丹尼尔·犹朗达》（1876）是艾略特最后一部长篇小说，以英国都市和欧洲的当代生活为背景，反映犹太问题和妇女问题，触及当时社会的敏感问题。这一组小说主要写19世纪30年代后的英国生活，比前一组小说题材范围明显扩大，由乡村生活扩展到整个社会，矛盾纠葛复杂，较简单的单线发展的情节转为多线索的较为复杂的情节。《米德尔马奇》（1871）是这时期小说、也是艾略特整个创作中的代表作，写外省小镇米德尔马奇各色人物的各种生活，故事的主要线索是具有高尚道德的年轻女子多萝西·布鲁克的故事。多萝西出身乡绅阶层，具有崇高人生理想和献身精神。她拒绝了一个贵族青年的求婚，为老学究卡索朋所吸引，嫁给了他，陷入了没有感情交流、思想沟通的不幸婚姻。她在丈夫的表弟、年轻的威尔身上发现了与她精神追求相契合的东西，不顾丈夫遗嘱的限制，放弃财产继承权，与威尔结合。另一条情节线索是年轻医生李吉特的爱情故事和事业方面的悲剧。他有志于科学研究和医学界改革，但他的漂亮、虚荣的妻子罗丝芒德追求物质享受，挥霍钱财，毁了他的事业。小说把这两个有志青年在婚姻事业方面受挫的故事巧妙地交织在一起，表现理想与现实的冲突这一批判现实主义文学的基本主题。多萝西与李吉特各自的悲剧，直接或表面原因来源于择偶不当，但其中包含着深刻的社会原因。艾略特认为："没有一种不为广泛的公众生活所决定的私生活。"利己主义泛滥的污浊现实粉碎了他们的理想，冷却了他们的热情。艾略特全面描写米德尔马奇镇代表的英国外省生活画面，在 1832 年议会改革时期，小镇的资产者也利用民众改革热情牟取私利，多萝西的叔叔和理想主义者威尔在选举活动中步步受挫，一心以科学改革医院的李吉特被卷入政治派系斗争。艾略特把改革社会的希望寄予个人的高尚道德。多萝西在痛苦的幻灭后不停止追求，她放弃已故丈夫的财产，追求个人幸福，她还把自己的财产捐献给医院，以谋求公众幸福。小说中又一条情节线索中写到的弗雷德和玛丽的爱情，也体现艾略特对理想的探索。罗丝芒德的兄弟弗雷德在贫家姑娘玛丽的帮助下，从纨绔子弟成为农业专家，玛丽则成为作家，他们在事业和个人生活上都获得成功。艾略特的小说结构比较松散，在这部小说中，这个缺点得到一些克服，作者努力将多条线索有条不紊地安排，使用对比、对称、平行等手法，尽可能广泛地反映社会面貌。作为学者型的作家，艾略特对人物心理特别关注，对人物每一行为动机、情感、内心斗争冲突进行细致探索和描写，因此她的小说被看作"心理小说"，对哈代、亨利·詹姆斯、康拉德、劳伦斯等作家都产生了影响。

三、维多利亚时代的诗歌创作

1. 英国诗歌传统的延续：丁尼生的诗歌

维多利亚时代小说的繁荣和成就是空前的，诗歌经过浪漫时代的鼎盛后也没有沉寂。丁尼生与布朗宁是这个时代诗坛上对峙的两座高峰。

艾尔弗雷德·丁尼生（1809—1892）一生几乎经历整个维多利亚时代，是以诗歌表达伦理和哲学原则的典型的维多利亚时代的歌手。他出生于林肯郡的乡村牧师家里，在景色秀美的乡村和文学气氛浓厚的家庭里成长。于剑桥大学读书时，他的诗名便蜚声剑桥。1830 年，他发表第一部重要诗集《抒情诗集》，继承了浪漫派诗人华兹华斯、拜伦和济慈的传统。1832年他发表的《诗集》显示出来自古希腊、罗马文学的影响。《食忘忧果者》是丁尼生早期最杰出的作品之一，故事取自荷马史诗《奥德修记》，尤利西斯（奥德修斯的拉丁名）等人在特洛亚战争结束后归程上漂泊到一个岛上，食忘忧果后不再想回家。诗人以优美的节奏敷陈故事，描写征人疲倦而渴望休憩和安宁的心情。《艺术之宫》里诗人描绘了充满自然美、古典美的富丽的艺术之宫，诗魂陶醉于其中，但诗人又渴望"在山谷里给我建起茅舍"，要与他人共享和沟通。《夏洛蒂女郎》取材亚瑟王传奇，夏洛蒂孤岛上隐居的女郎终日织锦，从魔镜中窥见世间，镜中骑士朗斯洛的潇洒映像引发了她对爱不惜牺牲的追求。早期诗作中透露出丁尼生在艺术与现实关系上的思索。

　　1842年发表的两卷本《诗集》是丁尼生对维多利亚时代精神的颂歌集，很受读者的欢迎和评论界重视。《尤利西斯》与《食忘忧果者》中人的惰性形成对照，描写人的冒险进取精神。年老的尤利西斯让出王位，再次出海探险，寻求知识。《亚瑟之死》写到亚瑟已死，圆桌骑士散去，但亚瑟精神永存，诗人借亚瑟之口表现对社会进步的信心："旧秩序改变，让位给新的。／上帝多方完成他的意旨，／否则好习俗也会毁坏世界。"亚瑟王的故事始终让丁尼生着迷，以后他又写了许多关于亚瑟王的作品，1859—1885年间的组诗《国王叙事诗》广为流传。

　　丁尼生的第一部长诗《公主》（1847）描写一个既严肃又浪漫并喜剧化的爱情故事，表现维多利亚时期的婚姻观念，把婚姻视为女子的理想归宿。组诗《悼念》（1850）写作延续了17年，成为英国文学史上最优秀的哀歌之一，丁尼生因此获得桂冠诗人称号。在由131首抒情诗组成的组诗里，诗人深切悼念了挚友哈拉姆，叙述了朋友病逝引发的精神历程。朋友的死不仅为诗人带来哀痛和孤寂，也使他对人生、上帝等产生怀疑态度。时代科学的发展，动摇了传统的思想体系和宗教信仰，加深了诗人对个人与社会命运的惶惑。但是诗人渐渐振作起来，开始肯定信仰和希望。丁尼生将悼亡诗扩展、深化为对人类命运的思索，反映出混乱时代的情绪，把对亡友的友情扩大为对人类的博爱，又对未来寄寓希望，表达了维多利亚时代的价值标准。诗体工整典雅，和谐动听，受到热烈的欢迎，维多利亚女王盛誉它为除"圣经"外的最重要的诗。

在《悼惠灵顿公爵》（1852）、《轻骑兵旅的进击》（1855）等诗中，诗人歌颂维多利亚女王，惠灵顿公爵和克里米亚战争中英勇的骑兵，表现爱国精神。1855 年发表的独白戏剧诗《莫德》，表现爱情对一个性格乖戾的青年的拯救，充分运用了"戏剧独白"的手法，以人物独自表达自己的观点和感情。自由体叙事长诗《伊诺克·阿登》（1864）也是风行当时的诗，描述阿登在流落海外十多年归来后，发现改嫁的妻子与儿女生活得安宁，便祈求上苍给予勇气，自愿退避以不破坏他人幸福。这个道德高尚的普通人深得注重道德规范的读者们的推崇。

丁尼生关注文学的社会作用，但又不使文艺成为社会道德的附属品，表现出丰富的想象，也透露了个人的情感。他的诗格律工整，音韵和谐，辞藻华美，代表了英国诗歌的传统特色，他因而成为维多利亚时代公认的"诗圣"。

2. 寻求新的表现手法：布朗宁的诗歌

罗伯特·布朗宁（1882—1889）是维多利亚时代第二大诗人。他生于伦敦，家庭富裕、文化气氛浓厚。他喜爱拜伦、雪莱、济慈的诗歌，从少年时期就开始写诗，出版的第一首诗《波琳》（1833）可见出雪莱诗风的影响。有批评指责诗人过分暴露自我意识和主观感情，这使得他寻求新的表现手法，采用他人独白的形式写诗。

1835 年，布朗宁发表长诗《帕拉塞尔萨斯》，写中世纪一个瑞士医师不顾宗教迫害，献身医学的悲剧故事。布朗宁喜欢从古代或异国历史事件取材，以后他又在诗里写了被处决的查理一世的宠臣（《斯特拉福德》，1837），18 世纪德国风琴师（《艾卜特·佛格列》）等。从 1841—1846 年，他写了 6 部诗剧：《皮帕走过了》《维克托王和查尔斯王》《德鲁兹人的归来》《纹章上的污点》等，收进了《铃铛和石榴》一书。他的诗剧不重情节，而是侧重挖掘、分析人物的行为动机，描写"角色中的行动，而不是行动中的角色"。如《皮帕走过了》，写意大利一个女织工在唯一可以不做工的节日里唱着歌走过街上，她羡慕富人家的舒适，而在富人家里，惨剧却正要发生，四个并不相连的人家听到她的歌声产生了不同的反响，皮帕并不知道她的歌声带来了避恶扬善的效果。书中的《戏剧抒情诗》和《戏剧罗曼斯》中的一些诗歌，成功地运用了"戏剧独白"的手法。著名的《我已故的公爵夫人》里，主人公公爵向来宾介绍亡妻的画像，在他吞吐断续的谈话中，读者了解到他妻子与画家的爱，和他由嫉妒而杀妻的历史。诗人让诗的叙述者剖白自己内心，使读者、人物和作者处于适当的位置，独白的语气随想象中的听者的存在而波澜起伏，读者从人物富戏剧性的独白中推理和想象，探知隐蔽的作者的观点。

1855 年发表的重要诗集《男人和女人》标志着布朗宁"戏剧独白"方式的成熟，51 首诗题材多样，诗体多变。1864 年，他又发表诗集《戏剧人物》，让众多人物向读者披露自己的内心、人生的经验和生活的主张。他写到现实生活中的邪恶，但对生活充满信心，也劝告世人乐观、振作，他在最后的诗集《自遣集》卷末尾声写道："他从不退转而是把胸向前，／从不怀疑乌云会消散，／从不胡思乱想，纵然对的挫败，错的胜利，／仍认为我们跌倒以便再起，挫败以便再战，／睡以便醒。"

叙事长诗《环与书》（1868—1869）是布朗宁后期最重要的作品，也表现了他对正义的信念。长诗 12 章，根据 17 世纪末罗马一起谋杀案写成。年老的圭迪伯爵贪图平民少女蓬皮丽娅家产娶她为妻，蓬皮丽娅的养父母发现伯爵家道已衰落，追回他们陪嫁的财产。圭迪虐待妻子以报复，蓬皮丽娅在年轻牧师卡蓬萨基帮助下出逃，被圭迪抓住遣入修道院。圣诞节蓬皮丽娅带着新生儿子回养父母家，惨遭圭迪及帮凶的杀害。教皇主持正义，力排众议，判处圭迪死刑。诗人将在旧书摊上觅得的谋杀案审判记录"老黄书"当作"黄金"，掺入想象的"合金"，铸成艺术品"指环"，这便是书名"环与书"的由来。布朗宁通过人物独白展示案件审理过程，从不同立场、角度叙述对案件的看法和发言人不同的性格，如三个罗马市民代表罗马人不同的态度，圭迪的独白表现了冷酷自私、怙恶不悛的性格。

布朗宁为心理描写大师，接受了17世纪玄学派诗歌的影响，用形象表达哲理的论述，喜用独特的譬喻，有的诗作流于晦涩。他在世时诗名不如丁尼生，但当代评论视他为现代诗歌先驱之一，T·S·艾略特、庞德、弗罗斯特等当代诗人都吸收了他的"戏剧独白"手法写诗。

谈布朗宁总会谈到他的妻子、著名女诗人伊丽莎白·巴雷特·布朗宁（1806—1861）。布朗宁夫妇的爱情故事在文学史上传为佳话，布朗宁的爱使得长期卧病的她站立起来，并一起私奔到意大利。《葡萄牙人十四行诗集》（1850）是她赠给丈夫的爱情诗，表现爱情战胜死亡的主题，情感真挚动人，是19世纪中叶英国诗歌佳作。她的诗作富有人道主义精神，代表作《孩子们的哭声》（1844）反映童工的痛苦生活。她被公认为当时英国最优秀诗人之一。

马修·阿诺德（1822—1888）代表着维多利亚诗歌创作的另一种风格，被称为"维多利亚孤寂诗人"。他敏感地觉察古老的、宗法的农业英国已不复存在，旧日和谐关系已遭破坏。在英国人为博览会显示的成就所激励、对未来繁荣满怀信心之时，他却表达了人的孤寂感。在《吉卜赛原人》中他写充满怀疑与幻灭的"我们现代生活的怪病"，在《访沙特勒兹修道院所作》中，他感到自己"在两个世界之间逡巡，一个已死，另一个无力去生"，宗教信仰的世界被理性摧毁，新的信仰又未能建立。《多佛海滩》中，诗人在多佛峭岩上看海，海潮低落似信仰的消沉，面前呈现的是"没有真正的欢乐，爱情或光明／没有坚定信念，安谧及镇痛的外援"的世界，表达在怀疑动荡时代里彷徨悲哀的心情。他后来自认为诗才不如丁尼生和布朗宁，转而从事文学批评，文评在维多利亚时代影响首屈一指。

第三节 后期文学

一、维多利亚后期文学之变

19世纪后30年，英国处于由维多利亚时代向现代过渡的阶段。从50年代开始的繁荣稳定持续到70年代早期，1851年伦敦海德公园玻璃大厦里的世界博览会，展出汽锤、水压机等一力多件展品，显示了英国工业革命的成果，英国掌握了世界工业霸权。在逐步控制苏伊士运河后，英国又牢牢掌握印度，1876年，维多利亚女王被宣布为印度女王。国内经济的繁荣和1867年新的选举改革案，缓和了劳资矛盾。但是在表面的繁荣下，蛰伏的危机开始明显。70年代后，英国工业发展落后于新兴的资本主义国家——美国和德国，工业上的优势开始丧失，农业也处于衰落。80年代，工人运动再次兴起，马克思主义学说得以传播，各种社会主义组织和工人政党相继建立。尽管英国以它大量的殖民地、世界贸易的优势仍保持世界强国的地位，但到了世纪末，衰落的迹象越来越明显。

维多利亚时代也是英国人思想信仰、文化观念上的转折时期。近代自然科学的发展冲击着形而上学的世界观，确立一千多年的基督教信仰受到了进化论的极大挑战。1859年，达尔文发表了划时代的著作《物种起源》，将进化学说用于解说种种生物，提出物竞天择，适者生存的学说，引起关于进化、人与社会的本性、人与自然、宗教与道德等问题的激烈争论，神创论的神话被打破，宗教的权威因此动摇。反映时代思想矛盾和精神危机的资产阶级社会哲学思潮对人们的观念产生很大影响。法国的泰纳综合哲学上的实证主义、生物学上的进化论和文学上的环境论，提出"时代、种族、环境"三要素说，为自然主义文学流派奠定理论基础。法国作家左拉作品中人在外界力量左右下不能自主的无奈情绪，在哈代作品中也透露出来。乔治·吉辛（1857—1903）和乔治·莫尔（1852—1933）以自然主义笔法，描写伦敦贫民窟及社会下层人民贫困、黯淡的生活。德国尼采的超人哲学和权力意志论，斯宾塞的"社会达尔文主义"表现的"优胜劣败""弱肉强食"的思想，渗透在吉卜林描写林莽的传奇故事里。法国柏格森的直觉主义哲学、奥地利弗洛伊德的心理学说，转向了非理性主义，19世纪后期兴起的唯美主义文学表现出对非理性主义的崇拜。悲观主义的人生哲学唤起人们对现存社会秩序亘古不变的怀疑情绪，动摇了维多利亚人的优越、乐观、稳定感。

长篇小说在这时期仍保持旺盛的活力，在题材范围上继续扩大，艺术风格和创作手法上丰富多彩。梅瑞狄斯（1828—1909）创作了20多部小说，运用微妙的反讽，揭露贵族阶级的伪善，他的代表作《利己主义者》（1879）通过贵族青年威洛比的爱情纠葛，客观细致地层示了一个利己主义者的内心世界，在心理分析上有很高造诣。他塑造了努力摆脱虚伪道德束缚的有理想和个性的女性形象克莱拉，在《维托利亚》（1866）和《克劳斯威的黛安娜》（1885）里，描绘了参与政治斗争的新女性。勃特勒（1835—1902）的讽刺杰作《埃瑞璜》（1872）描写一个奇怪的乌托邦（"埃瑞璜"Erewhon，即"乌托邦"Nowhere 的倒拼），运用斯威夫特式讽刺手法，抨击英国社会种种不合理现象，着重攻击教会、教育、家庭制度方面。他的自传体小说《众生之路》，激烈抨击了维多利亚时代的习俗和价值观。熊熊炉火旁一家相聚的温馨景象在维多利亚时代小说中反复出现，成为冷酷世界中的避风港，社会幸福的一种象征。勃特勒则打破了家庭的幻象，庞蒂菲克斯家族神圣的家庭关系早已被金钱意识所毒化。作者还在对这个家族四代人的描写中，抨击了教育制度的腐败、宗教的空虚和欺骗性，讽刺极为犀利。莫里斯（1834—1896）热爱中世纪文化，醉心唯美主义，而他晚期创作的空想社会主义小说《梦见约翰·保尔》（1888）和《乌有乡消息》（1891），富有幻想和激情，别具一格。吉卜林（1865—1936）的作品因为表现了白人优越感和殖民扩张精神，受到指摘。他的《丛林故事》（1894、1895）虽曲折地反映帝国主义思想，但以神秘故事情节、异国风光、活泼生动的笔调，具有童话般的魅力。

勃特勒在《众生之路》里借主人公之口说道："有许多东西需要说出来而人们不敢说出来，有许多虚假的东西需要加以抨击，但却没有人加以抨击。我觉得，我能够说全英国除了我本人之外，没有另外一个人敢于说出的东西，但那些东西迫切地要求人们说出来。"有一个人更大胆地向维多利亚时代习俗挑战，打破了虚伪、盲目的乐观主义，他便是19世纪后期最伟大的小说家哈代。

二、富有现代意义的开拓：哈代的小说创作

托马斯·哈代（1840—1928）出生于英国西南部道塞特郡的一个小村庄，这里紧邻道塞特郡的大荒原。哈代的父亲是石匠，后来成为乡村教堂建筑的承包商。哈代的母亲很重视儿子的教育，哈代8岁进了本村学校，两年后又转入郡城道彻斯特的一所学校，学习拉丁文，接触到新的知识。16岁时，哈代子承父业，去给建筑师当学徒，在学徒生涯中，他坚持自学，道塞特郡有名的语言学家和诗人巴恩斯影响他阅读大量文学、哲学书籍。他又自学希腊文，希望能阅读希腊文《圣经》，将来成为牧师。"职业生活、学者生活和农村生活，合而成为二十四小时的一日。"农村生活给哈代的影响尤为深刻。道塞特郡是农业郡，这里很少受近代工业侵扰，故乡鸟语花香的自然风景，古风犹存的人情习俗，淳朴的乡民的生死爱憎、性情思想，为他以后的创作提供了灵感和丰富的素材。

六年的学徒生活后，22岁的哈代来到京城伦敦，给名建筑师布洛姆菲尔德当绘图员，希望凭自己的才干一显身手。他参加设计和修复教堂及牧师住宅的工作，在皇家建筑学会举办的建筑论文竞赛中两度获奖。同时，他继续刻苦地、有计划地自学。1867年，因身体不适应伦敦气候，哈代返回故乡。1885年，哈代在家乡道彻斯特郊区自己建造了马克斯门住宅，从此定居在这里。

伦敦的六年，是哈代思想形成过程中的最重要时期。达尔文的思想，

伦敦这个现代文明都市的种种弊病，都使他思考社会是否公正的问题。有反响的报刊上评点时政的文章、穆勒的《论自由》等著作给他思想很大的影响。他开始写作表述自己对世界和人生的认识。

哈代的文学创作是从诗歌开始的，因为难以发表，便转向小说创作。他发表的第一篇小说是模仿柯林斯笔法的情节小说《计出无奈》（1871）。小说虽不成功，但其中乡村生活场景和自然景物描写都很出色。1872年，哈代写出他第一部以威塞克斯地区（英国西南部农村的古称）为背景的小说《绿荫下》，开始了"人物与环境的小说"系列。小说通过乡村教堂合唱队的命运，表现"非自然状态和现代性对纯朴的乡村世界的冲击"，而合唱队员狄克·丢与芳茜·黛的美满爱情，又表现出乐观活泼的基调。小说是田园牧歌式的，可是旧的乡村社会受到资本主义文明冲击的主题在这部作品里已显现。《一双蓝眼睛》（1872—1873）带有诗人自己恋爱经历的痕迹，小说充满抒情的诗意，哈代在艾弗雷德不幸爱情的际遇中描写人生如何受命运或"偶然"的嘲弄和戏谑，第一次探索悲剧小说的艺术形式。1874年是哈代创作上的重要年头，他的《远离尘嚣》连载成书，受到一致赞扬，这以后他接连写了几部重要的小说。

哈代把自己的小说分成三类，一类为"罗曼史和幻想"，包括《一双蓝眼睛》《号兵长》（1880）等。第二类为"爱情阴谋小说"，包括《计出无奈》《贝坦的婚姻》（1876）等。第三类小说"人物和环境小说"，是他最重要的作品，有：《绿荫下》《远离尘嚣》《卡斯特桥市长》（1886）、《林地居民》（1887）、《威塞克斯故事集》（1888）、《德伯家的苔丝》《人生小讽刺》（1894）、《无名的裘德》（1896）。

《远离尘嚣》在思想和情节上与《绿荫下》有许多共同之处，都是生动集中地写农村人的情感生活、乡村习俗，情节中心是乡村里的爱情经历，在与来自文明社会的人们的对比中描写纯朴乡民的美德。女农场主巴丝谢芭美丽聪慧，但爱慕虚荣，热情冲动，她在自己的三个追求者中选中了享乐主义者、青年军官特洛伊。几经周折后，巴丝谢芭被最初的追求者、普通农人奥克的忠诚和真情所感动，与他结婚。远离尘嚣的乡村，已不能抵御毁灭性力量的侵略。特洛伊代表着现代文明社会虚伪、轻浮、缺乏道德和责任感等种种恶习，他不仅造成范妮的悲剧，破坏了巴丝谢芭的幸福，也断送了传统守旧的地主博尔德伍德的希望。小说中虽还有《绿荫下》所表现的田园色彩和牧歌情调，但已出现传统的威塞克斯社会面临威胁的不祥预兆，透露哈代作品的悲剧主题。

1878 年发表的《还乡》标志着哈代文学生涯中的一个新阶段的开始，他摆脱了对生活田园诗式的幻想，转入悲剧小说的创作，表现威塞克斯这个传统的宗法制农村社会没落的悲剧过程。珠宝商克林·姚伯厌倦大都市巴黎的浮华生活，回到家乡爱敦荒原，准备从事乡村教育事业。回乡后，他爱上了美丽的游苔莎，以为她能成为自己办学的好帮手。游苔莎则痛恨荒原的刻板、压抑，希望能借与克林的婚姻逃往她向往的都市。他们的理想、意志发生尖锐冲突，再加上与克林母亲的隔阂，失望的游苔莎与旧日情人韦狄私奔，双双落水而死。克林失去母亲、妻子，办学也失败，做了传教士。小说中几乎每个人物都被悲剧气氛所笼罩。命运的"偶然"因素戏弄着无法自主的人们，误会使克林母亲和游苔莎、克林之间的隔阂越来越深。冥冥中有种神秘的力量，决定人们的命运，挫败人们生活的希望和努力。作为小说背景的爱敦荒原占有特殊的地位，渗透了作者的哲学思想，原始古老、阴沉苍茫的荒原是自然亘古不变的力量的象征，与人的渺小与软弱形成对照，企图反抗爱敦荒原的人，都被卷入悲剧，游苔莎痛恨它，努力摆脱它，但她到死也没逃出它的掌握。哈代深受希腊悲剧观的影响，他感觉到一种与人对立的社会力量的存在，但又不能清醒地认识它，把"盲目的命运"视为悲剧的根源。小说中对爱敦荒原的描写被公认为英国散文佳作。

《卡斯特桥市长》是哈代 80 年代的杰作。农民亨察尔破产后带着妻女四处漂泊，打草为生。他在酩酊大醉中把妻女卖给了过路水手纽逊，酒醒后追悔莫及，立誓从此不再饮酒。他发奋 18 年，终于发迹，被选为卡斯特桥市市长。这时他原先的妻子苏珊听说纽逊已死于海上，带着女儿寻到亨察尔身边，家人团聚。但厄运接踵而至，亨察尔与生意合伙人失和、破产，妻子病死前告知他女儿实为纽逊的亲生女，他卖妻的旧日丑闻也被揭露，没死的纽逊又领走了自己的女儿，夺走了亨察尔生活中最后的一点精神寄托，亨察尔孤独凄凉地死在爱敦荒原的破草房里。这个传统的宗法制农民阶级的代表，在商业上、政治上和感情上，都败在来自现代文明社会精明能干的新兴资产者伐尔伏雷手下。具有浓厚乡土气息的卡斯特桥市，最终被资本主义社会所占领。亨察尔努力弥补自己的罪过，但仍然没有逃脱厄运。与《还乡》相比，哈代对人物的悲剧原因作了更深入的探讨，人物的悲剧与时代的悲剧冲突和自身的性格悲剧紧密联系在一起，但是作者还是渲染了"命运"的无法抗拒的控制力量。

哈代小说的最高成就体现在他90年代创作的两部小说《德伯家的苔丝》和《无名的裘德》里。苔丝和裘德的悲剧故事集中在爱情和婚姻问题上，但批判的矛头指向伪善社会的法律、道德、教育、宗教等各方面。如果说《还乡》和《卡斯特桥市长》分别代表哈代的命运悲剧和性格悲剧，这两部作品则努力从客观环境方面探索悲剧的社会原因。

苔丝是乡村贫苦小贩的女儿，由于家庭经济陷入困境，她不得不到冒牌的本家亚雷·德伯家帮佣，被亚雷诱奸。她回到家中，被人们视为"失了身的女人"。孩子死后，苔丝为生活所迫，又到塔布篱牛奶场当挤奶女工，在那里与牧师的儿子安玑·克莱相识、相爱。克莱的温情促使苔丝克服重重顾虑，答应了他的求婚。新婚之夜，苔丝向丈夫坦言自己过去的不幸，没想到也有荒唐的过去的克莱，一反开明面目，遗弃苔丝而去。苔丝悲苦无告，四处打工。她父亲病死后，一家人被赶出小屋，她不得已接受当了牧师的亚雷的资助，与他同居。此时，克莱后悔自己对妻子的冷酷，又从巴西回来寻找苔丝，苔丝在悲愤中杀死亚雷，她与克莱一起幸福地生活了五六天后被捕，被处以绞刑。

哈代具有挑战性地把苔丝称为"一个纯洁的女人"，一反维多利亚时代评论妇女的道德标准。对英国文学传统女主人公来说，贞操是"女德"的首要标准。理查生笔下的帕米拉，因为捍卫贞操赢得引诱者的敬重，克拉丽莎则以死来洗刷失身的耻辱。司各特笔下的艾菲，狄更斯笔下的爱米丽，乔治·艾略特笔下的海蒂·沙勒尔，她们的失身，有外界的邪恶诱惑，也有自身的虚荣弱点，艾菲和海蒂与回心转意的无情郎君结了婚，遮盖了过失，爱米丽则被打发去澳洲获取新生。哈代既不避讳苔丝的"失贞"，又以理想化的笔塑造这个美丽的女性，她体现着威塞克斯人的一切优良品质，善良、质朴、勤劳、宽厚，不慕虚荣，富有牺牲精神，她遭受生活的一连串沉重打击和世俗道德的强大压力，但勇敢坚强地生存，既不屈辱乞求，也不自暴自弃。苔丝是纯洁的，陈腐鄙陋的世俗偏见却把她视为堕落的女人，哈代通过苔丝的故事表达"对慈悲的乞求，对宽容的渴望，对社会伪善的批判"。

苔丝是纯洁的，那么她的悲剧是由什么造成的呢？哈代像在其他小说里一样，往往以命运的神秘力量来解释悲剧的成因。苔丝家续家谱，苔丝给克莱的解释信被塞到地毯下未被发现等偶然因素在决定人物命运上起了重大作用。小说中还常出现神秘的预兆，如婚礼后白鸡的长啼。作品结尾说："典刑明正了，埃斯库罗斯所说的那个众神的主宰对于苔丝的戏弄也完结了。"古希腊式的悲剧气氛再现。但是在对苔丝命运的现实主义描写中，我们可明显见出破产后威塞克斯农民的悲惨命运和资产阶级道德的伪善是苔丝悲剧的社会原因。19世纪末，威塞克斯这个英国最后的宗法制农村社会，在资本主义经济关系冲击下到了最后阶段，农民走向贫困破产，不得不成为农业工人。暴发户亚雷利用苔丝的贫困和天真污辱她，而具有"自由思想"的克莱根深蒂固的道德观念和阶级偏见，给予苔丝精神上致命的重创，苔丝是经济压迫和社会偏见的无辜牺牲品。

《无名的裘德》是哈代最后的一部长篇小说，也是最富悲观色彩、最招致非议的作品。哈代自称要"把一场用古代耶稣门徒拼却一切的精神对灵和肉的斗争，毫不文饰地加以叙说；把一个壮志不遂的悲惨身世剀切沉痛地加以诠释"。石匠的学徒裘德聪明好学，渴望接受大学教育，将来当牧师。在去基督寺寻找入学机会途中，他由于意志薄弱，落入屠夫的女儿艾拉白拉的婚姻圈套，不久艾拉白拉弃他而去。被拒于大学门外后，他与已婚的表妹淑·布莱德赫相遇，两人情投意合，终于同居。他们"不道德"

的关系招致社会的歧视和迫害，失去工作，找不到住处，孩子们悲惨地死去。淑在重重打击下失去抗争的勇气，把灾难看作是神明的惩罚，回到前夫身边。裘德绝望酗酒，潦倒终生。裘德的悲剧首先是一个农村下层青年在阶级社会里壮志难酬的悲剧。他聪颖好学，一心求学深造，追求知识，谋求发展，但是学校并不因为他的才能接纳他，而是因为他的低下地位拒绝了他，作者对资本主义教育制度的不合理表示强烈不满。小说遭受攻击、争议的主要原因是它的婚姻主题。裘德不幸的婚姻遭遇，使他对商业性质的契约婚姻极其反感。他与淑的结合是建立在心灵共鸣的和谐基础上的，他们反抗束缚的摧残人灵魂的婚姻桎梏，把心灵的结合看得高于世俗的婚姻关系。但是"以爱情为基础的、合乎人性的两性结合得不到社会的认可，没有爱情的婚姻却能受到社会舆论的维护"，哈代借此对只重形式而忽略真义的资产阶级婚姻制度作了猛烈抨击。裘德和淑的生活观、爱情观都具有浓厚的现代色彩，这必然为维多利亚时代的传统道德和宗教观念所不容，哈代痛惜优秀个性在不合理的教育制度、虚伪陈腐的伦理道德和毒害心灵的宗教观念压迫下的毁灭。这部小说越出了农村生活范围，对"维多利亚盛世"整个英国社会虚伪的道德和违反人性的习俗进行抨击。

资产阶级道德家把《无名的裘德》视为大逆不道，指责哈代"不道德""反宗教"，有人甚至把《无名的裘德》（Jude the Obscure）改称为《淫秽的裘德》（Jude the Obscene）。面对围攻，哈代重新致力于诗歌创作，认为诗歌可以更自由地表达自己的观点。他从1865年开始写诗，但早年诗歌保存下来的很少。他一生诗作共918首，辑为《威塞克斯诗集》（1898）、《过去与现在诗集》（1901）、《时光的笑柄》（1907）、《即事讽刺诗集》（1914）、《幻象的瞬间》（1917）、《晚期和早期抒情诗集》（1922）、《人生小景》（1925）、《冬话》（1928）八集，他的诗名不亚于他作为小说家的声誉。他的诗内容很广，生活中大事小景，都能发之于诗，含意隽永。在他的诗里，如同在小说中一样，探索人生的悲剧问题，感慨人生的艰难、命运的残酷、人类意志的薄弱和盲目的志满意的情绪。他在诗中一再表达在文明进步背后的危机感，充满忧患意识。他的诗作基本创作于20世纪，表现了现代主题和精神，有一部分写于第一次世界大战时期，表现了反战主题。他的史诗剧《列王》（1904—1908）是以1805—1875年拿破仑战争为题材的史诗性作品，阐述他对宇宙和人性的看法，即人世间一切全凭宇宙主宰的摆布，芸芸众生不知战争因何而降，即使是驱使千军万马奔赴战场的主帅、帝王将相乃至拿破仑，不过是受宇宙主宰拨弄的傀儡。诗人同情在战乱时代无辜遭殃的平民，对战争表示抗议，谴责"列王"的残酷无道。史诗剧吸收古希腊悲剧和史诗的特点，又穿插伊丽莎白时代式的戏剧，天上人间，神灵凡人，宫廷战场，将相平民，场面广阔，诗笔纵横。

　　哈代是19世纪狄更斯以后最伟大的英国小说家。作为一个站在两个世纪交叉点的作家，他敏感地探知时代的危机信息，批判了对维多利亚时代精神和物质文明自满并对未来盲目乐观的情绪。在小说艺术上，他发扬了19世纪中期以来批判现实主义文学人道主义和忠于现实的光辉传统，又进行了富有现代意义的开拓。他以突出表现人的本能和感情的爱情为主题，擅长分析人物复杂和心灵反应和内心感受，并把心理描写发展到对人物心理分析和潜意识的揭示。作品中很少维多利亚时期小说常见的说教气。他在小说中表现出的写景技巧尤为人们称道，他极富诗意情感地描绘自然，且富于象征的意义，自然不仅是作为一种背景，而且作为一个人物、一种基本性象征而存在，在整部作品中起积极作用。

三、追求艺术美的努力：唯美主义和新浪漫主义

　　资本主义文明的发展，不仅使威塞克斯的诗人哈代发出悲剧之声，一批思想家、艺术家也对现实感到失望。19世纪著名散文家卡莱尔（1795—1882）宣扬英雄崇拜，希望有英雄人物出来拯救混乱的社会。罗斯金（1819—1900）继续了卡莱尔对资本主义的伦理批评，又从审美的角度反对工业主义和商业主义对"美"的扼杀。他认为"美"不是人生的点缀，而"应当成为人类全部生活的有机构成部分"。在《近代画家》《建筑的七盏明灯》《威尼斯的石头》等艺术评论著作里，他认为机械文明扼杀了工

人的主动性，也摧残了艺术，对中世纪手工业劳动理想化，向往中世纪和文艺复兴以前的艺术创作自由。他在物质主义蔓延、文学讲究伦理道德的时期提出"艺术便是道德，艺术便是生活，艺术便是人的整体的最高表现"，在英国被称为"美的使者"。1848 年，以诗人罗塞蒂为首的几个年轻艺术家组成了"拉斐尔前派协会"，认为艺术大师拉斐尔时代以前古典的姿势和优美的绘画成分已经被学院派的教学方法所腐化，推崇中世纪艺术美，反对粗俗、市侩的维多利亚趣味，19 世纪末期的唯美主义便源自"拉斐尔前派"运动。

但丁·迦百列·罗塞蒂（1828—1882）后来被唯美主义作家王尔德等人奉为"新艺术的先驱"。他的诗取材自然，注意细节，注重美感，诗画融合。《幸福的女郎》以富有肉体感的形象描写天堂，辞藻绚丽而流畅。《生命之宫》包括 101 首意大利体十四行诗，表现爱、生与死的主题，强调灵与肉的融合，富有意大利诗歌的音乐节奏感。有评论把他和"拉斐尔前派"称为"诗歌的肉体派"，便是指他们的诗着意表现肉体感。罗塞蒂的妹妹克里斯蒂娜·罗塞蒂（1830—1894）也是著名女诗人，但诗风与哥哥大为不同：平易自然，哀婉动人，对自然美与人类爱有敏锐的感受力，又深受宗教的影响。

莫里斯受罗斯金和罗塞蒂的影响，参加了"拉斐尔前派协会"，醉心于中世纪文化和唯美主义。他开办的公司，生产式样美丽和实用的家具及装饰品，提倡富有创造性的手工业和追求美。他的处女作《为桂尼维尔辩护及其他诗歌》（1858）是"拉斐尔前派"最出色的一部诗集，《桂尔维尼的辩护》是亚瑟王王后桂尼维尔为她与朗斯洛爱情的自我辩护，莫里斯并不遵循维多利亚道德观，而是将桂尔维尼作为爱情与美的象征。他的诗集《地上乐园》（1870）充满梦幻式浪漫色彩，音韵和谐悦耳，曾轰动英国诗坛。70 年代起，莫里斯积极参加社会主义运动，以诗歌和小说宣传社会主义思想。

史文朋（1837—1909）虽未参加"拉斐尔前派"，但是在向往中古、崇拜"纯美"方面与他们是一致的。他的《诗歌及民谣》（1866）诗作多涉及感官享乐，文字上刻意追求辞藻和音韵之美，立意要骇世惊俗，冒犯维多利亚社会的"体面"和"端庄"，宣扬"为艺术而艺术"的主张。从70年代开始，他诗风一变，渐与唯美主义脱离，在《黎明前的诗歌》（1871）里，他赞颂意大利爱国志士争取自由的斗争，晚年也写过颂扬英帝国和女王的作品。

为唯美主义文学运动建立美学理论的是佩特（1839—1894），他在《文艺复兴》（1873）中对文艺复兴的研究，引发了"为艺术而艺术"的潮流。他认为人们能从艺术中获得高级形式的美的享受，艺术家的职责不是说教劝善，而是使人们尽量享受美的快感。佩特的主张被年轻的唯美主义者奉为至宝，著名现代诗人叶芝说道："佩特提供的不是道德的热诚，而是'纯如宝石般火焰'的生活，大家都承认他为大师。"法国唯美主义思潮给英国文学很大的影响，戈蒂叶反对艺术从属于道德和功利的目的，说"只有毫无用处的东西才是真正美的，所有有用的东西都是丑的"。他与波德莱尔的诗，对史文朋、王尔德都产生了影响。

王尔德是英国唯美主义的代表人物，在牛津大学学习时，他受到罗斯金和佩特思想的很大影响，接受唯美主义思想。他说："我们是一个动荡、疯狂的时代的产儿，在这绝望和沮丧的致命时刻，叫我们往哪儿逃，往哪儿躲？只能到安全的美的洞窟里去，那里随时可以获得许多欢乐和少许陶醉，只能到一部古代意大利伪经所说的 Cittadivina（神界之域）中去，那里至少可以暂时忘却尘世的一切纷扰和恐怖，也可以暂时摆脱我们在世上遭到的悲惨命运"，这番话代表了"世纪末"追求艺术美的知识分子的典型心态。他系统地表达了他"为艺术而艺术"的美学观点，认为"艺术家是美丽事物的创造者"，艺术的宗旨是展示艺术本身，同时把艺术家隐藏起来。因此非艺术的东西被排除在艺术反映的范围之外，牵涉到功利道德的东西不能作为艺术反映的对象。他反对作家的倾向性，认为"艺术家的伦理同情心是一种不能原谅的习气"。这种观点针对文艺市侩气和道德化的倾向，强调艺术的纯粹，认为"书无所谓道德的或不道德的。书有写得好的或写得糟的，仅此而已"，艺术家要抛弃粗俗、平庸的技巧，努力表达出真正的美的精神。他不仅宣传唯美主义主张，也在生活中贯彻超道德的唯美主义，身着色调奇异的美的服装，手拈美的百合，招摇过市，行为不检，于 1895 年被控为有伤风化罪入狱两年。在痛苦的心境中他写了长诗《里丁监狱之歌》和散文体的忏悔录《从深处》(1905)。

《道林·格雷的画像》是王尔德唯一的长篇小说，最能体现他的唯美主义观点。画家霍尔渥德抛弃功利等外在目的，倾注心血为道林画了一幅肖像，道林从中第一次认识到自己完美的青春美貌。在玩世不恭的亨利勋爵的引诱下，他追求享乐，步步堕落，他的薄情造成爱恋他的女演员的自杀，他甚至杀死了忠实的朋友、画家霍尔渥德。尽管他始终保持青春美貌，但他的歹行却在画像上留下了痕迹。当他用刀毁去记录罪恶的画像时，刀刺中的却是他自己的心脏。死去的道林苍老而丑陋，画像却恢复了原状。小说寓言式地表现道德、艺术与生活的关系，反映王尔德的矛盾态度。他欣赏道林的美和享乐，借亨利勋爵之口道出自己对世情怪异又不乏才智的颓废见解，推崇画家"艺术至上"的创作精神，但又引入道德良心的力量。而独幕剧《莎乐美》，写犹太公主莎乐美诱使希律王杀死施洗者约翰，为了换得在约翰生前不能实现的一吻，表现她极端的情欲和病态心理，形式上追求奇特与华丽，装饰美和音乐感，是他创作中病态倾向最为突出的。

王尔德虽标榜"为艺术而艺术"，但作品终也不能完全脱离生活。在他的《快乐王子》《少年国王》等优秀童话作品中，我们看到他的人道主义思想，对同情、善良、仁爱的赞颂。他的著名喜剧《温德米尔夫人的扇子》(1892)、《无足轻重的女人》(1893)、《理想的丈夫》(1895)、《认真的重要》(1895)，描写上流社会闲散优雅生活中隐藏的道德危机，情节跌宕有致，对话妙趣横生，风格轻松、幽默、机智。

唯美主义者还包括围绕在杂志《黄皮书》和《萨佛埃》周围的一些年轻作家：奥肖内西 (1814—1881)、多布森 (1840—1921)、道森 (1867—1900)、西蒙兹 (1865—1945) 等。到 80 年代末，唯美主义走向衰落，但对以后的现代主义文学仍产生了影响。唯美主义文学运动是对维多利亚时代物质主义和市侩风气的反动，扩大了文学表现的范围，开拓了新的表现方法，在宣扬颓废情绪和形式至上的同时，也对提高艺术美的地位起了积极作用。

"新浪漫主义"是19世纪后期抗议丑陋现实的另一股文学潮流，罗伯特·路易斯·斯蒂文森（1850—1894）为代表作家。他不满现实，创造传奇故事和浪漫人物，在想象中寻求乐趣。他认为："一个人同意把它作为目的而生活下去的那真实的生命，完全存在于幻想的领域里"，艺术应避免庸俗肤浅的日常生活，使人们在有益的想象中获得丰富的精神营养。他以生动笔触和色彩描写读者们未经历过的或有趣迷人的异域风光，达到浪漫主义者柯勒律治所说的使读者"自动摒弃其不信任感"的效果，丰富读者的精神生活。他自幼多病，一生不停地旅行，寻找气候对健康适宜的居住地。而他的创作充满进取乐观的情绪，表现出鲜明的是非感和善恶感，给予读者生活的信心和乐趣，他的浪漫主义小说受到读者热烈的欢迎。《金银岛》（1883）是斯蒂文森的成名作，描写少年吉姆无意中得到海盗的藏宝图，便与一行人去荒岛寻宝的冒险经历，情节曲折，想象丰富，人物富有个性，充分体现了他的浪漫主义创作风格。《化身博士》（1886）描写了一个怪异的科幻性故事，杰基尔博士具有双重性格，他以药物创造另一个名叫海德先生的化身，把身上的恶念分给他，但后来海德失去控制，杰基尔博士自杀。小说探讨了人性善恶的问题，具有紧张的戏剧效果和神秘气氛，曲折表现了维多利亚时代的道德危机。他不仅擅长安排情节，也能传神地绘景，各种自然风光同小说情节有机融合。斯蒂文森不同于维多利亚时代其他小说家，他创作的目的不在教育而在娱乐，尽管如此，他仍是人类美好品质的热情的歌者。

第六章　20 世纪文学

第一节　第一次世界大战以前的文学

一、社会变动、信仰危机与文学

1901 年维多利亚女王去世，标志着英国历史上一个重要时期的结束，即资本主义一个相对兴盛稳定时期的结束。1899—1902 年在南非殖民地的布尔战争昭示着英国特权和繁荣的急剧衰落。从 19 世纪 70 年代开始的农业危机在 20 世纪早期加剧了，工业在与美、德国的竞争中也失去了优势。1911—1914 年英国发生了三次大规模工人罢工。国际上各帝国主义列强争夺世界市场、重新瓜分世界的战争愈演愈烈，第一次世界大战终于于 1914 年爆发，战争给劫后余生的人们留下深重的精神创伤。维多利亚时代英国中、上层社会在精神、信仰方面对现有秩序的稳定感和自信心动摇了，再也没有恢复。萧伯纳的《巴巴拉少校》里人物表述了人们共有的感觉："我站在我以为万世不变的磐石上，然而它却一声不响地在我脚下摇晃崩溃了"。一代思想家、作家对维多利亚时代的道德、价值观念与信仰发动了猛烈的批评。

20 世纪初科学和技术的迅速发展一方面带来巨大物质财富，另一方面又导致全球性经济危机、失业，特别是一次大战的大屠杀、大毁灭，怀疑和幻灭的情绪弥漫于战后知识分子中，他们纷纷在思想上寻找出路，有的趋向保守，有的主张采取温和渐进的改良方法（如费边社），有的转向宗教，有的转向马克思主义。各种社会哲学思潮非常活跃，从 19 世纪中叶开始的达尔文思想传播深广，宗教权威已经动摇。奥地利心理学家弗洛伊德的精神分析学说，把潜意识看作是支配个人活动的基本动力，对传统的理性主义冲击很大，给许多作家特别是 20 年代的意识流小说家以直接影响。现代西方资产阶级社会哲学思想与文学有异常密切的联系。

从来没有一个时代人们在价值观念和思想信仰上经受过 20 世纪初如此激烈的震荡。"从 1901 年到 1925 年指导英国文学的心理状态、道德理想和精神价值与统治维多利亚时代文学的态度、理想和价值几乎是背道而驰的。"20 世纪文学的特有的现象——现代主义兴起了。现代主义文艺流行于现代欧美文坛，包括政治倾向、思想观点和艺术主张各不相同的各种文艺思潮和文学流派，在认识和表现生活的方式上与传统文学有鲜明的区别，被称为反传统的文学。现代主义与现实主义两者交替统治，分别在不同阶段成为英国文学的主要倾向，这种情况构成 20 世纪英国文学史上流派演变的独特现象。两种倾向在各自发展的同时又相互影响、渗透，使英国文学纷繁复杂，又精彩迭出。

第一次世界大战前的文学，处于从传统到变革的转变时期。现实主义文学传统仍在延续，萧伯纳的现实主义戏剧振兴了英国剧坛。威尔斯、高尔斯华绥和贝内特，号称 20 世纪初英国现实主义小说三杰，毛姆的小说则比贝内特更接近法国自然主义传统。现代主义最初反映在 19 世纪末王尔德的唯美主义和爱尔兰诗人叶芝的作品里，亨利·詹姆斯、康拉德与福斯特将小说艺术推向对心理和动机的细致分析，现代主义迅速兴起。

二、戏剧的振兴

1.戏剧传统的继承和创新：萧伯纳的戏剧创作

英国戏剧文学从 18 世纪后半叶以来一直处于低潮，维多利亚时代是文学盛世，但戏剧成就并不大。19 世纪 80 年代，挪威剧作家易卜生的戏剧在英国发生影响，促使严肃的戏剧文学的兴起。萧伯纳在剧坛崭露头角，改变了过去一百年英国戏剧不振的局面。

乔治·萧伯纳（1856—1950）出生于爱尔兰都柏林，他的父亲是法院公务员，酗酒潦倒，母亲到伦敦以教授音乐为生。萧伯纳 15 岁辍学，在都柏林一家地产公司当小职员。20 岁那年，他去伦敦投奔母亲并开始写作小说、音乐评论和剧评。1885 年，他开始戏剧创作，到 1949 年共完成剧本 51 部。

萧伯纳宣称自己是社会主义者，他是英国改良主义组织"费边社"的重要成员。"费边社"以古罗马大将费边用缓进策略抵抗汉尼拔获胜为楷模，主张用点滴改良的"渐进"办法来实现社会主义。萧伯纳为"费边社"撰写了《宣言》，改良主义思想渗透在他的作品里。他也受到当时欧洲流行的柏格森、叔本华、尼采等唯心主义哲学的影响，世界观十分复杂。

萧伯纳深受易卜生的影响，他在《易卜生主义精华》（1891）里推崇易卜生的社会问题剧，阐述自己的戏剧思想，主张艺术应当反映迫切的社会问题，反对"为艺术而艺术"。他认为戏剧是"思想的工厂、良心的指示者，社会行为的说明人，驱逐绝望和沉闷的武器，歌颂人类进步的庙堂"，主张戏剧摆脱无聊的内容，依靠理想的冲突和意见的辩论来展开。

《鳏夫的房屋》（1892）是萧伯纳的第一部剧本。鳏夫指靠出租贫民窟房屋发财的房产主萨托里阿斯，他的女儿和青年医生屈兰奇订婚。屈兰奇认为未来岳父的钱财来源不体面，表示义愤，想解除婚约，可是事实证明医生本人的收入也并不比萨托里阿斯清白，屈兰奇不但没取消婚约，还成了岳父的合伙人。作家写道："体面的中产阶级和贵族青年子弟，正如粪上苍蝇一样，靠剥削住在贫民窟的穷人而自肥。"《华伦夫人的职业》（1894）也旨在揭露"体面的"资产者不体面的财产来源。有才能的女学生薇薇无意中发现她母亲华伦夫人供养她受高等教育的钱竟来自于开办妓院的收入，薇薇虽然谅解了母亲在生活重压下的经历，但她脱离家庭，试图自己独立地谋生。华伦夫人的合伙人、富有的克劳夫茨爵士嘲笑薇薇的清高："如果你想要根据道德原则去挑选朋友，你最好离开这个国家，除非你想跟整个体面社会断绝关系。"两个剧本收入萧伯纳出版的第一部戏剧选《不愉快的戏剧集》，都揭露了资本主义社会在追求财富背面的道德沦丧，后一出剧由于它强烈的批判性曾遭到禁演。萧伯纳的第二部戏剧集《愉快的戏剧集》里则收入了有趣、发笑的"愉快"的戏。《武器和士兵》（1894）将"军官兼绅士"与讲求实际的两类兵士作比，抹去了理想英雄的虚假光环，也讽刺了浪漫爱的虚幻可笑。

在19世纪最后几年，萧伯纳写了《给清教徒的三剧本集》，其中的历史剧《凯撒和克莉奥佩特拉》（1898）改变了莎士比亚和德莱顿都写过的爱情主题，用凯撒代替了安东尼，这个智慧的政治家并不为埃及女王的美色所动，剧作家把凯撒这样有才干领袖视为推动历史前进的力量。在作于1903年的《人与超人》一剧中，萧伯纳借一个女子追求男子的喜剧故事，提出"生命力"论，认为自然界是在"生命力"影响下发展，"生命力"上要体现在女人身上。他以"生命力"理论补充"点滴改良"的理论。

《英国佬的另一个岛》（1904）和《巴巴拉少校》（1905）是萧伯纳在第一次世界大战前十年里的代表剧本。"另一个岛"指的是爱尔兰，几百年来，爱尔兰人为摆脱英格兰人而斗争，爱尔兰独立是当时英国重大社会问题之一，也是这个政治剧的中心问题。自由党英国人博饶本在爱尔兰充分施展手段，竟然在当地的议会选举中获胜，萧伯纳在剧中揭露了英国人的侵略行为。《巴巴拉少校》里，大军火商安德谢夫的女儿巴巴拉参加了慈善团体救世军，担任少校职位。她努力从事宗教事业，试图拯救穷人灵魂，但救世军却是靠像安德谢夫那样没有道德标准的资本家兴办的。面对宗教与经济的冲突，巴巴拉从幻灭到妥协。剧中作者犀利的批判与改良主义的思想结合在一起。

《皮格马利翁》（1913）是萧伯纳上演极为成功的剧本。古希腊神话中，塞浦路斯国王皮格马利翁雕刻了少女雕像并爱上了她，女神赋予少女生命，国王与她结婚。剧中语言学教授希金斯教导满口土腔的卖花女伊莱莎说标准英语，使她俨然成为贵妇人，轰动上流社会交际场合。但伊莱莎并没有嫁给希金斯，她成为贵妇人后，感到自己成为无用和没有生命力的人。

《伤心之家》（1913）动笔于一次大战前，于战后完成，反映了作者的精神危机。全剧三幕戏都发生在船长肖特非家里，在肖特非家中聚集着一群不满现实的知识分子，他们失去信念，相互欺骗。老船长女儿的朋友爱丽，从赫克托身上寻找爱情，在资产者曼根身上追求金钱，向老船长汲取智慧，但都遭到失望。剧本结尾时敌机的轰炸炸死了曼根和进来偷珠宝的贼，对生活已无兴趣的人们反倒苟活下来。剧本副题为《俄国风格英国主题的狂想曲》，有意识地模仿俄国作家契诃夫的《樱桃园》的风格，具有丰富的潜台词。

《圣女贞德》（1923）是萧伯纳创作中唯一的悲剧，也是他后期创作中《伤心之家》以外另一部著名剧作。贞德是在英法百年战争中出现的法国爱国女青年，领导农民击退英军对奥尔良的围攻，但被勃艮第人出卖给英军占领军，被教会诬为女巫处死，萧伯纳着重表现了贞德的人民领袖地位。

1926 年，70 岁的萧伯纳获得 1925 年度的诺贝尔文学奖。在世界经济危机席卷欧美的时期，他又以迫切的社会政治问题为题材，创作了《苹果车》，嘲笑资产阶级议会制，揭露了资产阶级民主的危机。"打翻苹果车"英文中指打乱了如意算盘，剧中则比喻内阁计划的落空。首相普罗梯厄斯及内阁企图迫使国王马格纳斯接受通牒，降为无关紧要的人物。国王表示要放弃王位去进行"民主"竞选，自己组织内阁。在国王和内阁的权力争斗中，国王获胜，而实际上当权者关心的都只是一己私利。

萧伯纳发扬了易卜生"社会问题剧"的传统，对资本主义社会里种种问题进行鞭辟入里的揭露、批判，在情节中引进"讨论"因素，对社会、政治、经济及人等方面进行探讨、剖析，具有很强的哲理性和论争性。他又巧妙地结合自阿里斯托芬以来欧洲古典喜剧传说，擅长发表似非而是的反论、生动风趣的对话和插言，笔锋犀利。

2. 民族戏剧的发展：爱尔兰戏剧活动

爱尔兰的戏剧活动在第一次世界大战前非常活跃。随着爱尔兰民族解放运动的高涨，出现了爱尔兰文艺复兴运动。叶芝、格雷戈里夫人等人共同致力于创建爱尔兰民族戏剧，1899 年在都柏林建成爱尔兰文学剧院，

1902 年组成爱尔兰民族剧团，1904 年迁入著名的阿贝戏院，大力上演爱尔兰民族戏剧，对于爱尔兰现代戏剧的发展以及文艺复兴做出了重要贡献。叶芝根据爱尔兰民间丰富多彩的神话、传说创作戏剧，诗剧中有不少美丽的抒情诗段落。诗剧《伯爵夫人凯瑟琳》（1892）写神话中的伯爵夫人为拯救灾年濒死的人们，献出全部财富，甚至不惜卖掉灵魂。《胡里痕的凯瑟琳》（1902）采用爱尔兰神话中关于女王凯瑟琳的传说，表达了民族独立愿望。格雷戈里夫人（1852—1932）取材爱尔兰农民生活、民间传说的戏剧，幻想与现实交织，对话生动有力。她的独幕剧《日出》（1907）描写一位爱尔兰爱国党人不仅逃脱了政府的追捕，还赢得了警官的同情。辛格（1871—1909）是这群戏剧家中最优秀的，他的 6 部剧作中的 5 部是在阿贝戏院上演的。《骑马下海的人》（1904）是他最佳的悲剧。爱尔兰西部阿兰群岛上，老妇人莫尔耶的丈夫和四个儿子外出捕鱼时葬身大海，仅存的儿子不顾母亲的劝阻，在暴风雨天驾船出海，又被大海夺走了生命。为孩子们担惊受怕的母亲得到了绝望的平静："现在他们都走了，大海不会再给我灾难了。"悲剧描写了渔民与大海的搏斗，具有浓厚的象征主义色彩。《西方世界的花花公子》（1907）是辛格最成功的喜剧。青年克里斯蒂在争执之中伤了父亲，出逃到一个村子里，讲述自己的弑父故事，赢得众人钦佩、女人的青睐。待父亲活着出现，村民们立刻不再敬慕这个"英雄"。作者讽刺了爱尔兰人浪漫习性，喜剧娱乐性强，对话富有诗意。辛格的戏表现了农民和他们的语言，为"优雅"而沉闷的英国舞台送进清风。奥凯西（1880—1904）是爱尔兰著名剧作家。他于 1918 年开始写戏，第一个被阿贝戏院采纳演出的剧本是《枪手的影子》（1923）。他的戏剧创作一直维持到 50 年代。

三、诗歌的创新

1. 多样化的诗题和诗风

20 世纪的头 20 年，哈代是最杰出的诗人之一，他的多卷诗表达了与他小说相似的主题。大诗人叶芝在 19 世纪 90 年代开始诗歌创作。两位桂冠诗人罗伯特·伯立杰斯和约翰·梅斯菲尔德写出一些著名诗篇，而伯立杰斯对英国诗歌主要的贡献是介绍了已故诗人霍普金斯的诗作。霍普金斯（1844—1889）是维多利亚时代的诗人，他的作品在生前从未出版过。他是天主教耶稣教会神父，又深为艺术美感所诱惑，把自然美看作神的实体的反映。他努力表达人或物的独特性质，在诗的技巧上百般出新，诗的节奏仅以重音为基础，音步的音节数字不断变换，又杂以内韵和头韵等手法，形成"跳跃性的节奏"，还使用盎格鲁撒克逊古字、杜撰的词语、复杂的比喻，遣词造句往往含有好几层次的意义，一般读者感到晦涩难解，而现代诗人极为欣赏。1918 年，在他死后 30 年，他的朋友布立杰斯编辑出版了他的诗集，诗风影响 20 世纪诗人（如艾略特、奥顿）很深，有人把他看作 20 世纪现代诗的开山祖师。

继维多利亚女王即位的是她的长子爱德华七世，他在位只有七年。1910 年，爱德华的儿子乔治继位，开始一个似乎和平繁荣的"乔治时期"。但这个时期只维持四年，世界大战很快就爆发了。一批年轻诗人在这时期创作大量诗歌，从 1912—1922 年出版了题为"乔治诗派"的 5 部诗集。大多数"乔治派"诗人遵循 19 世纪传统形式写作，技法并无创新。他们努力使诗歌避开现代文明这种颠覆力量，诗风雅俗共赏。他们的诗题多关于自然美或逃逸到奇异幻想中。第一次世界大战可怕的降临，越来越多的青年诗人死于战争，幸存者感到幻灭。布鲁克（1887—1915）表现了战前短暂的黄金时代。他喜爱乡间美景，以维多利亚诗歌风格写作，讲求韵律优美。大战刚开始，加入英国海军的布鲁克便病死军中。他的《士兵》充满年轻人保卫祖国的理想热情，以古典的十四行诗体写就，似乎成了现实的一种嘲讽。而像奥文、沙逊这样的士兵诗人开始从自身悲惨的体验出发，怀着同情、悲伤和反讽写作"战壕诗歌"。奥文（1893—1918）在大战中阵亡。在战争中他改变了济慈式的浪漫主义诗风，表达了对残酷的战争的愤慨、对受战争之苦的人们的同情，情感感人至深，技法新颖，他的诗被公认为一次大战中写得最好的，深深地影响了 30 年代的诗人。奥文的朋友沙逊（1886—1967）在战争中受伤并得过勋章，但他逐渐认识到战争的残酷性，发表了反战诗歌，在诗中表达普通士兵对战争的诅咒、停战的愿望和祈祷。战后一些诗人继续以"乔治式"诗风写作受自然启示的冥想诗，但诗歌的主流则向相反的方向发展。后来评论界以"乔治式"指"陈腐的""枯燥无味的""落后的"诗风。

"意象派"是1908—1918年间英美一些年轻诗人组成的诗派。1913年，美国诗人庞德和英国诗人休姆·弗林特发表意象主义宣言，提出直接表现主客观事物，删除一切无助于"表现"的词语，以口语节奏代替传统格律。英国的"意象派"诗人还有奥尔丁顿等。他们重视用视像、意象引起联想，表达一瞬间的直觉和思想，一般用自由体写作短小篇章。意象派诗歌主要兴盛于20世纪头十年，它的影响在艾略特的早期诗歌中还能感觉到。这一诗派对于英美现代诗歌采用口语、自由体和铸造意象方面很有影响。

2. 从唯美主义到象征主义：叶芝的诗歌

这时期独步诗坛的当推爱尔兰诗人叶芝。他出生于都柏林一个画师家庭，母亲是爱尔兰西部斯利哥郡一个富有商人的女儿。斯利哥群峦叠嶂，俯临大海，保留了古老的爱尔兰生活方式和民间传统。叶芝幼时随父母去伦敦上学，到母亲家乡度假，培养了他对古克尔特文化的热爱。他15岁时，全家搬回都柏林。都柏林、斯利哥、伦敦三地对叶芝产生终生的影响。对于叶芝，都柏林代表爱尔兰盲目的、追求金钱的中产阶级；斯利哥保留爱尔兰真正的文化；伦敦则是英国文学和艺术的中心。

叶芝进入都柏林艺术学院学画，但不久就弃学埋头创作诗歌。他来到伦敦，遇见当时一些重要作家如干尔德等，与唯美主义者交往。1891年，他与一些诗人组织了"诗人俱乐部"，主张诗的语言要含蓄和超俗，他还接受了法国象征主义诗派的影响。这时期叶芝的诗作表现出脱离商业文明社会的唯美主义倾向，带有浪漫主义梦幻色彩，富有音乐美感。诗作的爱尔兰题材和语言运用表现叶芝的独特的诗风。

24岁时，叶芝遇见并狂热地爱上了美丽的女演员莫德，她是爱尔兰民族自治运动的领袖人物。叶芝积极参加民族自治运动，既出于对自己民族的热爱，也由于对莫德的爱恋。他领导了爱尔兰文化运动，这场运动后来以爱尔兰文艺复兴而著称。他研究爱尔兰历史、民间传统和语言，鼓励其他作家转向民族题材。1896 年，叶芝与爱尔兰剧作家格雷戈里夫人相识，结为终生朋友。他们建立爱尔兰文艺戏院，1904 年改名为阿贝戏院，赢得了世界声誉。叶芝为戏院写了 26 出戏，努力将精致的贵族文化与民间文学结合，以创造精美的爱尔兰艺术。1908 年，年轻的美国诗人庞德来向叶芝学习写诗，这时，43 岁的叶芝已名誉天下，发表了百余卷诗歌、戏剧、散文等著作。庞德的现代诗风感染了他，他开始在选材、处理手法及选词用字方面表现出浓郁的意象派新诗的特征。他最好的诗成于他生命最后的三十年间。1923 年，叶芝获得了诺贝尔文学奖。他始终保持旺盛的创作精力和高水准，直到 74 岁逝世前几天才辍笔。

在哲学和历史观上，叶芝认为人类历史和个人生活呈盘旋上升状，一切在重复中提高。希腊罗马文明结束了巴比伦的时代，基督的降生结束了希腊罗马的文明，20 世纪代表一个二千年螺旋的结束，将要出现新的盘旋，这就是为什么现代充满喧嚣和骚乱，"一切都四散了，再也保不住中心，／世界上到处弥漫着一片混乱，／血色迷糊的潮流奔腾汹涌，／到处把纯真的礼仪淹没其中。／优秀的人们信心尽失，／坏蛋们则充满了炽热的狂热。"（《基督重临》）他不信仰现有基督教，但信仰超自然的力量，他在《幻想》（1925）里表达了他的思想。

叶芝的文学声誉主要建立在他的诗名上，他的诗歌创作生涯从 19 世纪 80 年代持续到 20 世纪 30 年代。《茵纳斯弗利岛》（1892）代表他早期抒情诗诗风："我要动身走了，去茵纳斯弗利岛，／搭起一个小屋子，筑起泥巴房；／支起九行芸豆架，一排蜜蜂巢，／独个儿住着，荫阴下听蜂群歌唱。／……"表现出"拉斐尔前派"的唯美主义的影响。他的大量抒情诗是为莫德所写。《当你老了》（1896）是一首构思新颖、情感真挚的动人情诗。诗集《苇中风》（1899）中的许多诗、《在七森林中》（1903）中的《亚当的罪孽》及《特洛伊不再》一诗，都叙述了一生苦恋莫德的内心痛苦，爱情中理智与情感的交织，颇有邓恩"玄学诗"的风格，这标志着诗人逐渐脱离了唯美主义时期，转向一二十年代的现代主义诗歌。

后期，叶芝从感官世界转向永恒的艺术世界，在两首诗《驶向拜占庭》（1923）和《拜占庭》（1933）里记录了他的感情。诗人想象中有两个世界，一个是生生死死的人间尘世，"他们都迷恋于种种肉感的音乐，忽视了不朽的理性的杰作"，另一个是理想的永恒世界。拜占庭即今之伊斯坦布尔，原为东罗马帝国首府，东正教的圣城，叶芝用这历史名城象征他理想的所在。诗人想象着航海来到拜占庭，呼唤教堂壁上金色瓷砖嵌镶显示的圣徒来接引他进入永恒的境界，把他"纳入永恒那精巧的艺术。/ 一旦蜕化后，我再也不肯 / 向任何物体去乞取身形，/ 除非希腊的金匠所制成 / 的那种，用薄金片和镀金，/ 使欲眠的帝王保持清醒；/ 不然置我于金灿的树顶，/ 向拜占庭的贵族和贵妇歌咏 / 已逝的，将逝的，未来的种种"。诗歌表达诗人对情欲、现代文明的厌恶。对理性、古代贵族文明的向往，他把拜占庭看作是个人与社会、精神与物质、政教与文艺得到了和谐统一的理想世界。他晚年的诗常将青年与老年、感官与精神生活、变化的物质力量与永恒的艺术智识作比，许多诗形容了迷人的艺术品。《丽达与天鹅》（1923）以米开朗琪罗的画为意念，再现希腊神话中的场景，以神话暴力和性色彩著称，引发政治、性别、历史、心理等多维度的探究、解读。

象征主义是欧美古典文学和现代文学的分界线，是现代派最早的流派，也是影响最大的流派之一，强调刻画个人的感受和内心世界，强调用有物质感的形象，通过暗示、对比、烘托和联想来表现。这个流派起源可追溯到 19 世纪中叶，在 20 世纪 20 到 40 年代盛极一时，世称"后期象征主义"。叶芝是后期象征主义在英国的代表人物。他中后期诗歌用洗练的口语和复杂的象征及富有质感的形象来描写现实生活，表达抽象哲理，色彩明朗，含义丰富。从他一生诗风的变化，可见出英国诗歌从上世纪末唯美派向 20 世纪 20 年代期间现代派的演变。

四、传统小说的延续

1. 传统文学魅力的体现：高尔斯华绥的小说

约翰·高尔斯华绥（1867—1933）是 20 世纪初现实主义传统小说家中的一位重要代表。他生于伦敦一位富有的律师家庭，早年在著名的哈罗公学就学，后又进入牛津攻读法律。在旅行中他认识了以后也成为名作家的康拉德，后来结成终生好友。高尔斯华绥的成名作是长篇小说《有产业的人》（1906），这成了他一系列连续小说的开端，他在 20 多年中完成了《福赛特世家》和《现代喜剧》两组三部曲。在 1931—1933 年，即他生命的最后三年，他又写成一组三部曲《一章的结束》。高尔斯华绥还是著名戏剧家，在易卜生影响下写社会问题剧，有揭露资本主义法律虚伪不公的《银匣》（1906）、《正义》（1910），有反映劳资矛盾冲突的《斗争》（1909）等，戏剧结构严谨。1932 年他因为在《福赛特世家》中的"卓越的描写艺术"获得诺贝尔文学奖。《福赛特世家》和《现代喜剧》两组三部曲，记述 19 世纪 80 年代维多利亚后期至 20 年代福赛特家族四代人的变迁。《福》包括三部小说及两部插曲《有产业的人》《一个福赛特的暮秋》（1917、插曲）、《进退维谷》（1920）、《觉醒》（1920、插曲）和《出让》（1921）。乔利恩·福赛特是这一家族的创始人，长孙老乔利恩的孙女裘恩于 1886 年订婚，准备嫁给年轻的建筑师波辛尼，家中举行茶会庆贺。《有产业的人》开场便以家族聚会将主要人物引出场来。老乔利恩的侄子索米斯是家族中的强手、一位"有产业的人"，娶了穷教授的女儿伊琳为妻。他请波辛尼建造乡间别墅，小说便沿着福赛特家族内部的矛盾，特别是索米斯、伊琳、波辛尼三人间的矛盾展开。索米斯性格鲜明地体现了福赛特家族的特征：具有强烈的"财产意识"和不可抑制的占有欲，他对有价值的、美好的东西产生的欲望便是占有它。他爱他绝美的妻子，但是以占有珍贵艺术品的方式来占有。伊琳与波辛尼志同道合，他们厌恶利欲的冷酷，热爱美和艺术。索米斯迫害波辛尼来捍卫自己的私有财产，波辛尼在车祸中丧生，伊琳出走后走投无路，只好又回到家中。小说表现了财产占有欲和艺术美感之间的对立和冲突，"是美对私有世界的扰乱和自由对私有世界的控诉"（作者自语），这出悲剧揭露了资产阶级私有制对美好的人性的扼杀，将福赛特性格分析得鞭辟入里。《有产业的人》在思想内容和艺术技巧上都是高尔斯华绥创作的代表作，他采用传统的现实主义方法，生动的情节与人物性格塑造有机结合，文笔流畅又文雅。三部曲的第二部《进退维谷》进一步讲述索米斯与伊琳间的关系。伊琳在独居 12 年以后，与福赛特家族的另一成员小乔里恩情投意合而结婚。索米斯在与伊琳复合无望后，为使财产后继有人，娶法国女子安奈特为妻，生女芙蕾。到第三部《出让》，长大后的芙蕾与伊琳的儿子乔恩相爱，遭到双方父母的坚决反对。乔恩忍痛离开芙蕾，远走美洲，绝望的芙蕾嫁给一个贵族青年。洛宾山别墅挂起了出让的招牌，仿佛昭示古老的福赛特时代的结束。

《现代喜剧》是《福赛特世家》的续篇，由《白猿》（1924）、《银匙》（1926）、《天鹅曲》（1928）三部小说和两部插曲《沉默的求爱》（1927）、《偶遇》组成，写了青年一代福赛特人的经历，反映了 20 世纪 20 年代的文化气氛。婚后的芙蕾遇到颓废派诗人威弗利的热烈追求，但最后选择留在丈夫身边。在索米斯送给芙蕾的画上有眼神忧郁迷茫的白猿，这是年轻一代迷惘与空虚的精神状态的象征。《银匙》情节围绕芙蕾与上流社会一女人之间的争执纠纷和她丈夫迈克尔的政治生涯展开。《天鹅曲》中写了 1926年英国工人的总罢工，芙蕾为工人开设了餐厅。她与乔恩重逢，旧情复燃，但乔恩再次离开。芙蕾在绝望中萌发轻生念头，在家中起火时有意求死，索米斯为救女儿身亡。他在痛苦的经历中，从感情冷淡的资产者转向富有情感的好父亲。在危机的时代里，高尔斯华绥只有在老一代和传统价值中寻找理想归宿。

高尔斯华绥的小说既有冷静的描写，也有浓郁的抒情，插曲《一个福赛特的暮秋》里老乔恩无私地崇拜伊琳之美，具有抒情诗意味，而短篇小说《苹果树》更是哀婉动人。

2. 阐述思想：威尔斯的小说

赫伯特·乔治·威尔斯（1866—1946）是 20 世纪初传统现实主义传统的重要继承人之一。他出生在贫苦的小店主家庭，没读完中学便自谋生路，当过药店和布店学徒，靠奖学金资助在大学里学习了生物学，1890 年毕业后担任中学教员，并给报刊写新闻稿。在他半个世纪的创作生涯里，写作了 50 部长篇小说和几部短篇小说集。他对社会下层生活有深刻体验，对社会问题极为关注。他参加过费边社，主张通过教育和技术来改造资本主义社会。他虽然后来退社，但资产阶级改良主义思想一直未变。

威尔斯在 1900 年以前的小说多为科幻性质小说，他自称为"科学传奇"。《时间机器》（1895）描写时间旅行者发明了一种飞行机器，能飞向过去及未来世界。他乘坐机器飞行到 80 万年以后的世界里，人类已变成两类："埃洛伊"不劳而获，体力日衰；在阴暗的地下从事机器劳动的"莫洛克"养活"埃洛伊"，但夜晚就出来捕食他们。作品以幻想和寓言形式表明现代劳动与剥削阶级矛盾激化后可能产生的可怕后果。《莫洛博士的岛屿》（1896）里，莫洛博士以器官移植术制造出一批兽人，强迫他们遵守社会秩序，但遭到失败，孤岛上野蛮惨杀的景象成了"一幅人生的缩影"。威尔斯与法国的凡尔纳并称为现代科幻小说的前辈，他们赞扬了科技的进步，而威尔斯同时还对先进科技成果应用不当的后果表示忧虑。《隐身人》（1897）中，一个教师发明了隐身术想靠此使自己成为"超人"，后来在众人追打中丧生。《星际战争》（1898）描写火星人入侵地球的恐怖景象。这些状似章鱼的火星人持有毁灭性的武器，地球上的人们无法与之抗衡，幸亏他们对地球上的病菌没有免疫力而死去。星际大战、发射"热线"和"黑烟"的可怕武器，常见于以后科幻题材作品。《最先登上月球的人》（1901）描写地球人登上月球后所见的月球景象，月球人根据不同的劳动分工，让身体某一部分畸形发展，如脑力劳动者头大，信使则腿健，在离奇的幻想中影射资本主义社会不合理的劳动分工造成的人类堕落。威尔斯的科学传奇，具有惊险离奇的情节，想象丰富并具有预示性，在《世界获得自由》

（1914）中他描写到世界大战和原子武器给人类的威胁。在娱乐的同时，富有讽喻意义。

从 1900 年开始，威尔斯写作一系列反映城市中下层人民生活的喜剧性作品，以辛辣幽默的笔触讽刺时俗，描写了一些可怜又可笑的"小人物"形象，显现出狄更斯为代表的现实主义文学的影响。《爱情和鲁维轩先生》（1900）中曾对事业无限憧憬的教师鲁维轩，在衰落、庸俗的社会环境中，"青少年时期的认真追求已经结束"。《吉普斯》（1905）是作者最成功的社会讽刺小说之一。布店学徒吉普斯突然继承了一大笔遗产，不得不学习上流社会的规矩，感到别扭。后来他失去财产，但夫妻共同经营小书店，过得俭朴而愉快。《波里先生传》（1910）中的波里像吉普斯一样可笑又可爱。他经营小布店，对生活感到厌倦，自杀未成反成了救人英雄。他再次出走，隐居于乡村旅店。这个试图反抗命运的小人物沉浮于祸福变幻，最终也没掌握自己的命运。他初到乡间是出于自我选择，再回到乡间则更多的是由于无奈了。《托诺－邦盖》是这类小说中最出色的一部。乔治·庞德莱沃和他的叔父推销假药"托诺－邦盖"致富，又在竞争中破产。小说生动描写了 19 世纪末变动中的英国社会。乔治幼时随做女仆的母亲在乡绅庄园目睹了英国森严的等级制度。他与贵族小姐比爱特里丝幼时天真的交往和发迹后的爱情关系中，始终存在着阶级鸿沟。欺诈性的投机冒险事业的辉煌成功和失败崩坍，成为帝国衰败的一个象征："英格兰与它的王国，大不列颠与它的帝国，昔日骄傲与昔日的忠诚……正在消歇，消歇……时尚的改变造成了分崩离析，一片混沌，徒劳无益的爱和悲像气泡一样漫无目标地膨胀。"作者将社会批判隐藏在轻松愉快的故事和机智俏皮的对话中，善于抓住人物性格的怪癖奇特处加以夸张渲染，但作品结构松散，议论过多，人物性格塑造多是漫画式的，不够丰满。

威尔斯认为"文学像建筑一样是种工具，有它的用途"，能促进思想和启发思考。他后期的"阐述思想的小说"，如《现代乌托邦》（1905）、《像神一样的人们》（1923）、《未来事物的面貌》（1933）对人类未来作了满怀希望的设想。这些小说成了作者思想的传声筒。

3. 自然主义影响的体现：贝内特和毛姆的小说

阿诺德·贝内特（1867—1931）是 20 世纪初与高尔斯华绥、威尔斯并称的传统现实主义作家，但他的创作具有自己鲜明的特点，即带有法国自然主义的明显倾向。他生于英格兰北部斯塔福镇，那是英国著名的陶瓷之乡。他曾在伦敦学习法律，当过律师事务所的职员和《妇女》杂志的编辑。1898 年他出版了第一本小说《北方来的人》，带有自传性质。他一生创作了 30 多部小说，还写过大量书评、剧评等。

在 1902—1913 年侨居巴黎期间，贝内特开始发表一系列以家乡盛产陶制品的五座工业城镇为背景的小说，享有盛誉。"五镇"小说的第一部是《五镇的安娜》（1902），善良、富有同情心的安娜与她富有、冷酷贪婪的父亲形成道德上的对立。短篇小说集《五镇轶事》（1905）和《五镇的惨淡笑容》（1907）等从不同侧面描写五镇的生活风貌。

《老妇人的故事》（1908）是贝内特的代表作，描写五镇之一的伯斯里镇布店老板贝恩斯的两个女儿 50 余年的生活历史，反映 19 世纪后半叶英国工业城镇里中产阶级的生活。姐姐康斯坦斯安分守己，嫁给布店伙计，继承父亲小家业，过了生儿育女的平淡一生。妹妹苏菲娅不甘寂寞，与一个推销员私奔到巴黎，遭遗弃后独自奋斗挣下一份家产。阔别三十年的姐妹重逢，慨叹岁月无情，人生无常。

《克莱汉格》三部曲由《克莱汉格》（1910）、《希尔达·莱斯韦斯》（1911）和《老两口》（1915）组成，描写"五镇"印刷厂老板埃德温·克莱汉格与希尔达之间的悲欢离合。他们在经历相当周折后结合，却又不断摩擦冲突。埃德温悟出"人间的不平是既成事实，除了面对和接受这个事实之外又能怎么样呢？"

贝内特创作受法国自然主义影响很深。他的作品中人物往往默默地接受理想的破灭和顺从命运的摆布。他以冷静、客观的态度描写平凡的现实，注重琐碎细节的描写，因此以后招致具有现代主义倾向作家的猛烈攻击。

威廉·萨默塞特·毛姆（1874—1965）比贝内特更接近法国的自然主义

传统，他相信人的命运受人力无法控制的"偶然"因素的拨弄，不相信"性本善"的学说，对基督教和"自然宗教"都持怀疑态度，作品具有冷嘲的基调，恰合一次大战以后公众心理。他的创作生涯跨越了三代人，主要的小说写于第一次世界大战前后，作品很受读者欢迎，影响远在英语世界之外。他出生在巴黎，自幼父亲双亡，由伯父接回英国。他学医经历和来自法国自然主义的影响反映在他第一部长篇小说《兰贝斯的丽莎》（1897）里，小说里以临床观察的态度描写一个死于流产的年轻女工的命运悲剧。1903年后的30年，他创作了近30个剧本，多为以家庭、婚姻、爱情波折为主题的喜剧，受王尔德影响较大。

毛姆创作的主要成就在小说上。《人性的枷锁》（1915）是他最重要与流传最广的小说，带有自传成分。主人公菲力普·卡莱幼年丧母后由伪善专横的伯父收养，在寄宿学校里受尽歧视和摧残，对宗教渐失去信念。去巴黎学画不成改为学医，在爱情上又遭受打击。小说揭露了不合理的教育、宗教、贫困和社会风尚对人性发展的枷锁般的禁锢。《月亮和六便士》（1919）也是一部著名小说，以法国印象派画家高庚为原型创作，再次提出人的自我问题。一个英国画家抛弃西方文明到南太平洋中的塔布提岛，与土著人同过纯朴原始的生活，创造出不少名画，表达了当时逃避社会，寻求内在自由的思想倾向。《寻欢作乐》（1930）写了以哈代和休·华尔浦尔为原型的两个作家，对当时英国文坛虚伪、狡诈、追求时尚的风气作了辛辣讽刺。老作家前妻、酒吧女郎露西本质纯真，心地善良又不自检束，是毛姆笔下最为丰满的女性形象。《刀锋》（1944）是毛姆最后一部长篇小说，通过美国青年拉里寻求人生意义的过程，反映二次大战期间和以后西方人在东方宗教中寻找精神归宿的现象。毛姆的150多篇短篇小说，根据他国内生活、漫游海外和参加谍报活动等经历写成，涉及间谍、英国人在国内和海外的各种生活。他对小说领域里的各种试验与变革的新手法不感兴趣，文风上深受法国小说家莫泊桑的影响，故事性强，采用客观、富有戏剧性又简洁畅达的叙述方式，攫住读者的好奇与兴趣，又注意对社会时尚的讽喻和对人物性格的揭示。《雨》《红毛》《上校夫人》《舞男与舞女》

等都是他的短篇佳作。

五、现代主义小说的兴起

1. 开启现代主义序幕：詹姆斯的小说

亨利·詹姆斯（1843—1916）生于美国，仰慕欧洲的古老文明，对美国社会的物质主义和缺少文化传统感到遗憾。他出身书香门第，从小漫游欧洲，1876 年定居伦敦，1915 年加入英国国籍。他是个多产作家，作品总数不下于一百卷，以小说为主。

詹姆斯创作的第一阶段（1865—1886）致力于"国际题材"，表现美国与欧洲不同的素质、文化的对比和冲突。《黛西·密勒》（1878）中美国姑娘黛西天真纯洁，不拘礼节，遭到欧洲礼教社会舆论的指责。《贵妇人的画像》（1881）在更广泛规模和更深刻程度上表现年轻的美国的无知和单纯受到古老欧洲的世故与诡诈的侵蚀。伊莎贝拉来到英国，她的患不治之症的表兄爱上了她，说服父亲让她继承巨款，以便于她自由地去追求新生活。伊莎贝拉有两个热烈的追求者：英国贵族和美国富商，但她被旅居意大利的美国人奥士蒙德的"教养"所吸引，婚后才发现陷入了自私冷酷的猎财者的圈套，"发现自己被辗碎在世俗的机器里"。作品里细致的心理分析和"意识中心"的叙述角度，为他以后创作题材和技巧确立了方向。在第二阶段（1886—1901）詹姆斯写了思想保守、怀有贵族偏见的《卡萨西玛公主》（1886）和《波士顿人》（1886）。他一度转而从事戏剧创作，虽不成功，但对他小说创作产生了影响。他在小说中试验用戏剧的技巧，制造神秘紧张气氛，《梅瑟所了解的》（1897）含意蕴藉，以小女孩梅瑟的眼睛去看罪恶的成人世界。《螺丝在拧紧》（1898）写一个现代的鬼故事，幽居乡间的女教师常见一双男女鬼魂出没，神秘莫测。1901 年开始的第三阶段，詹姆斯又回到了他的"国际小说"，创作三部长篇小说《鸽翼》（1902）、《专使》（1903）和《金碗》（1904）。《鸽翼》中年轻的女百万富翁密莉也像伊莎贝拉一样落入了欧洲人的圈套，但她临终前的慷慨与宽厚赢得了她爱过的青年的真正的爱，使他感受到鸽翼的庇护和温暖。《专使》讲述美国人斯特莱塞奉命出使巴黎，帮富孀纽森夫人劝回滞留不归的儿子查得，这桩使命也将决定他自己与纽森夫人的婚姻。他发现查得在欧洲情妇的影响下已变得斯文儒雅，而他自己对欧洲文化也有了更多的了解和好感，便放弃使命返美。《金碗》中美国富翁亚当和女儿梅吉心地纯洁、品德高尚，他们在欧洲寻到各自的伴侣，却发现岳母与女婿之间早有纠葛，关系暧昧，他们宽厚和理智地解决了矛盾。作者赞扬美国人的单纯、忠诚和慷慨等美德，又赞赏欧洲悠久的文化传统，并在两种文化冲突中引进了仁爱的调和因素。詹姆斯发展了一套明确的小说理论，后人将它们编纂为《小说的艺术》（1934）等专集。他在小说技巧方面，进行了一系列探索和尝试，在传统小说"全知叙述"和自传体叙述之外，又创造"意识中心"的叙述方式，从一个角色的"角度"叙述故事、铺展情节，如《贵妇人画像》便是把伊莎贝拉置于各种观点的汇合点。更重要的是，他把小说从外部情节转向精神世界，成为现代主义小说的先声。他并不专注于人物的潜意识，而是力求尽可能细致地表现出感受和情绪，为反映细腻复杂的心理，他在后期作品中采用长而复杂的句式，大量加上修饰语和插入句，精雕细刻却失之于过度矫饰。

2. 向现代主义发展：康拉德的小说

约瑟夫·康拉德（1857—1924）原是波兰人，父亲是波兰反对沙俄统治的爱国者。他早年失去父母，由舅父抚养成人，17岁到法国马赛学习航海，后在英国商船队担任水手、船长，在海上生活了20年，到过南美、非洲、东南亚等地，于1884年加入英国籍。他20岁时才开始学习英语，后来用英语创作了13部长篇小说及短篇小说集和散文集，竟成为20世纪初最杰出英国小说家之一。

以航海为题材的小说是康拉德小说中引人注目的一类，但他并不单纯写航海冒险故事，而是注意描写事件在人们意识中的反映。《水仙号上的黑家伙》（1898），写"水仙号"商船上新来的强壮的黑人水手在启航后便病倒在床，人们并不知道他是真病还是偷懒，有人无奈地侍候他，有人鄙视他。船遇上飓风，船员们面临自然力量的威胁，又遇到道德上的考验，作者显示友谊和同情对人类的重要。狂风恶浪的危急时刻，人们的强弱点、优劣面得到充分展示。康拉德的航海小说具有相当的心理深度。

康拉德的又一类小说是通过来自文明世界的白人在原始丛莽中的生活，探索人的灵魂。《吉姆爷》（1900）讲述大副吉姆在船难时弃船逃跑，他对此引为终生耻辱，直到东方小岛上寻到灵魂的安宁。他帮助土著居民击败敌人，获得"吉姆爷"的尊称。白人海盗的背信弃义使他失信于土人头领，他请死以赎罪过。小说探讨了懦弱与勇敢、痛苦和赎罪、失败与精神复活等问题，作者自称是要表达"对失去尊严的痛切感"。《黑暗的中心》（1902）也具有多层含义。"中心"指形状像心脏的非洲大陆，也指人的精神世界。船长马洛率船沿刚果河进入非洲，一路听说白人库尔兹在丛林深处受到土著人的顶礼膜拜。待马洛历经艰险见到库尔兹，后者早已在追求权财的欲望驱使下，堕落成贪婪与凶残的殖民主义者，内心成为罪恶和黑暗的深渊。航行进入了黑非洲的腹地，也探索了人内心的黑暗世界。

《诺斯特罗摩》（1904）、《特务》（1907）和《在西方的眼睛下》（1911）等小说涉及政治与社会问题。诺斯特罗摩原是意大利海员，在南美哥斯达吉亚那当码头领班，勇敢正直，被拥戴为"我们的人"（意大利语为"诺斯特罗摩"）。在城市面临叛乱之际，他受银矿主之托将一船银锭偷运出港，藏在海中孤岛上，以后攫为己有，但心灵备受折磨。银子是全书的主要象征。《特务》描写了发生在伦敦的受外国政府指使的无政府主义破坏活动。《在西方的眼睛下》写厌恶革命的俄国学生拉祖莫夫出卖了革命者遭到惩罚的故事，表露作者从小形成的对沙俄的仇恨。

康拉德曾说："所有伟大的文学创作都是含有象征意义的，唯其如此，它们才取得了复杂性、感染力和美感。"他采用了印象主义的创作方法，素材不是通过直接分析，而是通过它在瞬间给人留下的印象表现出来，在不同时刻洞察真理的不同侧面，表达出各种象征意义。在小说结构上，康拉德打破了传统的时间顺序，在多次穿插往复中将零碎、孤立的印象交织成完整图画，叙述角度也变化不定，剖析各种影响、动机、情绪、感受。他的小说对人的内心世界的关注、象征主义手法的运用及技巧上的创新，表明英国小说向现代主义发展。

3. 传统与革新兼容并蓄：福斯特的小说

爱·摩·福斯特（1879—1970）与詹姆斯、康拉德一样，是小说从传统到变革时期的作家，作品继续了英国风俗小说的传统，也汲取了象征主义手法。他前半生以小说家闻名，后半生则在散文、文学评论方面有重要建树。福斯特少年入肯特郡坦布里奇学校，对"公学"令人窒息的气氛非常反感，后来他进入剑桥大学，热爱那里自由主义怀疑论的文化气氛。大学毕业后他游历希腊和意大利，地中海地区国家的风土人情感染了他，他感到英国缺少这种创造性和自由气氛。回国后他开始创作，连续写了4部小说，都写到人的行为里自然与文化的联系，把自然看作人的创造性冲动和最深刻的真实的来源。第一本小说《天使不敢涉足的地方》（1905）表现了文雅又沉闷的英国人与粗犷又生气勃勃的意大利人的对比，是讽刺社会习俗的悲喜剧。索斯顿城信奉英国中产阶级道德观念的菲力普姐弟及卡罗琳小姐远征意大利，去"不文明"的意大利夺回有英国血统的婴儿。卡罗琳爱上了自然热情的意大利人基诺，菲力普则决心与虚伪做作、压抑人性的"索斯顿"文化决裂。《最漫长的旅行》（1907）书名取自雪莱《灵魂上的灵魂》一诗，指不自由的结合是"最令人厌倦、最漫长的一次旅行"，带有自传成分。故事写主人公基里婚姻的事业挫折的经历，表现理想和现实的矛盾，小说不太成功。《一间可以看到风景的房间》（1908）描写英国姑娘露西游历意大利前后的经历，表现真实、自然的感情和虚伪、陈腐的观念间的冲突。作者的第四部小说《霍华兹别墅》（1910）牢固地建立起他的文学声誉。中产阶级上层精明实干、但缺乏想象力和同情心的威尔科克斯家，追求精神生活、富有同情心的希莱格尔姐妹及中产阶级底层穷愁潦倒的小职员伦纳德夫妇，都聚集在威家的霍华兹别墅，形成错综复杂的关系。作者明确提出了"连接起来"的主题，提出精神的东西和物质的东西应当"连接"起来，这样作为英国社会缩影的霍华兹别墅才能得救。小说中人物、背景都具有象征和讽喻的含义。

1912 和 1922 年，福斯特两次游历印度。《印度之行》（1924）是作者最后一部也是最重要的一部小说，把"连接起来"的思想扩展到不同民族、文化。印度殖民官朗尼的母亲穆尔夫人和未婚妻奎斯提德小姐到印度来探亲。在一次游览山洞时，奎斯提德在幽暗闷热、回音绕耳的山洞里神思恍惚，感觉有人侮辱了她，陪同游览的印度人阿齐兹蒙受了不白之冤。围绕这一事件，英国人与印度人之间矛盾激化。阿齐兹虽被无罪开释，两个国家与民族间的隔阂加深了。对作者来说，这种民族冲突主要不是来自宗主国与殖民地的对立，而是充满偏见、缺乏同情的"精神发育不良"与善良真诚之间的矛盾，他关心的仍然是人与人之间的联系问题。小说具有鲜明的现实主义倾向，也是作者最富有象征意义的作品，岩洞事件标志着由清真寺开始的英、印谅解友好已失败，结尾描写印度教庆祝爱神诞生的盛典，对未来又透露一线希望。

福斯特的《小说面面观》（1927）是关于小说艺术的经典性论著，有关小说人物部分尤为著名，只具备一种气质的"扁平人物"和立体的"圆形人物"，成为后来评论家常引的术语。

第二节　两次世界大战之间的文学

一、文学的多元化

第一次世界大战历时四年多，战火从西欧蔓延到亚非的殖民地和半殖民地。战后的英国虽然是胜利国，但是在战争中损失了三分之一的国民财富，国力愈益下降。1920 年下半年起，英国经济衰退，失业工人激增。爱尔兰成立"自由邦"，加拿大、澳大利亚、新西兰相继获得自治权，都动摇了大英帝国的基础。1929—1933 年的世界性经济危机造成的物质损失，几乎相当于又一次世界大战。

人们对社会危机日益悲观，对传统的价值观念怀疑日深，资产阶级现代哲学思想日益渗透到各个文化领域，作家认识到社会生活的荒诞、物质环境的异化、人的自我存在的危机，反映危机的现代主义文学进入了鼎盛时期，成为两次世界大战之间最主要的文学流派。后期象征主义诗歌，意识流和心理探索小说等现代派文学表现了现代人的精神创伤和摆脱危机的努力，取得了相当的艺术成就。

这时期的文学呈现多元化的面貌。30 年代英国国内社会动荡不安，国际上德、意、日三国法西斯上台执政，结成侵略"轴心"，一场新的世界大战一触即发。直接关注现实社会问题的作家不满现代主义文学回避现实、表现自我和艰深晦涩的倾向，社会讽刺作品和左翼进步文学兴起。奥·赫胥黎（1894—1963）和伊夫林·沃（1903—1966）是二三十年代的著名的讽刺作家。赫胥黎早期社会讽刺小说《克鲁姆庄园》(1921)、《旋律和对位》（1928），描绘了一战之后各类知识分子的漫画，小说以对话为主体，在机智、幽默的冷嘲热讽之下潜伏着对社会传统道德、宗教信仰、爱情生活等方面深深的失望和谴责。他在 30 年代变得更为悲观，在《美好的新世界》（1932）里描写了反面乌托邦。沃是一次大战后描写上层社会生活的讽刺小说家，并被看作是英国最杰出的文学家之一。他着力描写社会，特别是上层的道德沦丧，反映战后普遍的幻灭和悲观情绪。《一捧尘土》（1934）比他早期的闹剧式作品要严肃，通过托尼不幸的婚姻和归隐森林的经历，把可笑与可悲糅合在一起，描写理想遭到背叛和践踏，社会成了艾略特所说的精神"荒原"。在后来的作品中，赫胥黎和沃都改变了方向，但他们早期笔锋犀利的讽刺小说表达了当时资产阶级及知识分子愤世嫉俗的心情，影响很大。

随着工人运动蓬勃发展，政治动乱和经济危机加剧，英国工人阶级文学也进入了新的阶段，有"红色的三十年代"之称。罗伯特·特莱赛尔（1868—1911）反映工人生活的小说《穿破裤子的慈善家》（1906—1910），爱尔兰剧作家奥凯西表现共产党人反法西斯斗争和工人罢工的《星变红了》《送我红玫瑰》，林赛描写宪章派运动的历史小说《一八四八年的人们》（1947），苏格兰作家吉朋（1901—1935）反映苏格兰人民觉醒和斗争的三部曲《苏格兰人的书》（1946），苏格兰诗人休·麦克迪阿米德歌颂列宁的诗歌等，都是工人阶级文学优秀的组成部分。

传统的现实主义文学在 30 年代再度抬头。克朗宁（1896—1981）继承维多利亚时代小说关注现实的精神和结构布局方式写作《城堡》（1937）等小说。普利斯特利（1894—1984）的《好伙伴》（1929）描写一个流动乐团的滑稽、冒险经历，表现英国乡镇小村的生活图景和众生相，从题材到风格，颇有狄更斯之风。衣修午德（1904—1986）自称是"一部快门开着的照相机"，忠实地反映生活，写作了以希特勒上台前的柏林为背景的小说《诺里斯先生换火车》（1955）、《再见吧，柏林》（1939）。

英国现代意义的短篇小说在 19 世纪末才发展起来，到 20 世纪 20 年代，真正成为一种充分独立的文学体裁，并出现像曼斯菲尔德（1888—1923）这样单独以短篇成名的作家。如果说前面说过的毛姆的短篇小说是莫泊桑式的，以客观、清晰的方式叙述完整、戏剧性的故事，曼斯菲尔德则深受俄国作家契诃夫印象主义式的短篇小说风格影响，她的《幸福集》（1920）和《园会集》（1922）中的小说，努力捕捉人的心灵对自我和人生顿悟的时刻，从侧面加以暗示，意味隽永，对短篇小说艺术发展有很大贡献。

二、现代主义诗歌

1. 现代主义诗歌成就的最高代表：艾略特的诗歌

托·斯·艾略特（1888—1965）生于美国，1941 年定居英国，1927 年入英国籍。他是文学界公认的 20 世纪最伟大的诗人，还是著名的文学批评家，对现代西方文坛的影响几乎无人可以比拟。

艾略特早年在哈佛大学攻读哲学和逻辑学，受到新人文主义者巴比特的影响。1910年毕业后，他进入法国巴黎大学深造，听过哲学家柏格森的课，接触到波德莱尔、马拉美等人的象征主义诗歌。1911—1914年他在哈佛学习印度哲学和梵文，接着又到德国和英国学习，因第一次世界大战而学业中辍。移居英国后，他当过拉丁文、法文教员和银行职员。1917—1919年，他担任先锋派杂志《自我主义者》的助理编辑，1922年创办文学评论季刊《标准》，使之成为有影响的国际性刊物。他从1909年起发表诗歌，出版了《诗歌》(1909—1925)、《诗集》(1909—1935)、《四个四重奏》(1944)、《诗集》(1909—1962)，从1934年开始，致力于创作诗剧，他获得了1948年诺贝尔文学奖及各种荣誉，成为英美文学界最有地位的作家。

《普鲁弗洛克的情歌》(1915)是艾略特在美国名诗人庞德鼓励下发表的第一首重要诗歌，以第一人称口气叙述的形式，写上流社会一个庸碌的青年在求爱途中的矛盾心理。"我"(即普鲁弗洛克)与一个身份不明的人同去沙龙会见"她"，"我"敏感多思，自称"并不是哈姆雷特，也不想当哈姆雷特"，在世界和恋爱面前，都觉得胆怯，畏缩不前，"似乎是个小丑"。不仅诗歌人物与浪漫派诗歌中英雄们大相径庭，在表现手法上也完全突破了传统诗歌特点。诗人用了奇特的象征、比喻手法，如把暮色比作"像一个病人吸了乙醚，躺在手术台上"，把黄色的雾暗喻为蹭背磨嘴的猫，诗中引用自圣经故事、文学作品又赋予新意的句子有十几处。1920年《诗集》中最著名的是《小老头》，写一个年迈孱弱的老头"没有鬼魂"，"等待下雨"，集中反映一次大战后西方知识分子的精神空虚、贫乏和绝望。

长诗《荒原》(1922)是艾略特的代表作，也是西方现代诗歌的一个里程碑。诗人从两部人类学著作中受到启发，套用了亚瑟王寻求圣杯的"神话结构"。他模仿音乐家贝多芬五乐章奏鸣曲的形式，将434行的长诗分为五章。"四月是最残忍的月份，他让荒地滋育出丁香，把回忆／和欲望搅在一起，又用春雨／催促迟钝的根芽"，第一章《死者葬仪》以死气沉沉的春天开头，荒原上凄凉干涸，破碎的偶像承受太阳的鞭打，枯死的树没有遮阴，礁石间没有流水的声音，尘土里存在恐惧。"在冬日破晓时的黄雾下，／一群人鱼贯地流过伦敦桥，人数是那么多，／我没想到死亡毁坏了这许多人。"大战后的西方文明世界和西方人被笼罩在死亡的阴影下。第二章《对弈》描写上流社会与酒吧间中下层妇女市民的生活，贵妇人豪华奢侈，无病呻吟，下层妇女谈着生活琐事，她们的生活显得同样没有目的和意义："你是活的，还是死的？／你的脑子里竟没有什么？"第三章《火诫》写世俗的人们受着欲火的煎熬，生活庸俗、猥亵，但火也是再生的象征。第四章《水中的死亡》更直接指向死亡的主题，腓尼基人弗莱巴斯淹死在水中，死难以避免，而"水"又暗示再生。第五章《雷霆的话》里，作者继续描写荒原枯竭的惨景。这时雷声隆隆，"然后是一阵湿风／带来了雨"，雷霆传达上帝的旨意："舍予、慈悲、克制。"这首诗大量引用或改动欧洲文学中的情节、典故和名句，用了包括梵文的六种语言，结合象征主义和玄学派诗人传统，写出了一代人普遍的精神状态，"荒原"成为危机中的西方文明的象征。诗人也宣传了天主救世的思想。

艾略特的其他诗作，如《空心人》（1925）描述了"脑袋瓜里装了一包草"的西方现代人，因此世界"只是呜咽了一声"就告终。从《爱俪儿诗歌》（1927—1930）开始，艾略特诗中宗教气息变浓，《圣灰星期三》（1930）宣扬服从上帝和悔罪的教义。

《四个四重奏》（1935—1941）是一组哲学、宗教冥想诗，借用他的祖先和自己生活中值得纪念的四个地点为诗题，中心主题是通过个人经历、历史事迹等，抒发对时间、生命的空幻感，表达始与终、生与死互相循环的思想，宣扬谦卑和原宥精神。

艾略特后期最主要的作品是五部诗剧。《大教堂谋杀案》（1935）是其中最成功的，描写 1170 年坎特伯雷大主教托马斯·贝克特被谋杀的事件，歌颂他为世人赎罪献身的精神。艾略特复兴了希腊古典诗剧，打破了一百多年来英国剧坛以散文剧为主的局面，这成为这时期戏剧方面最重要的事件。

在文学理论批评方面，艾略特也有很高的建树。他早期针对浪漫派诗作，提出新古典主义理论，认为诗人感情进入作品前须先经"非人格化"转为普遍性的艺术性情绪的过程，要寻找"客观对应物"来表现情绪，即通过事件、情景、意象、典故勾勒出图画来间接暗示或象征某种情绪，并使之能在读者心中引起同样的感情。他的诗歌理论使欧美诗歌由主观抒情转到了客观象征的时代，把象征派诗歌发展到了一个空前的高度，对整个西方现代派文学产生了深远的影响。他最主要的文学批评文章有《传统与个人才能》（1917）、《批评的功能》（1923）等，他的文学批评对英美新批评派起了开拓作用。

2. 现代主义影响下的独特诗风："奥登派"

20 年代末期诗坛上出现以奥登为主的深受艾略特影响的一批青年诗人，他们毕业于牛津，故称"奥登派"或"牛津派"诗人。他们抗议社会弊病，寻找 30 年代经济危机和法西斯主义的根源。奥登（1907—1973）在当时与艾略特齐名。他早期对马克思学说和弗洛伊德学说感兴趣，诗歌重点描写社会和个人问题，充分表现对政治现实的忧虑和关心。后期作品由激进的政治观点转向对人性悲剧的探索，基调为怀疑和讽刺。"奥登派"的另几位诗人是斯彭德（1909—1995）、刘易斯（1904—1972）和麦克尼斯（1907—1963）。斯彭德将浪漫主义与现代题材和态度相结合，具有雪莱式对友爱和美的追求与轻灵诗风。刘易斯和麦克尼斯都很有古典气息。来自威尔士的诗人迪伦·托马斯（1914—1953）不属于"奥登派"，但在这时期也很有影响。他狂歌豪饮，倜傥不羁，诗风高度个性化，感情激扬起伏，讲求词的音韵和联想效果，与艾略特、奥登和其他当代诗人理性、简练的诗风截然不同，被视为最后一位浪漫主义诗人。他最好的诗作是《死亡和出场》（1946），诗题是与人们关系最为紧密的生、死、爱。他对人生时有悲观，但从不冷嘲。他的诗一反当时大多数诗的阴冷绝望，为读者提供了活力与温暖。

三、现代主义小说

1. 开拓心理探索新领域：劳伦斯的小说

戴·赫·劳伦斯（1885—1930）是 20 世纪初出现的最有独创性、引起争议最大的作家之一。他努力揭示人性隐秘深处，借此批判现代工业社会。他和乔伊斯的出现标志着英国现代主义小说进入了高潮时期。劳伦斯出生于英国中部的煤矿工人家庭。父亲酗酒暴躁，母亲有一定文化修养，把情感和希望都寄托在儿子身上。1906年劳伦斯进诺丁汉大学学习教师专修课程，在这期间，他开始写作小说。1912年他与一位教授的妻子、贵族出身的德国女人弗莉达相偕私奔到国外，在匆匆行程中劳伦斯完成了成名作《儿子与情人》。第一次世界大战期间劳伦斯的经历很不愉快，他和弗莉达居住在英国乡村农舍，但他妻子的德国国籍和他本人的反战态度，招致警察前来驱逐。他与作家奥·赫胥黎试图在美国建立一个人们和谐相处、躲避现代生活的乌托邦庄园，也没有成功。他漂泊旅行，一直创作不辍，直到1930年死于肺病。生前他备受指责，《恰特莱夫人的情人》在英国被视为淫秽读物禁止出版，死后他的声誉日隆，被看作20世纪最有天才和影响的作家之一。

劳伦斯写作了小说、诗歌、戏剧、游记和哲学、心理学及历史著作，以小说成就尤为突出。他一生不满于资本主义工业化社会现存秩序，认为人的自然本性受到机械文明的摧残，人与人之间和谐的自然关系遭到工业化社会的破坏。他的第一部小说《白孔雀》（1911）就表达了淳朴自然的田园生活与散发铜臭的工业文明间的对立。有很大自传成分的《儿子和情人》（1913）为作者赢得了广泛声誉。保罗是矿工的儿子，他的母亲对粗暴的丈夫感到绝望，向儿子寄托全部情感，这种超乎寻常的爱影响了保罗与其他姑娘的恋爱。女友米丽安追求的精神恋爱和他与女工克莱拉的肉体恋爱都不能让他满足，直到母亲去世他才在精神和感情上摆脱了控制。小说在表现大工业生产给矿工家庭造成不幸的社会批判主题时，更多探讨了人物经历中的心理学问题。保罗与母亲的关系成为弗洛伊德关于男孩恋母憎父的"俄狄浦斯情结"的典型例证。

《虹》（1915）是劳伦斯突破旧的传统手法，成为具独特风格的现代派作家的转折点。通过人与人之间联系的重新调整来拯救堕落的"文明"社会，这是劳伦斯与福斯特相似的一个思想观点，但他把建立"自然完美"

的两性关系作为关注中心。他认为："我只能写我特别有所感触的东西，在目前，这就是指男人与女人之间的关系。建立男女之间的新关系，或者调和旧关系，这毕竟是当前面临的问题。"《虹》通过自耕农布兰文的三代家史，寻求建立自然和谐的两性关系的可能性。第一代汤姆夫妇生活平淡无奇，第二代威尔与安娜的婚姻充满了分歧冲突，缺乏精神和谐。属于第三代的厄秀拉是小学教师，满怀对现存秩序的叛逆精神，探索新型的男女关系。她爱青年军官安东，但不满他盲目为帝国的扩张政策效命，两人关系终于破裂。《虹》的姐妹篇《恋爱中的女人》（1921）围绕两对男女的离合展开，进一步探索在工业社会里建立人与人之间完美关系的问题。厄秀拉和伯钦在经过各自波折后，在保持各自个性的基础上结合，共同探索实现和谐关系的途径。年轻的煤矿主杰拉尔德是现代机械文明的化身，在企业管理和个人生活中都实行"非人的机械原则"，矿工们失去了生活的欢乐，他自己想借与古特伦的恋爱填补精神空虚的企图落空，在冰雪中冻成"一团冰冷沉默的东西"。小说把象征主义与现实主义手法结合起来，应用大量象征去探测心理深度，小说中天空悬浮的彩虹成为20世纪英国小说中著名的象征，"是圆满美好的人与人之间关系的象征，是新世界的象征"。他的小说中许多经常重复出现的象征，含义复杂，如在《虹》和《恋爱中的女人》中月光的形象与厄秀拉的形象常融合在一起，一般评论认为月亮象征女性的力量和女性的胜利。

第一次世界大战后的4部小说表现出战后的没落和空虚感及对生活新义的追求。《迷途少女》（1920）里北部工业小城中的姑娘爱尔维娜跟着流浪的意大利艺人出走，去了荒僻乡间。《亚伦的杖杆》（1922）里擅长吹笛的矿工亚伦挣脱家庭的束缚，出走以发挥艺术才华，在伦敦他与另一位作家建立起男性间的友爱关系，使人与人之间的爱更加广泛。《袋鼠》（1923）和《羽蛇》（1926）分别以澳大利亚和墨西哥为背景，表明劳伦斯试图在欧洲文明以外寻求人类获得新生的途径。《羽蛇》中墨西哥人试图恢复天与地、灵与肉结合的土著宗教，推翻独崇精神的天主教。

《恰特莱夫人的情人》（1928）描写了恰特莱夫人康妮与猎场看守人梅

勒的性爱故事，揭示资本主义工业化和机械文明对生机和人性的扼杀，丧失生殖能力的恰特莱爵士成了丧失生命力的工业社会的象征，作者想以康妮与梅勒自然美好的性爱关系去恢复工业社会的生机。

劳伦斯是受弗洛伊德学说影响较大的现代作家之一，他注重描写心理，探究人的潜意识和性本能，但他又与弗洛伊德有分歧，痛恨机械文明代表的理性对人纯真的爱的本能的扼杀。他揭露了资本主义工业化对人和人的价值的摧残，把完满的两性关系作为治疗社会痼疾的药方。他的小说把社会批判与心理探索主题、现实主义和象征主义技巧结合得非常出色。

2. 现代主义小说的里程碑：乔伊斯的小说

劳伦斯的小说在现实主义文学的传统因素中加入了象征主义的革新成分，而乔伊斯的意识流小说创造出离经叛道的艺术形式。意识流小说是20世纪初兴起的以与传统的写实手法不同的创作方法写成的小说，它是在现代心理学的基础上形成的。美国心理学家威廉·詹姆斯提出了"意识流"的概念，认为人的意识是流动不已的"思想流""主观生活流"，通常是不符逻辑和理性的。柏格森和弗洛伊德又发展了心理时间和非理性、无意识的观点，促进了意识流方法的形成。面对现代社会的变幻不定，现代人精神上的矛盾复杂，一些作家认为传统的现实主义小说，通过描写外部具体事物动作来表现生活与人物的方法，已不足以表达已被认识到的复杂性，意识流的方法就是寻求这种新的表达方式的一种努力。它打破了传统小说按情节之间的逻辑联系形成的直线发展的结构，随人的意识活动、通过自由联想来组织故事，情节的衔接一般不受时、空间或逻辑、因果关系的制约，常常是由一个事件或情景引发，人的意识向四面八方发散又收回，构成放射形的枝蔓式的立体结构。英国真正的意识流小说始自多萝茜·理查逊（1873—1957）的《人生历程》（1915—1938），在乔伊斯和伍尔芙的创作中达到高峰。

詹姆斯·乔伊斯（1882—1941）生于爱尔兰首都都柏林一个穷公务员家庭，从小在天主教学校接受古典文化和宗教的教育，青年时代在都柏林大学学习现代语言。他开始厌恶宗教教义，不满狭隘闭塞的爱尔兰生活，为了摆脱来自民族和宗教的影响和压力，客观地进行文学创作，他自愿流亡到欧洲。他在欧洲各国漂泊，经济窘迫，眼疾严重，作品又屡遭出版上的困难和出版后的指责，但他呕心沥血地创作了 4 部小说，2 卷诗和 1 部戏剧。

乔伊斯 20 岁时开始流亡，至 59 岁去世只有几次短期回故乡访问，但他的小说题材和人物都集中在都柏林。短篇小说集《都柏林人》（1914）描绘了都柏林中下层市民平凡的日常生活琐事，15 个短篇各自独立，但有共同的主题，即在首篇首页点出的"瘫痪"。开头三篇从一个逐渐长大的小孩的意识表现人们对理想的本能追求，在倦怠衰朽的环境里的幻灭，在"精神感悟"中结束。《伊芙琳》开始用第三人称叙述。少女伊芙琳想跟随外国水手逃跑，但最终失去了勇气。《一小朵云》里小查德勒与海外归来朋友重逢，伤感自己在家乡的一事无成。《会计室里的常青藤日》《一位母亲》和《恩惠》从政治、文化、宗教三方面反映"瘫痪"的主题。《死者》是小说集中最后一篇，也是英国短篇小说的杰作。大学教师加布里埃尔与妻子同去参加节日聚会，晚会上一首旧歌引起妻子对往日情人的怀念，本来心情颇佳的丈夫感到愤怒和妒忌，他反省之下，醒悟到自己情感生活贫乏、苍白，窗外纷飞的大雪，笼罩着生者与死者，主人公逐渐领悟了生死、爱恨的意义。小说中现实主义手法与象征主义技巧交替融合。

《青年艺术家的肖像》（1916）带有明显的自传性，表现青年艺术家斯蒂芬精神的成长过程。全书共分五章，每章记录主人公精神成长的一个阶段。小说以斯蒂芬的童年时代开始，在教会学校，他受到不公正待遇；在家里，大人们讨论爱尔兰政治和宗教问题。第二章记述斯蒂芬成年过程中性意识觉醒而产生的感情和理性的斗争。第三章里，斯蒂芬在宗教中寻找灵魂的安宁。第四章虽短但很精彩，斯蒂芬面临是否终生献身宗教的问题，在海边，他经历了精神感悟的时刻，他发现站在水中的小姑娘"点缀着令人惊异的人间的美"，听到了生活的召唤，要到艺术创作中去寻求理想和事业。在最后一章里，斯蒂芬进入大学时代，他与同学们讨论艺术和美学的问题。在结尾他表明自己与家庭、宗教与国家彻底决裂的决心，"我决不会为我不再信仰的事业去效力。无论你把它称作我的家庭、我的祖国还是我的宗教。我将以某一种生活方式或艺术来尽情地、充分地抒发我的热情……"他远走欧洲，去自由地追求艺术理想。

这部小说在艺术手法上相当丰富。不同的章节运用了从童稚语到学究文风的各种语言风格，适应主人公不同发展时期的特点。因为题材是传记性的，作者大致按现实主义小说的时间顺序来叙述，但这部传记又主要是精神方面的，作者采用了打破时间顺序、自由联想和内心独白的意识流手法，并广泛运用象征手法来揭发人物意识活动。主人公的姓氏与神话中制造翅膀飞出迷宫的艺匠的名字相同，鸟、水、路、牛等事物都孕有象征的意义。

《尤利西斯》（1922）是现代小说中最富有实验性、也引起最多争议的小说。小说分为三大部分、十八章，叙述三个都柏林人——广告经纪人布罗姆和妻子、歌手莫莉及青年艺术家斯蒂芬——一天的生活和感情活动，小说完全是以意识流手法讲述的。小说开头，斯蒂芬流亡一年后回家看望病重母亲，第一部分便讲述他早上去学校教历史课，以后漫步海滨，思考历史、哲学等问题，第二部分讲述布罗姆的日常活动，他参加朋友葬礼，安排广告事宜，前去吃饭，挂念家中不贞的妻子。在傍晚他遇见斯蒂芬，早已失去儿子的他被激起了父爱，整晚随斯蒂芬去游荡，将喝醉的斯蒂芬带回了家。小说最后部分则是莫莉入睡前的种种思想活动，在莫莉长达40页的混乱的意识流动中结束。

小说取名《尤利西斯》，具有强烈的象征性，尤利西斯即奥德修斯，是荷马史诗中的希腊英雄。作者把一个极平庸的现代人布罗姆在都柏林的一日游荡与尤利西斯的十年漂泊相比，在人物、情节、结构上都与史诗存在对应关系。但是，古希腊那种高尚的英雄气概在平庸、渺小的现代人身上已不复存在。布罗姆这个现代尤利西斯成了商业社会里忙碌奔波的凡夫俗子、在都柏林人中感到孤独的犹太人，失去了和谐、融洽的生活环境，忍受妻子的不忠、别人的侮辱，一派无奈的宽厚。处处寻父又帮助父亲恢复家园的勇士忒勒马科斯成了精神困惑彷徨的斯蒂芬，在布罗姆身上寻找到"精神上的父亲"。忠于爱情的王后珀涅罗珀则成了追求肉欲的莫莉，她的纵欲是道德衰微年代的一个缩影，斯蒂芬代表人的智力，莫莉代表人的肉体，布罗姆则成为一个完整的人，一个仁慈、正直又受挫、困惑的现代人。

作品运用意识流手法描写人物心理，在莫莉身上达到高潮，她在睡意蒙胧中意识无限制、不停顿地流动，大段没有标点、没有大写字母、超越语法常规的内心独白，在凌乱跳跃中自有秩序，和盘托出一个女性内心的隐秘。作者在写作技巧上作了许多创新，他运用不同色调的语言和表现手法描写不同的人物与情景，如描写斯蒂芬的沉思漫步，使用哲学术语、生僻词语等，表明他的学识素养；在记录布罗姆琐碎生活时，多用具体、口语化的生活词汇。各章节的写作手法也配合特定的内容，学校的一章采用课堂上惯用的问答形式，产院的一章语体上模仿从古英语到现代英语的各种文体，与胎儿的成长过程相应。作者还大量引用文学、神话、历史的典故，使用外来语、双关语，并自创一些新词，在创作手法上努力独辟蹊径，写出现代西方生活的百科全书。

最后一部小说《芬尼根的守灵夜》（1939）比《尤利西斯》更为艰涩难懂，主要写一个酒店老板伊厄威克及家人的一夜噩梦狂想，在梦中溶进大量神话、宗教和历史的典故。书中各个部分与18世纪意大利哲学家维柯的历史循环论描述的时代相应。维柯认为人类历史由宗教、英雄、人类、混乱四个时代组成，周而复始，盘旋上升，小说中所有的人至日月星辰都表现无休止的升降、沉浮、兴衰。书的结构也符合这一循环思想，小说终结的字正是开头的字。作者使用时空错位、任意联想等意识流手法，大量创新词，借用了18种外语，双关语、象征、隐喻，比比皆是，它彻底背离了传统小说的基本概念，使一般读者不敢问津。尽管乔伊斯自认这是他的杰作，评论一般都推《尤利西斯》为他的代表作。

3. 别具一格的意识流小说：伍尔夫的小说

弗吉尼亚·伍尔夫（1882—1941）是英国意识流小说另一位重要的代表作家。她因循乔伊斯的道路，又有所发展。她出身伦敦的文学世家，父亲是著名学者和出版家，家中文学名流出入。她虽未受正规教育，但在浓郁的文化气氛中成长。1904 年父亲去世后，她和兄弟姐妹在伦敦布卢姆斯伯里的住宅成为文学中心，其中有小说家福斯特、詹姆斯、诗人艾略特等。1912 年，她与报界人士伦纳德·伍尔夫结婚，于 1917 年共同创办著名的"霍加斯出版社"。她还是积极的女权运动者，宣传妇女的选举权、教育权、精神独立性，她的《自己的房间》（1929）成为关于女性文学的传世佳作。第二次世界大战波及英国后，她感到恐惧不安，加上自幼的精神病不断恶化，于 1941 年 3 月投水自尽。

伍尔夫最初的两部小说《出航》（1915）、《夜与日》（1919）属于传统小说范畴。《雅各布的房间》（1922）是她第一部意识流作品，不再以连续的故事叙述雅各布的经历，而是在一连串场景变换中显示他的成长与活动。也正是在 20 年代，伍尔夫认为当时以贝内特、威尔斯和高斯华绥为代表的传统创作追求逼真地表现外部世界和事物表面现象，不深入人物内心，而只有人类的内心世界是"实在的""永恒的"，要像乔伊斯等作家那样"不顾一切地去揭示内心最深处火焰的闪光"，她倡导现代主义的、特别是"意识流"的表现方法。

《达罗卫夫人》（1925）表明伍尔夫脱离了传统的轨道。小说记述 15 个小时内一位上层社会妇女的内心活动，达罗卫夫人为准备家庭聚会上街买花，在车声人语里她想起几十年前婚姻的选择、与女儿的关系等等，她听到街上传来的一声巨响，这声巨响也让一个在大战中精神受创的老兵吃惊，引出了一个并不相干的人物，共同表现"神志清醒的人和精神失常的人观察之下的世界"。

《到灯塔去》（1927）以作者幼年生活为基础，以她父母亲为主要人物原型，具有明显的自传成分。小说描写拉姆齐教授一家和几个朋友在一次大战前夕于苏格兰西北沿海小岛上度假的一段生活，表现人物思想和感情，在现代生活的混乱无序中，寻找自我隐退而享受谐调、秩序、稳定可带来的快乐的世界。小说开始时拉姆齐太太傍晚临窗眺海，思绪脱离尘世的烦恼，无意中飞抵另外一个世界——远处灯塔所在的地方，在宁静的瞬间自我与世界结合一体，孤独感、疏远感顿消，感到超脱和满足。她是帮助各个孤立的宾客和松散的家庭成员间建立友好稳固联系的纽带。十年沧桑，女主人去世，一个儿子死于战场，一个女儿因难产丧生。拉姆齐家又重返海边，拉姆齐先生带子女和船驶向灯塔，父子间隔阂渐消，似乎达到拉姆齐太太努力建立的和谐关系。画家布丽思科小姐也经历了精神上的感悟，在作品中达到了她向往的境界。全书象征色彩浓厚，生活与人物似乎笼罩在一片透明的灵光卜，她的小说享有"散文诗"的盛誉。作者发展了《达罗卫夫人》对时间的实验，人物的精神活动是按心理时间进行的。

《浪》(1931)是典型的意识流小说，几乎完全排斥外部活动的描写，突出强调人物内心的生活。构成小说情节基础的是6个人物的相互关系及各自为了在冷漠嘈杂社会里确立自己身份的努力，以日出到日落的变化代表他们从童稚到衰老的时光流逝，以他们的内心独白和意识波动表明他们的经历。行文的风格随他们智力与年龄的增长而渐趋复杂。

伍尔夫重要的小说的最后一部是《幕间》(1941)，描写具有中世纪色彩的英国乡村里化装庆祝会上的活动。"幕间"指古装演出各幕间观众、村民之间谈话，也指两次世界大战之间的时期。

在这4部小说里，伍尔夫贯彻自己的艺术理论。她主张要按人们日常生活中接受各种印象、做出各种反应的真实方式来创作小说，做到没有作者的介入、没有外物溶入的客观叙述。伍尔夫的意识之流不时流转于不同角色之间，往往在不明显改变风格和技巧的情况下由一个意识变为另一个意识，这突出表现在《达罗卫夫人》中，成为伍尔夫意识流技巧的一个重要特色。而在《浪》中，她又有意地使六股意识分流。

伍尔夫的小说缺乏乔伊斯作品所达到的思想深度，但她深刻反映了一战前后和两次大战间上层社会的精神世界。她感觉特别敏锐细致，对人的价值和人与人之间的和谐关系尤为关注。

意识流小说家对意识手法运用不尽相同，有的整部使用，有的章节使用，在第二次世界大战以后，意识流技巧更多地被作为一种表现手法与其他技巧配合使用来表现人物的心理，成为现代文学中应用最广泛的文学技巧之一。

第三节　第二次世界大战以后的文学

一、更新发展看未来

1939—1945 年的第二次世界大战是人类历史上空前的大浩劫，全世界60 多个国家和五分之四的人卷入战争。英国人民在大战中付出了巨大的牺牲，也表现出勇气和团结的力量。战后的英国经济状况愈见衰竭，政治、军事实力逐步衰落。英国所有的殖民地取得了独立，"大英帝国"的结束大大削弱了英国在世界上的力量和地位，英国人不得不接受事实：英国不再是世界事务的中心，而仅仅是美苏冷战的旁观者。英国工党在执政的六年中，推行"社会民主主义政策"，将私有工业企业、矿山、铁路国有化，实行免费医疗和发放老年抚恤金等制度，改革教育制度，使像哈代笔下的裘德这样的青年有机会进入大学，工人们生活状况有了很大改善。工党采取的措施为要求改革社会结构的人民带来巨大的希望，但是"经济奇迹"并没有发生，工党和保守党轮流执政，改革的进程滞留不前，人们感到建立新生活的希望破灭了。传统的价值观念面临挑战，人们尤其是知识分子感到理性、理想、信仰、道德等观念动摇以至轰毁。第二次世界大战前在法国产生的存在主义哲学思潮风靡欧洲各国，世界是混乱荒诞的、人生是荒谬虚无的思想弥漫。

战后文学各种流派及倾向同时并存，互相影响和渗透。这时期没有产生像乔伊斯、劳伦斯、艾略特这样有影响的大家，也很难说哪种文学流派或倾向绝对居于主导地位。50 年代小说与戏剧中的"情怒的青年"和诗歌中的"运动派"，抨击时弊，抒发怨愤，关注现实问题，具有明显的现实主义倾向。塞缪尔·贝克特的"荒诞派"戏剧，及 60 年代默多克等作家的哲学寓言派小说则受存在主义哲学的影响，从哲学角度探讨人在社会中的地位和价值，创作上多采用寓言、象征等技巧。在法国新小说和文学中结构主义思潮的影响下，60 年代后期和 70 年代初，英国小说中还出现了约翰逊为代表的"形式革命派"，试图彻底摒弃传统结构，他们在小说中将各类文体及图片、手稿摹迹等混排，书中全页空白或挖洞；活页小说则可以按任何次序阅读，将现代主义文学实验几乎推向极端。二次大战以后变化发展了的现代主义被称为"后现代主义"，以别于 20 年代高潮时期为代表的现代主义文学。

尽管战后文学在独创性和影响性方面不如战前文学，但老将新秀的佳作不断出现，对于战后至今 70 余年的文学，我们还很难作一个较为全面的把握或较为公正的评价，对于未来文学发展的面目我们更是难以预测。但是，无论文学如何随时代、文化环境的变化而变化，文学这种人类认识世界的美学手段、人类精神生活的重要部分，将与人类共存。

二、变化的诗风

1. 在传统与现代之间探寻："运动派"诗歌

50 年代，一批诗人、批评家想要复活战前西方文化的艺术形式和人文主义内容，以"运动派"而著称。他们不赞成贝克特的"荒诞派"戏剧所表达的反文化和反人文主义倾向，不赞成艾略特向古典文化和宗教寻找出路的方式，也不愿回复呆板的传统形式，他们试图在僵硬的传统和抽象的存在主义之间寻找一条折中道路。有的评论家认为"运动派"诗人写作方式上过于拘谨和斯文，有的评论又称赞他们在恢复传统文化方面采取的审慎、理智的态度。"运动派"诗人在 50 年代以后大多改变了写作风格。

菲力普·拉金（1922—1985）是"运动派"的代表诗人。他以哈代为榜样开始写诗，诗题广泛，常表达在当今社会中直面人生所需要的勇敢精神，诗风简朴优雅。他的第一部诗集是《受骗较少的人》（1955），尽力避免 30 年代"奥登派"诗歌的政治狂热和 40 年代诗歌的过分感情化。唐纳德·戴维与拉金同龄，是运动派的诗人和理论家。他提倡英国 18 世纪新古典诗歌的简朴、清晰风格，避免晦涩，但同时他又乐意接受现代诗风影响，并不固守传统。他有 4 部诗集，诗的词汇丰富、有想象力，既有文言古词，又有现代俚语。

2. 深刻主题和独特语言：休斯的诗歌

第一次世界大战以来，英国诗坛每十年都有一位具有代表性和富有影响的诗人。

20 年代出现了艾略特，30 年代有奥登，40 年代和 50 年代分别以迪兰·托马斯和拉金为代表，60 年代的代表诗人则是特德·休斯（1930—1998）。休斯深受叶芝的影响，在剑桥大学接受的人类学、民俗学教育对他诗作的题材和风格很有影响。他以粗犷、时而断裂的诗行描写动物的狡诈和凶猛，写人的诗则强调人性本能和兽性的一面。他的第一部诗集是《雨中鹰》（1957），一开始便以强烈的感情、出色的想象显示出与 50 年代"运动派"诗人截然不同的风格。第一次世界大战以来欧洲人内心的混乱及动物和人身上表现出的盲目、狂烈的本能力量，成为他诗作两个重要的主题。他的第二部诗集《卢泼卡尔神》（1960）诗题来自罗马神话中牲畜之神，表现动物狂暴的世界及人在忍耐极限时的野蛮，情感狂放而诗风明晰连贯。1961 年，他与诗人托姆·冈合作出版了诗集，自己又独立完成了一些诗作。1970 年出版的长诗《乌鸦》采用民间文学素材，诗中的乌鸦聪慧、强悍，能战胜一切灾难，而另一角色上帝有时是乌鸦的伙伴，有时又是敌人和对手，常常是被动的。长诗表现在无情、敌对的宇宙和社会中人们艰难地生存，悲观色彩浓郁。

特德·休斯的诗作影响很大，一些年轻的人模仿他的诗题、诗风，形成了"特德派"。值得一提的是休斯的妻子西尔维亚·普拉斯，一位著名的美国诗人，于1963年自杀。她的悲哀色彩的诗与休斯的诗有密切的联系。

托姆·冈（1929—2004）是60年代仅次于休斯的重要诗人。他早期诗作曾收入"运动派"诗集，赞美人与命运战争的勇气、精神，诗的风格上具有男子汉气概。《我的悲哀的船长》（1961）开始诗风发生变化，进取的赳赳雄气减少了，代之以细致的思索，显示出美国诗人威·卡·威廉斯和马里安·莫尔的影响。《魔草》（1971）是他的优秀诗作，取材《奥德修记》中尤利西斯凭借魔草战胜女妖魔法的故事，表现内在的人性，具有心灵洞察力和生动、成熟的风格。盖恩长期居住美国，作品中包含两种文化，许多评论家把他称为"盎格鲁－美国"诗人。

三、戏剧的再次振兴

1. 掀起戏剧创作新高潮："愤怒的青年"

1956年，英国上演了一出新戏：奥斯本的《愤怒的回顾》，这是一批被称为"愤怒的青年"的戏剧家、小说家中的重要作品，也标志着20世纪英国戏剧第二次高潮的开始。

"愤怒的青年"是20世纪50年代英国文坛上重要的文学运动，反映战后英国社会人们的思想情绪和苦闷。年轻一代不满足于生活的些微改善，他们期望社会能够提供更好的结构形式，让他们有更多的发展机会，但是现实让他们失望了。青年作家们由不满而痛苦，由痛苦而愤怒，以小说和戏剧作品来抒发情绪，这场运动随着《愤怒的回顾》的出现达到了高峰。"愤怒的青年"剧作不仅反映了一代人积聚的不满情绪，也标志着一个新的戏剧方向，即写反映下层阶级生活的现实主义戏剧，有人将这类戏剧与舞台上流行的起居室为背景的喜剧相对，称为"厨房水槽"剧。剧中以工人阶层的人物为主角，反叛社会中上层资产阶级，但剧作者表达的情绪不限于工人阶级，而反映出整个英国社会青年一代的不安、躁动和挫折感，向社会提出情感强烈的抗议。1956年以后，剧坛呈现活跃景象，许多剧作家写作现实剧、荒诞剧，或二者因素兼而有之的戏剧。英国戏剧至今仍是西方戏剧中最有活力和影响的部分。

约翰·奥斯本（1929—1994）出生于大危机开始的那一年，12 岁丧父，母亲是酒吧女侍。他先是为杂志工作，但在戏剧事业中找到志趣和才能所在。《愤怒的回顾》上演引起观众极大的兴趣，尤其是在战后成长起来的二三十岁的年轻人们对之产生很大的共鸣。主人公吉米·波特出身工人家庭，在战后接受了高等教育，尽管他有才能，但他明白上层社会总是在他们上升的道路上设置障碍，他只有向出身中产阶级的妻子艾莉森发泄自己的沮丧和愤怒。作者在剧中恢复了忽略已久的戏剧手段：激烈的长篇演说，借人物之口抨击时政，表现在现实中找不到出路的一代人的焦虑心理。戏剧形式上采用了传统的现实主义戏剧手法，全剧主要是主人公独白，略加上其他角色的话。《演唱者》（1957）中的音乐厅演唱者阿基莱斯也是生活道路上的失败者，在时代的重压下苦苦挣扎，父子两代喜剧演员的命运成了摇摇欲坠的帝国的象征。他的历史剧《路德》（1961）也享有盛誉。奥斯本六七十年代创作的剧作都不如他作为"愤怒的青年"戏剧代表时的创作受到热烈欢迎。

阿诺德·威斯克（1932—2016）也是"愤怒的青年"的代表性剧作家，对 50 年代戏剧更新做出了贡献。他常以伦敦东头的犹太家庭为题材，表现个人与社会压力之间的冲突。《大麦鸡汤》（1958）从犹太人观点向分崩离析的英国社会提出抗议。战前，穷苦的犹太工人因他们对社会主义的信仰和对法西斯主义的仇恨而团结在一起。战后，年轻一代发生了变化，比他们的长辈更个人化，到 60 年代，已长大成人的青年们有的致富，只顾自己；有的仍然受穷，失去了社会主义信仰。只有 30 年代的老共产主义者还坚守信念，但他们已老弱，徒劳地劝说儿辈去关心整个社会。这部剧作与《根》（1959）、《我在谈论耶路撒冷》（1960）构成了《鸡汤》三部曲，1960 年上演时给观众深刻印象。作者把戏剧看作促使人们逐步觉悟的手段，把工人阶级从怠惰漠然的状态中唤醒过来，引向社会主义，从目前的困境中解救出来。威斯克非常熟悉社会俗语和地方方言，戏剧对话采用通俗语言，后来的剧作在现实主义手法上又加上了寓言色彩。

2. 反传统的新戏剧：荒诞派戏剧

荒诞派戏剧是战后西方戏剧界最有影响的流派之一，于20世纪50年代初出现于法国。尤内斯库、贝克特、阿达莫夫等剧作家从存在主义观点出发，打破了传统戏剧的写作手法，借助各种舞台手段，揭示人生的荒诞性、人类存在的虚无性，以荒诞的形式来表现荒诞的内容，反映荒诞的世界和人生。合乎逻辑的传统戏剧结构被杂乱无章、几乎无情节的表现方法所取代，具体的时间、地点不复存在；稀奇古怪的舞台形象，机械可笑的动作，灯光和音响的特殊运用，义不对题、毫无意义的语言，共同体现人生现实的不合理性。荒诞派戏剧的影响从50年代后期起传遍西方。

塞缪尔·贝克特（1906—1989）是法国籍的爱尔兰人，用法语写作，又把自己的大多数作品译成英语。他学生时代游历巴黎时，曾担任现代派作家乔伊斯的秘书，深受他的创作的影响，1936年后定居巴黎。他从20年代末开始写作，最初写诗歌、小说和评论文章。他的现代主义诗作《婊子镜》（1930）比艾略特的《荒原》还要晦涩难懂。在1946—1950年之间他写了三部曲小说《马洛依》《马隆纳之死》和《无名的人》。他的代表作是剧本《等候戈多》（1952），这也是荒诞派戏剧中最有代表性的。戏没有什么情节，两个主人公在一条村路上自称等待戈多。第二天枯树长出了新叶，两人还在苦苦地等待。他们胡言乱语，行为荒谬可笑，等待戈多是唯一的生活内容和精神支柱，可是就连虚无缥缈的希望都"迟迟不来，苦死了等待的人"。戈多是谁，为什么要等他，剧中都未作交代，没有剧情的发展，没有戏剧冲突，出现的是乡间荒野枯树和似乎失去正常思维、语言能力的人物，正是在这混乱、荒诞中揭示了"人类在一个荒谬的宇宙中的尴尬境地"。在《最后的一局》（1957）、《啊，美好的日子》（1961）等剧作里，人物不是轮椅中的瘫痪者，垃圾桶里的残疾人，便是浑浑噩噩的混世者，他们身残志缺，精神空虚，没有希望，在啰唆的废话、无聊的举动中苦捱时光。

哈罗尔德·品特（1930—2008）是英国荒诞派戏剧的代表人物。他生于伦敦东部哈克尼一个犹太穷裁缝家庭，在二次大战阴云下度过青少年时期。1948 年他在美国皇家戏剧学院学习，演过戏，1957 年写出他的第一个剧本《一间屋子》。在法国荒诞派的影响下，他进行新的戏剧实验，创作了《生日晚会》（1958）、《升降机》（1960）、《看管人》（1960）等著名剧本。他深受贝克特和奥地利作家卡夫卡等人的影响，表现荒诞派戏剧共有的主题：外界荒诞不可捉摸，人与人之间互相隔绝，人失去了自我，成为"非人"等。他剧中的人物常受到某种来自外界的威胁，他们处在恐怖中，相互间又无法交流和沟通。他常以一间屋子作为展开剧情的场所，"屋子外面是一个向他们压下来的可怕的世界"（品特语），评论家把他的作品称为"威胁的喜剧"。《一间屋子》里上了年纪的赫德夫妇住在租来的房子里，房子破旧不堪，里面只有一点亮光，老夫妇在屋里才有一点安全感。一对年轻夫妇和失明的老黑人先后来租房，接着赫德太太也莫明其妙地瞎了眼。《生日晚会》描写钢琴家斯坦利在演出失败后避居在一个海滨公寓，不与外界来往，也不为女房东和一个姑娘的纠缠所动。两位来客扰乱了他的安宁，在他的生日晚会上，来客对他兴师问罪，斯坦利惶恐不安，精神失常，被送进医院，成了任人摆布的木偶。全剧内容无逻辑性，人物行为古怪，对话难以理解，但制造出噩梦般的恐怖气氛。《看管人》里阿斯顿带回了一个老流浪汉戴维斯，而他自己的生活与流浪汉一样漫无目标，他的家只是堆杂物的破旧房子，这个家还遭到戴维斯的觊觎并试图侵占。品特描述的情景是荒诞离奇、神秘恐怖的，但又扎根于战前和当时英国人的日常生活中，人物多是失业者、小职员、流浪汉及其他下层人物，他善于运用象征和比喻的手法，对话很少，意义含混又能切合他们身份、性格特点。他是英国自己的"荒诞派戏剧"的代表。2005 年，品特获得诺贝尔文学奖。

四、当代小说的纷繁性

1. 传统风格的小说创作

给战后的小说进行一个分类是十分困难的，现实主义小说与 19 世纪的批判现实主义相比，风格有了很大变化，现代主义小说也与 20 年代鼎盛时期的现代主义小说有所不同，更多的作家作品吸收、融合了现实主义和现代主义特色。

相当一批作家在战后以传统的文学手法进行创作。伊夫林·沃在战后 20 年又创作了多种类型的小说，其中以第二次世界大战为题材的优秀作品——战争三部曲《荣誉之剑》（1965）将他一贯的讽刺技巧和现实主义手法结合起来处理历史、社会和宗教问题。安格斯·威尔逊（1913—1991）是当代文学中有影响的讽刺小说家。他的《盎格鲁－撒克逊态度》（1956），用讽刺笔法写考古方面一场可笑的骗局及一个教授的家庭和学术生活，结构复杂，人物众多，剖析了人际关系虚伪的现代社会。乔治·奥韦尔（1903－1950）是位政治倾向强烈的讽刺作家，他的作品在战前与战后文学之间起了桥梁作用，他早期作品以贫穷为题材，有狄更斯现实主义小说的影响，后期小说则转为政治讽刺。《动物乐园》（1945）写了寓言性质的动物故事，《1984 年》（1949）则是反面乌托邦小说，都表现对极权主义的谴责，贯穿了反苏和反斯大林的情绪，捍卫自己所信奉的改良主义的"社会主义"。安东尼·鲍威尔（1905—2000）早期的讽刺小说以不露声色的冷嘲方式叙述第一次世界大战以后贵族、乡绅、艺术家等人的生活。他的名望主要奠定在他 50 年代以后陆续出版的长篇系列小说《伴着时光之曲而舞》上。这部小说前后 12 卷，可分为 4 个三部曲，通过主人公前后 30 多年成长及经历，展现从 20 年代到二次大战以后社会生活全景。作品卷帙浩繁，出场人物 200 多个，吸取了 19 世纪英国小说的传统。乔伊斯·卡里（1888—1957）是二次大战前后较重要的作家，他的小说《马嘴》（1944）等写人物冒险故事，富于幽默感，擅长滑稽怪诞人物的描写，与狄更斯有相像之处，也汲取了意识流和内心独白的技巧。查·珀·斯诺（1905—1980）是 19 世纪现实主义传统的忠实继承者，他反对使用意识流和隐晦象征等手法，也不赞成文学过于注重弗洛伊德主义和存在主义，认为小说应更紧密地联系人与他的社会环境。他于 1940—1970 年写了 11 部既有连续性又可独立成篇的小说，总题为《陌生人和兄弟们》，通过描写 20 至 50

年代一些人物的生活来透视社会，他的人物是政府里的政策制定者、大学首脑、官僚机构中的职员及警察，题材是野心勃勃的人在权力欲驱使下的举动和普通人由此不得不忍受的后果；急于在官职方面往上爬的人们如何处心积虑地钻营；依然充满阶级和门第偏见的现代英国社会的伪善。他的小说注重运用传统的叙事方式，充分刻画人物性格，对社会作无情的审察，基本上继承了特罗洛普、萨克雷、乔治·艾略特和高尔斯华绥等人的现实主义传统。

格雷姆·格林（1904—1991）是英国当代最重要的小说家之一。他的小说打破了严肃小说、惊险小说和科学小说等类型界限，混合在一起，把惊险小说变为适于表现当代生活和具有文学价值的形式。他的哲学性小说和轻松性作品——他自称为"消遣作品"——都享有盛誉。

战前格林写作了《斯坦布尔列车》（1932）、《一支出卖的枪》（1936）等间谍、惊险小说，情节紧张，沉闷的景色捕捉住三十年代的基调。他还写了一类"严肃的文学作品"，如《布赖顿硬糖》（1938）、《权力与荣耀》（1440）等。前部小说讲一个十几岁的被追捕的少年罪犯的故事，表现的堕落的天主教徒受苦和寻求精神慰藉的主题出现在格林许多作品中，后部小说是以墨西哥为背景的宗教小说，格林小说喜欢异国他乡背景，以更深刻地展示人物的内心世界。《问题的核心》（1948）是格林战后重要作品之一，主人公斯科比诚实地面对自己抛弃宗教、背弃妻子的过错而自杀。战后著名小说还有《病毒发尽的病例》（1961）、《人的因素》（1978）等。格林是天主教徒，特别关注爱、宗教信仰、同情、怜悯和背叛等道德问题，他认为世界上充满罪恶，人类参与了罪恶活动，灵魂永远受谴责。他小说中人物常是一些罪犯、疯子或不信宗教的人，格林赞赏他们寻求灵魂安宁的内心斗争，赞赏使他们免于自满的谦卑行为。格林更是艺术家，他的小说题材广泛驳杂，有不少作品是描写重大国际政治题材的，在严肃的内容外蒙上惊险小说的色彩，善于安排情节、制造紧张的悬念，并采用电影剪辑手法。就小说结构形式而言，他作品中传统的成分多于革新的因素。

2. "愤怒的青年"的小说创作

"愤怒的青年"文学运动是以韦恩的小说《每况愈下》（1954）和艾米斯的小说《幸运儿吉姆》（1954）开端的。这个流派的主要小说家还有约翰·布莱恩和艾伦·西利托。他们在艺术技巧上多采用现实主义文学的表现手法，通过对主人公命运的叙述来表达人物的思想感情。尽管他们在艺术上并没有很大的创新或精湛的成就，但由于相当真实地反映了战后英国青年一代的精神危机与生活悲剧，产生了相当大的影响。

金斯利·艾米斯（1922—1995）是"愤怒派"中影响最大的小说家。他的成名作《幸运儿吉姆》塑造了新型的喜剧性"反英雄"人物形象。大学里的青年讲师吉姆·狄克松在环境熏陶下变得世故，他瞧不起教授威尔奇，但为了名誉和地位还是讨好教授。他没有真才实学，却假冒精通历史。他以玩世不恭的处世态度、卑鄙的手段和虚伪的礼节，获得了地位，搞到了女人，在他所嘲笑的世界里舒服地生活下去。人们常把艾米斯与伊夫林·沃相比，他们都擅长社会讽刺喜剧，在幽默和闹剧中潜藏愤怒与尖刻的基调。但沃主要是取笑社会上层，艾米斯则写的是较下层的人物，嘲讽自大的外省人和那些伪学究。他把吉姆自我中心的"反英雄"的个性及战后社会虚伪自私的人际关系揭露得淋漓尽致。第二部小说《那种不安感》（1955）中的主人公是想借助裙带关系往上爬的图书馆员，处于实现野心和讲求道德的矛盾愿望中，也是一部批评社会、表示"愤怒"的讽刺小说，艾米斯又创作了《像你这样的姑娘》（1960）、《一个英国胖子》（1963）、《杰克的事情》（1979）等长篇小说，主要是继承现实主义的讽刺喜剧传统，他在当代文学史上的重要性在于发起了"愤怒的青年"文学运动。

约翰·韦恩（1925—1994）的《每况愈下》写一个中产阶级子弟查尔斯大学毕业后拒绝接受正常的生活秩序，当杂工、小贩、甚至沦为走私犯的经历，主人公心中充满愤怒的情绪，在生活中寻求人生价值。约翰·布莱恩（1922-1986）的《往上爬》中的兰布顿，不择手段地挤入"高贵"的阶层，又感到空虚。爱伦·西利托（1928—2010）是"愤怒派"的代表作家之一，也是战后出色的工人小说家。他出身工人家庭，在贫民窟里长大。他的第一部小说《星期六晚上和星期日早上》(1958)，描写青年工人亚瑟·西顿平日里在工厂拼命干活，星期六晚上酗酒、追女人，星期日早上钓鱼，然后再去应付下周条件恶劣、繁重的劳作。他不满现实，又不知如何反抗，只是蔑视权威，争吵斗殴。《长跑运动员的孤独》(1959)里的青年代表教养院去参加长跑比赛，故意把冠军输给别人，让教养院的头头脑脑们失望，作为反对的一种手段。西利托记录了工人们的思想和动机，他们拒绝向这个社会承担责任。他既不谴责也不赞美他们，既不感伤也不理想化地描写他们的生活状况，读者却对他们产生同情并对他们否定、愤怒的情绪有所理解。小说中生动的对话传达了工人的语言。西利托笔下的人物有些像"愤怒的青年"，但他们与社会更为对立，叛逆常有更强烈的社会批判色彩。他把作品中蕴藏的对社会的批判化为小说的一部分，而并不显得是在宣传。

"愤怒派"的作家们对社会的不满是强烈的、弥散性的，又是模糊的，他们找不到更有价值目标的新文化。有评论嘲弄他们愤怒地撞击文化之门不是为了毁灭门，而是为了闹出一片喧嚣，让他们自己进去。到20世纪60年代，有的作家转向写别的题材，有的因为写书功成名就，"愤怒"便被消解，再也发不出强有力的抗议之音了。

3. 革新派的小说创作

50年代，大多数英国小说都承袭了18、19世纪的文学传统，但也有为数不少的作家从哲学等角度探讨社会和人生，试验新的表现形式。

威廉·戈尔丁(1911—1994)从人的本性的角度去探讨西方社会令人悲观状态的原因。他认为人"性本恶"，文明能控制恶的倾向却不能改变它，人的无政府主义本性最终会使有序的社会走向崩溃，他的小说在50年代知识分子中引起很大反响。戈尔丁毕业于牛津大学，在二次大战中参加了许多战役，强烈反对纳粹主义。在反纳粹战争中他逐渐认为：人类往往并非故意而是由于本性驱使去毁坏建设美好世界的机会，这种观点贯穿在他的小说中。他的第一部小说《蝇王》（1954）讲一群英国学童流落到孤岛上，由于离开了文明社会而使人性中某些固有的本能得到充分发展，因而变成了残杀同类的野蛮人，一切都被恐惧。迷信、权势、蛮力所支配，少数试图与这种倾向做斗争的人，由于大多数人的邪恶，而成了牺牲品。这部小说获得了1983年度的诺贝尔文学奖。在第二部小说《遗产继承者》（1955）中，人类毁灭了史前尼安德特人原始的和谐世界，他们把罪恶带往所到之处。以宗教为素材的《塔尖》（1964）里，渎圣和罪恶的行为充斥在建造塔尖的过程中，塔尖越造越高，而原先一直期待塔尖矗立的教长，对宗教的信心却日益减退。戈尔丁喜欢把人物置放在奇特或原始的场景中，他们有机会建立新的、完美的生活方式，就像亚当和夏娃站在伊甸园中，但人类在贪婪、自私和欲望中残杀，失去了美好未来。戈尔丁在60年代还创造了许多小说。1979年，他写了《看得见的黑暗》，一个在战火中被严重烧伤的男孩，脸上、身上处处可见痂痕，作品有浓郁的象征色彩。戈尔丁以象征的手法表现严肃的主题被称为寓言家和道德家。

　　艾丽斯·默多克（1919—1999）也是一位被称为"寓言编撰家"的小说家。她受到萨特存在主义哲学的深刻影响，她的第一部著作便是批评论文集《萨特，浪漫的唯理论者》（1953）。她的第一本小说《在网下》（1954）显示了多种影响，没有责任心的主人公及他的冒险经历与"愤怒派"的作品有点相像，但小说又显示出萨特和贝克特存在主义的影响，她把幻想的事件织入日常世界，创造出似真似假的神秘故事。《逃离魔咒》（1956）、《沙堡》（1957）两书中都有魔术、双重意义和象征主义的痕迹。《钟》（1958）讲的是一个由非神职人员组成的宗教团体的解体，个人以及社会的失败都起因于缺乏爱和恋爱的失败，这个宗教团体的失败成为人类及宗教失败的象征。《黑王子》（1973）是默多克结构最为精巧的小说，表层上是谋杀奇案，但许多阐释使之成为哲理小说。故事封闭在开头的两篇序言和结尾的六篇附录之间，序由虚构的作者和编辑所作，附录则由他们两人和作品中四个人物所作，每个人都对小说中事件做出不同解释。默多克显示真理可能随人们不同视点而变异。

默多克的小说由于采用暗示性语词间接地表达意义，时常难以理解，但她表现出强烈的情感、想象和严肃性，并富有幽默的机智。

穆丽尔·斯巴克（1918—2006）在作品里探讨人的个性问题，常使用象征手法。《死亡的提示》（1957）带有喜剧意味，书中一些年事已高的人面临日益迫近的死亡，一次又一次神秘的电话引发他们不同的反应。她往往把小说放在狭小的又各式各样的世界里，以冷静而又同情的态度描绘人物。《吉恩·布劳迪小姐的全盛时期》（1961）以后的小说语调更为严肃、态度更趋冷静。布劳迪小姐的故事大受欢迎，这位女教师对她的学生产生了奇特的影响。《曼德巴姆门》（1964）中耶路撒冷圣地被曼德巴姆门分割为两半，这成了一种象征，去朝圣的英国女人在旅途遇见的人们都具有双重性格。斯巴克被称为天主教作家、讽刺作家、超现实主义者，这些都是她创作的一些特点，难以概括她的全貌，也正说明她创作的复杂性。

劳伦斯·德雷尔（1912—1990）的《亚历山大四部曲》（1957—1960）试验了许多新的叙事技巧，四部曲没有传统的时间上的衔接，前三部从三个不同角度描绘二次大战以前亚历山大港发生的事件，第四部汇合前三部故事线索，试图根据相对论的理论从深度、广度、长度及时间四个方面来创作小说。约翰·福尔斯（1926—2005）的《法国中尉的女人》（1969）以维多利亚传统方法来叙述引人入胜的故事，又用现代观点，探讨小说本身实质。

4. 女性作家的小说创作

在整个英国文学发展中，妇女作家占据了相当重要的地位。19 世纪出现了奥斯丁、盖斯凯夫人、勃朗特姐妹、乔治·艾略特等出色女小说家，在现代英国文学中，伍尔夫和曼斯菲尔德堪称大家，康普顿·伯内特、伊丽莎白·鲍温、丽贝卡·韦斯特等也各有成就。正如我们不会单列出"男性小说家"一样，我们本也不应该采取这样的一种分类法，而人们经常这样做，一是因为在文学天地里驰骋的女性毕竟少于男性，成功的女性作家因此较为引人注目；二是因为妇女作家可能具有不同于男性作家的性别文化。把当代文学中的莱辛和德拉布尔划入妇女小说家，便是因为她们的小说较多地从"女性"的角度出发，呈现出与同时期的女性小说家默多克、斯帕克不同的面貌。

多丽斯·莱辛（1919—2013）被看作当代英国最优秀的女作家，擅长刻画知识妇女的形象，通过她们的经历表现广泛的题材和独特的主题。莱辛在南非生活了20多年，处女作《草儿在歌唱》（1950）描写了紧张的种族关系。《玛莎·奎斯特》（1952）是她的代表作，与其他的四部小说《正当的婚姻》（1954）、《暴风雨掀起的涟漪》（1958）、《被陆地围住》（1965）和《四门城》（1969）总称《暴力的孩子们》。前四部以南非罗德西亚为背景，描写当地种族、政治、社会、性等问题，而最后一部以五六十年代英国为背景，写主人公玛莎回英国后的精神过程，这卷里面集中探讨了在男性统治的社会中妇女的地位问题。她以奎斯特（英语意为"寻找"）的经历贯穿，带有自传成分。全书在对可怕的核战争的预言式的幻想中结束，战争的幸存者是新人种的孩子们，他们胜过了先辈——那些"暴力的孩子"。莱辛最著名的小说是《金色笔记本》（1962），女主角安娜像作者本人一样，在南非长大，富于正义感，曾积极投身于左翼活动并一度加入英国共产党，又感受到幻灭的痛苦，在男性统治的社会里独立生活、工作时面临许多问题。她和女友莫莉都是离了婚的"自由女性"，在经济上不依赖别人，在思想和政治上也不肯盲从，作为独立的新型女性形象，她们在60年代激励了一代西方妇女，"在整整一代妇女的思想和情感上打下了烙印"。作者揭示了两性冲突，但首先把它看作社会文化的产物，而且与更广泛的时代矛盾交错联系，在现代女性谋求解放的经历中，表现出有关政治、文化的多重主题。作者采用多层结构来叙述多重主题，有一小部分用传统的方式叙述，四个笔记本则记录了片断的人生和思绪：黑色笔记叙述主人公在南非的生活；红色笔记记录与政治相关的事；黄色笔记本是部小说草稿；蓝色笔记则是私人日记，最后一节前插入了独立的一节即"金色笔记"，以破裂的故事讲述四分五裂的人生。《黑暗的夏天》（1973）是作者另一部女性主义小说，讲一位中年妇女在为人妻母25年后的"自我发现"。

玛格丽特·德拉布尔（1939—　）也是英国当代享有盛誉的女作家，她作品里的主人公几乎全是女性，写受过良好教育的现代妇女的奋斗和追求。《贾里克年》（1964）、《磨砺》（1965）、《金色的耶路撒冷》（1967）、《针眼》（1972）都围绕着妇女解放的主题。

20世纪70年代以来，英国的小说创作依然十分活跃。当代小说受到了影视、网络等大众传播媒介的冲击，阅读小说的文化环境与狄更斯时代大为不同。小说自身也存在分裂的现象，一方面"纯小说"曲高和寡，另一方面侦探、言情等通俗小说呈现文学"商品化"趋势。美国著名的小说家索尔·贝娄说："我在心绪不佳时，几乎可以使自己相信，小说如同印第安人的编织术或制缰手艺，是一门日趋没落的艺术，无前途而言。"但这毕竟是沮丧之论。英国小说连同整个文学将随着人类生活而变化、更新、发展。